O SECRETÁRIO ITALIANO

Outras obras do autor publicadas pela Editora Record

O alienista
O anjo das trevas

CALEB CARR

O SECRETÁRIO ITALIANO

Tradução de
DOMINGOS DEMASI

EDITORA RECORD
RIO DE JANEIRO • SÃO PAULO

2008

CIP-Brasil. Catalogação-na-fonte
Sindicato Nacional dos Editores de Livros, RJ.

C299s   Carr, Caleb, 1955-
         O secretário italiano / Caleb Carr; tradução de Domingos
         Demasi. – Rio de Janeiro: Record, 2008.

         Tradução de: The italian secretary
         ISBN 978-85-01-07619-9

         1. Ficção policial americana. I. Demasi, Domingos,
         1944- . II. Título.

                          CDD – 813
07-2617   CDU – 821.111(73)-3

Título original norte-americano:
THE ITALIAN SECRETARY

Copyright © 2005 by Caleb Carr

Conceito e ilustração de capa: Tim Byrne

Todos os direitos reservados. Proibida a reprodução, no todo ou
em parte, através de quaisquer meios.

Direitos exclusivos de publicação em língua portuguesa somente para o
Brasil adquiridos pela
EDITORA RECORD LTDA.
Rua Argentina 171 – Rio de Janeiro, RJ – 20921-380 – Tel.: 2585-2000
que se reserva a propriedade literária desta tradução

Impresso no Brasil

ISBN 978-85-01-07619-9

PEDIDOS PELO REEMBOLSO POSTAL
Caixa Postal 23.052
Rio de Janeiro, RJ – 20922-970

EDITORA AFILIADA

Para Hilary Hale

a melhor das amigas,
a mais excelente das editoras, sem a qual
eu nunca teria visto Holyroodhouse

e para Suki
"s.w.m.b.o"
["she who must be obeyed"
— aquela que deve ser obedecida]

Capítulo I

NUM DEPÓSITO DE VALORES DO COX'S BANK

O compêndio publicado das muitas aventuras que empreendi na companhia do Sr. Sherlock Holmes contém apenas poucos exemplos daquelas ocasiões nas quais realizamos uma variedade de préstimos que nenhum súdito leal deste reino talvez recusasse. Refiro-me a casos em que os chamados à ação foram acionados por vários ministros ou agentes do governo, mas nos quais o nosso verdadeiro empregador não era outro senão a Grande Personagem cujo nome passou a definir uma era; ela mesma, ou seu filho, que já revelava algumas das capacidades da mãe de imprimir seu nome e personalidade à sua era. Para ser claro, refiro-me à Coroa e, se o faço, é certamente para tornar mais evidente por que grande parte de meus relatos sobre tais casos precisa permanecer — talvez para nunca ser removida ou revelada — numa caixa metálica para transportes de despachos que muito tempo atrás confiei aos cofres do Cox's Bank, em Charing Cross.

Dentro dessa decisiva porém enormemente secreta subcoleção, talvez nenhuma aventura toque em particularidades mais delicadas do que a que identifiquei como o caso do secretário italiano. Sempre que me juntei a Holmes na tentativa de solucionar um dos seus "problemas com alguns pontos de interesse", foi uma aposta quase certa que, no final das contas, vidas se perderiam como resultado de nossos feitos; e, durante vários de tais empenhos, nada menos do que a manutenção no poder de um ou outro partido político — ou mesmo a segurança física do reino em si — também ficou evidente como tendo corrido risco. Contudo, em nenhuma outra época o atual prestígio da monarquia (sem falar na paz mental da própria rainha imperatriz) repousou tão perigosamente sobre a bem-sucedida conclusão de nosso empenho como durante esse caso. Os motivos fundamentais para tal afirmação audaciosa eu posso relatar; mas não posso ter nada além de esperança de que essas particularidades pareçam verossímeis a qualquer leitor. De fato, elas poderiam parecer, mesmo para mim, nada mais do que idéias delirantes, uma série de sonhos inadequadamente apartados do mundo dos vivos, se Sherlock Holmes não estivesse preparado com explicações para quase todas as muitas reviravoltas e desdobramentos do caso. *Quase* todas...

E, por causa de todas essas poucas questões sem solução, o caso do secretário italiano sempre foi, para mim, uma fonte de recorrentes dúvidas, em vez de (como tem sido mais genericamente o caso em relação às minhas experiências com Holmes) tranqüilizadoras conclusões. Essas dúvidas, com certeza, permanecem basicamente não mencionadas, a despeito de seu poder. Pois há recônditos da mente aos quais homem algum permite acesso nem mesmo a seus amigos mais íntimos; isto é, a menos que ele deseje arriscar uma estada involuntária em Bedlam...

Capítulo II

UMA ESTRANHA MENSAGEM, E UMA HISTÓRIA MAIS ESTRANHA AINDA

A crise ocorreu no transcurso de vários dias incomumente frios e voláteis de setembro, em um ano no qual o estado de saúde tanto de nosso império quanto de nossa rainha tornava difícil imaginar que um ou outro decaísse ainda mais; entretanto, percebo agora como estiveram perto os ataques de ambas as enfermidades! Seria a natureza do crime que fomos convocados a investigar durante aquele fim de verão um arauto daqueles dois ocasos? E teria sido o subseqüente fascínio da rainha em relação ao caso a indicação de alguma consciência interna de acesso à eternidade, um desejo de saber o que a esperava, quando, finalmente, ela se desvencilhou dos fardos de um longo e predominantemente solitário governo e teve permissão para seguir o seu amado consorte aonde ele estava havia muito? Não sei dizer, nem posso fornecer qualquer indício maior do que já tinha no exato momento em que esse caso começou, tão grande é a minha preocupação de que a história privada da monarquia permaneça imaculada por escândalo ou controvérsia. (Apesar de seus funcionários sempre terem sido de confiança, o Cox's, no final das contas, não passa de um banco; e se, algum dia, mãos traiçoeiras ou simplesmente desonestas se encontrassem de posse total de seus espólios, quem pode dizer o uso que se daria a esses relatos secretos?)

Quanto ao efetivo começo do caso, este tomou uma forma que, para mim, se tornara familiar naqueles últimos dias de minha parceria com Holmes. Certa tarde, entrei pela porta da frente de nossa residência em Baker Street e fui recebido pela sônica evidência de que algum "jogo" (em um exemplo literal da própria expressão freqüentemente repetida de Holmes) havia começado: a casa reverberava ao som de passadas agitadas provenientes da sala de estar do andar de cima. Era um *staccato*, um deliberado martelar, às vezes interrompido por outro som, produzido por um violino, mas que dificilmente poderia ser chamado de música: o quicar irregular de um arco bem esticado nas cordas do instrumento, que produzia um ruído que mais se assemelhava a um rouco gato faminto. Caminhando um pouco mais para o interior, resolvi de imediato chamar a Sra. Hudson e verificar que carta, bilhete ou outro comunicado havia chegado que pudesse ter produzido tais sinais óbvios de atividade cerebral em meu amigo.

Pouco depois, quase me choco de cabeça contra a nossa senhoria, do lado de fora de seus aposentos. Ela encarava a porta de nossa sala de estar de onde emanava a cacofonia, parecendo mais alarmada do que zangada, talvez até mesmo um pouco ofendida; e, embora, de modo algum, eu estivesse surpreso por Holmes ser a fonte de sua agitação (aliás, muito pelo contrário), *fiquei* perplexo quando a bondosa senhora anunciou que não tinha a intenção de servir chá naquele dia — um tônico que eu vinha ansiosamente esperando durante minha caminhada para casa após um simpósio médico que durara o dia inteiro.

— Lamento, doutor... mas eu avisei a ele — foi a contida mas não menos violenta declaração da Sra. Hudson. — Falei bem claramente que, se ele continuasse nesse estado de espírito, eu não lhe dirigiria uma só palavra durante o resto do dia, talvez não o fizesse por *mais* alguns dias, e muito menos lhe serviria qualquer coisa para comer!

— Ora, minha cara Sra. Hudson — retruquei, lançando mão da secreta solidariedade existente entre nós dois, que havíamos sofrido mais sob o impulso às vezes cruel e sempre cáustico do ânimo mercurial de Holmes do que quaisquer outras duas pessoas no mundo —, eu não a incitaria a passar um minuto a mais na companhia do homem se ele estivesse de fato em um dos seus humores ofensivos... mas, por que não me diz o que ele fez, particularmente, para irritá-la?

Tentada a falar com mais detalhes, a orgulhosa senhora finalmente disse apenas:

— O que é cômico para alguns, Dr. Watson, não o é para todos. Isso será tudo que direi, pois sem dúvida ele mesmo explicará o resto. — Cruzando os braços, ela permitiu um revirar de seus olhos perspicazes, indicando que eu devia subir. Eu era esperto o bastante para seguir a ordem, pois a Sra. Hudson podia ser uma pessoa verdadeiramente irredutível — um fato que Holmes e eu às vezes deplorávamos, mas ao qual com mais freqüência tínhamos motivos para ser imensamente gratos.

Enquanto subia rapidamente a escada para a sala de estar, formei uma imagem mental da desordem que devia haver lá dentro — pois eram a irregularidade dos hábitos de Holmes e períodos de algo suspeitosamente perto do relaxamento o que mais costumava produzir objeções de nossa senhoria. Fiquei surpreso, portanto, ao descobrir que, ao entrar, tudo estava asseado e arrumado, e também por ver a silhueta magra mas evidentemente vigorosa e de trajes aceitáveis do meu amigo caminhando perto das janelas que davam para a Baker Street. Ele tinha o violino sob o queixo, mas estava, como eu suspeitava, praticamente sem saber o que fazia com ele.

— Sra. Hudson, não sei realmente o que fazer, além de oferecer as minhas desculpas! — gritou Holmes em direção ao vão da porta, quando entrei no aposento. Acenando rapidamente para mim com a cabeça e com um sorriso também breve que indicava que havia, de fato, feito uma travessura torturante, ele continuou com o mesmo espírito: — Se a senhora puder recomendar qualquer outro ritual de penitência, eu ficarei feliz em executá-lo, desde que esteja dentro dos parâmetros do bom senso!

— Dr. Watson, informe por favor ao Sr. Holmes que ele pode tentar tudo o que lhe convier! — A fina mas decidida voz ergueu-se lá de baixo sem hesitação. — Mas hoje não terá os meus serviços... e sei que os serviços são o seu único motivo para tentar se emendar!

Holmes ergueu os ombros para mim e indicou a porta com outro movimento de seu queixo pontudo, mandando que eu a fechasse.

— Sinto muito, Watson, mas o chá ficará por nossa própria conta — disse ele, assim que fechei a porta. Após pousar o violino e o arco e desaparecer por um instante no interior do aposento contíguo, ele retornou com um enorme balão volumétrico encaixado em um suporte, como também um queimador a álcool. — E, muito mais perturbador, o tabaco... você tem algum? Fumei o resto de minha reserva enquanto refletia sobre este notável comunicado — apanhou uma folha de papel de telégrafo na mesa sobre a qual colocara o balão volumétrico e o queimador, e abanou a mensagem na minha direção com uma das mãos enquanto acendia um fósforo com a outra — que chegou não faz duas horas. A nossa senhoria, como deve ter ouvido, recusa-se a executar até mesmo um serviço mais simples como levar um recado...

Ao segurar o documento, perguntei:

— Holmes, francamente, o que você *fez* para afligir tanto a pobre mulher? Poucas vezes a vi tão furiosa.

— Num instante — retrucou Holmes, enquanto enchia o balão volumétrico com água de um jarro próximo. — Por enquanto, conceda toda a sua atenção a esse telegrama. — Ele conseguiu produzir uma robusta combustão no pavio do queimador sob o balão, em seguida olhou em volta do aposento. — Certa vez, escondi um pacote de biscoitos — ruminou, no caminho para apanhar uma caixa de mogno de chá e duas xícaras e dois pires de aparência um tanto questionável — prevendo justamente uma eventualidade como esta. Mas onde podem estar, ou em quais condições os encontraremos, não tenho coragem nem de pensar...

Pelo modo agitado como continuava a falar e se lançar por nossos vários aposentos, à procura de uma parafernália aparentemente exótica como colheres, alguém poderia, com toda a justiça, duvidar que a preparação de seu próprio chá não apresentava a Sherlock Holmes um desafio maior do que a maioria de seus empreendimentos científicos e investigativos. Contudo, eu agora prestava pouca atenção a ele, tão intrigado me encontrava com o comunicado que tinha nas mãos. Quando Holmes bradou "Tabaco, Watson!", consegui tirar do bolso uma bolsinha, mas em seguida afundei numa poltrona ali perto, ainda mais abstraído dos incessantes comentários de meu amigo.

A mensagem originava-se do posto telegráfico da estação ferroviária de Aberdeen, e estava redigida de tal maneira que provavelmente teria sido encarada como uma disparatada coletânea de comentários tanto do operador escocês que a expedira quanto do seu correlato inglês que a recebeu em Londres:

ESTOU NO ESPECIAL DA PALL MALL 8 — "O SOL É MUITO ARDENTE, O CÉU SE ENCHE DE ÁGUIAS FAMILIARES" — LEIA MCKAY E SINCLAIR, OBRAS REUNIDAS — MANTENHA O SR. WEBLEY POR PERTO; MANDE LER SUA MÃO, POR PROTEÇÃO — UM PAR DE LEITOS ESTÁ RESERVADO NO CALEDÔNIA — MEU ANTIGO ARRENDATÁRIO FICARÁ LADO A LADO EM QUARENTENA.

Eu não podia fingir que tirava algum sentido de toda aquela coisa, sobretudo dada a crescente distração provocada por Holmes ao investir ruidosamente pelo aposento à procura dos imaginários biscoitos, o tempo todo explodindo reclamações contra a suavidade do meu tabaco; mas me pareceu valer a pena arriscar uma suposição inicial.

— Seu irmão?

— Bravo, Watson! — exclamou Holmes alegremente. — A ocultação um tanto desajeitada do "Mycroft" de seu nome talvez se justifique pela origem oficial da mensagem... somente na Escócia uma referência ao "antigo arrendatário", um *crofter*, passaria despercebida, e somente em uma mensagem vinda *daquele* país tal referência não seria notada por olhos vigilantes... ou ouvidos atentos.

— Ouvidos? — repeti, confuso.

— Seguramente, Watson... por certo você recorda que as linhas telegráficas inglesas têm sido vulneráveis à bisbilhotice eletrônica, no mínimo desde aquele assunto um tanto inconveniente com relação ao nosso amigo Milverton, que incluiu tal técnica entre seus métodos de coletar informações sobre aqueles que pretendia chantagear... apesar de só termos determinado isso *depois* que você escreveu o seu relato sobre esse assunto. — Ele tirou o cachimbo da boca e olhou-o abaixo de seu comprido nariz. — Não me admira que tenha esquecido um ponto tão importante, mesmo momentaneamente, o que deve ter sido motivado pelo horrivelmente baixo teor de nicotina no efeito desse seu tabaco. Contudo — voltou a enfiar a haste do cachimbo entre as ágeis mandíbulas —, teremos de nos arranjar com ele, dada a nossa situação desagradável. Ah! A nossa água está fervendo!

De fato, estava: fervendo e ribombando na base bulbosa e no comprido colo do balão volumétrico, produzindo um vapor ligeiro e nocivamente colorido por vestígios de substâncias químicas.

— Não tenha medo — disse Holmes, abrindo um compartimento da caixa de chá. — O componente do Ceilão desse *blend* deverá eliminar muito satisfatoriamente os efeitos de minha última experiência. — O chá foi deixado em infusão em um velho bule, com um cachecol enrolado à guisa de abafador, enquanto Holmes continuava me pressionando em relação ao telegrama. — E então? O que mais consegue adivinhar?

Na tentativa de reunir meus pensamentos, falei:

— É certamente extraordinário, se é *mesmo* seu irmão. Pelo que me lembro, na última vez em que estivemos juntos em um empreendimento, você me disse que toda vez que ele varia sua rota diária triangular, de seus aposentos em Pall Mall para seu gabinete em Whitehall, para o Diógenes Club, equivale a encontrar um bonde numa alameda da região rural...

— É, de fato.

— Entretanto, ele escreve de Aberdeen? O que deve ter acontecido para fazer um camarada sedentário viajar, comparativamente, para tão longe?

— Eis o ponto!

A voz de Holmes continha um vestígio da mesma natureza um tanto evasiva que eu notara todas as vezes que havíamos debatido o tema do seu extraordinário irmão Mycroft, um alto mas anônimo funcionário do governo que conhecia até mesmo os mais íntimos segredos de Estado. Embora Holmes reconhecesse que seu parente era superior a ele em destreza mental como também em anos (eles eram separados por sete), o Holmes mais velho era porém um decidido excêntrico, cujos movimentos, como eu acabara de dizer, raramente excediam os limites de um pequeno canto de Londres e eram dirigidos tanto para o seu clube como para sua protegida mas vital ocupação. O Diogenes era o local de reunião preferido de tais homens... ou melhor, devo dizer, o local de *ajuntamento* preferido, pois seus membros não iam ali para se reunir, mas para deixar uns aos outros em paz. O local oferecia aos verdadeiros misantropos da cidade um refúgio da apinhada e forçada informalidade da turba londrina, e um membro podia ser expulso simplesmente por infringir sua principal regra — silêncio — três vezes.

Holmes revelara-me muitos anos atrás o fato da existência de seu irmão, mas somente me falara muito tempo depois sobre a ocupação e os contatos de Mycroft (e, mesmo assim, apenas por etapas). Agora, ao me entregar minha xícara de chá turvo naquela tarde de setembro, sorrindo de um modo apenas parcialmente prenunciador mas obviamente orgulhoso, experimentei a sensação de que teria outra surpresa.

— Deve recordar, Watson, que, seguindo-se à conclusão do último caso para o qual Mycroft pediu o nosso auxílio... a tal questão das plantas do submarino Bruce-Partington... certo dia, retornei à Baker Street vindo do Windsor, um tanto imodestamente ostentando um recém-adquirido alfinete de gravata de esmeralda. Você me perguntou onde eu obtivera a tal coisa, e fiz alguns comentários sobre uma bondosa senhora a quem eu prestara um pequeno serviço...

— Sim... e foram umas mentiras deslavadas, Holmes — observei. Então franzi profundamente a testa em direção à minha xícara. — Meu Deus, este chá está realmente medonho... e, dado o modo de sua preparação, bem possivelmente venenoso...

— Concentre-se, Watson — veio a réplica de Holmes. — O chá pode estar grosseiramente saboroso, mas ele o ajudará quanto a isso. Agora vejamos: você suspeitou corretamente que eu recebera o alfinete da residente mais ilustre do Windsor, e entre as paredes de seu mais antigo domicílio... correto?

— Correto.

— Mas o que você *não* soube foi que, quando cheguei ao castelo, já encontrei Mycroft lá, empenhado em uma conversa com a dama anteriormente mencionada em uma atitude de... *singular informalidade...*

Ergui o olhar subitamente.

— Não está querendo dizer que...

— Sim, Watson. Ele estava sentado na presença real. Aliás, ele me disse que se trata de um privilégio que desfruta *há um grande número de anos.*

Deixei que a extraordinária idéia penetrasse em minha mente: durante todo o seu reinado, a nossa rainha exigira de todos os servidores públicos — incluindo, aliás especialmente, seus muitos primeiros-ministros — a mais rigorosa obediência às regras do protocolo cerimonial. Entre elas, em primeiro lugar, estava a obrigação de se manter de pé em sua presença, a despeito da idade ou das terríveis dores de gota ou outros queixumes. Apenas em anos recentes, o aumento de sua própria idade havia inspirado suficiente compaixão de sua parte para ceder uma cadeira aos chefes de governo claudicantes, mas só quando necessário; e agora Holmes me dizia que seu irmão Mycroft, um homem sem nenhuma posição ministerial, cuja principal função era ceder seu prodigioso cérebro para ser usado como um infalível repositório mortal de todos os assuntos oficiais, e que não recebera qualquer bem (a não ser 450 libras por ano) em retribuição — *esse* homem teve a permissão de infringir a regra mais fundamental das audiências reais — e, aparentemente, o vinha fazendo anos a fio.

— É fantástico demais — disse eu, momentaneamente abstraído da amarga ferroada do chá de Holmes. — Você acredita nele?

Holmes pareceu tomar a indagação como um menoscabo.

— Você *duvida* dele?

Sacudi rapidamente a cabeça.

— Não, claro que não. É apenas uma extrapolação...

Ao passar sua desconfiança momentânea, Holmes disse:

— Sem dúvida, eu deveria sentir o mesmo, Watson... mas lembre-se, eu testemunhei a cena: meu irmão, sentado e tagarelando com Sua Majestade como se os dois fossem sócios de um clube de uíste!

Olhei novamente o telegrama.

— Então... ele está na Escócia porque...

— *Agora* você começa a concentrar os seus poderes, Watson. Sim, dada a época do ano e a informação que acabo de relatar, você só pode chegar a uma conclusão... Mycroft está no Balmoral...

Mais uma vez, precisei fazer uma pausa e meditar sobre a idéia. Castelo Balmoral, localizado nas Aberdeenshire Highlands, fora escolhido pela rainha e pelo falecido príncipe consorte como uma expressão de seu mútuo e verdadeiro amor pela Escócia:

Bamoral era o lar mais estimado da rainha depois do próprio Windsor, como também sua residência informal de verão, e as visitas de quem estivesse fora do círculo real eram raras. Entretanto, ao que tudo indica, Mycroft não apenas fora convidado para lá, mas lhe fora designado o que parecia ser, se o telegrama codificado fosse uma indicação, um importante papel em uma espécie de investigação.

— Se você quiser distender ainda mais a sua credulidade — continuou Holmes, sem dúvida lendo a expressão do meu rosto —, há pistas bastante específicas no comunicado para confirmar tudo.

Continuei encarando o telegrama.

— Mas por que Aberdeen? Certamente há postos telegráficos mais próximos da residência real.

— Onde, sem dúvida, veriam Mycroft entrar, e o operador seria assediado, ou pior, após sua saída.

— Por quem?

Holmes indicou o telegrama com o dedo pontudo.

— "O sol é muito ardente, o céu se enche de águias familiares". — O dedo foi para cima e Holmes sorriu. — Um almoço substancioso em Aberdeen, a salvo de todos os olhos abstêmios de Balmoral, precedeu a redação dessa mensagem... Eu seria capaz de jurar. Mycroft, quando jovem, tinha certas inclinações poéticas, mas por sorte foi decidido que ele deveria desenvolver seus verdadeiros talentos, os quais eram puramente intelectuais. No entanto, de vez em quando pode emergir uma infeliz tendência ao verso banal, principalmente quando está sob a influência de alguns cálices de vinho e de Porto... ou, melhor ainda, brandy. Se percorrermos o fraseado, entretanto, podemos verificar que tem havido uma atividade bastante variada no castelo e em suas cercanias, com relação à festa real de verão, e que isso tem provocado o interesse de alguns de nossos amigos estrangeiros.

Por essa frase, eu sabia, Holmes se referia à desprezível classe de homens e mulheres que em todo o continente pratica o mais baixo de todos os comércios, a *espionagem*.

— Mas quem, no país, atualmente, ousaria seguir a própria rainha até a Escócia...?

— Apenas os mais espertos e os piores da raça, Watson. Mycroft refere-se a "águias"... não se trata de referência a características pessoais, desconfio, mas, ao contrário, a indicação de símbolos nacionais. Se estou correto, podemos enumerar primeiramente agentes alemães e russos entre nossos suspeitos, com o singular francês não muito atrás. Embora eu não conheça nenhum candidato adequado desse país que trabalhe atualmente dentro de nossas fronteiras... ainda semana passada, o governo austríaco fuzilou o espião francês LeFevre, e a ação teve um efeito bastante salutar no resto dos operadores franceses por todo o continente. Mas, entre as outras nacionalidades aludidas, há dois ou três nomes que devemos considerar "na disputa". Tudo isso, entretanto, poderemos e iremos discutir no trem.

— No trem? — repeti.

— Exato, Watson... certamente, mesmo após um dia de absorventes minúcias médicas, você é capaz de descobrir o significado da excessivamente pitoresca introdução de Mycroft: "Estou no especial da Pall Mall 8?". Um endereço em Londres localizado a poucos passos dos próprios aposentos de Mycroft? Sem dúvida, devemos ir...

— Sim! — Senti minhas feições se avivarem, apesar do ainda inescapável fedor do chá amargo, o qual, como Holmes previra, pelo menos pareceu despertar minha mente de um longo dia de trabalho mental. — "Estou" — repeti. — "Estou... Euston... Euston Station; muitos dos trens para a Escócia partem de lá!

Holmes apanhou o balão volumétrico.

— Permita-me que lhe sirva uma outra xícara, meu caro colega. Se um mero homófono é capaz de desconcertá-lo, mesmo que momentaneamente, então vai precisar dela...

Minha mão ergueu-se instintivamente para cobrir a xícara, mas tarde demais: a fumegante, homicida infusão já estava a caminho, e não valia a pena detê-la ao preço de uma séria queimadura.

— Mas o que deve significar sua referência seguinte: Euston Station... um "especial"? — Era um daqueles momentos constrangedores quando a mente responde a uma pergunta assim que ela é feita. — Não se preocupe, Holmes. Eu já sei. Um "especial"... um trem não programado.

— Exatamente — concordou Holmes com a cabeça, parecendo sentir um verdadeiro e inescrutável prazer com a outra xícara de chá —, visto que é improvável que um vagabundo da Bowery mostre algum interesse pelo que ocorre ao longo da Pall Mall...

— Oito Pall Mall... oito *P.M.*! O especial partirá da Euston Station às oito da noite, e deveremos embarcar nele.

— Sem dúvida.

— Muito bem, Holmes: agora acredito que, tendo você me explicado as frustradas aspirações juvenis de seu irmão, eu conseguirei apreender o resto do que ele pretendeu dizer, durante a nossa viagem de trem para o norte, sem qualquer outra ajuda.

— Palavras corajosas — murmurou Holmes, novamente franzindo o cenho para seu cachimbo, ou melhor, para o seu conteúdo. — Suponho que você não se importe em arriscar três dias de fornecimento de tabaco no resultado.

— Por que apenas três dias?

— Não posso imaginar que o projeto exija um montante maior de tempo para ser resolvido... particularmente se vamos dispor dos serviços de um trem especial, e um trem que viaja com a sanção real, só por isso. Mas por certo você chegará à mesma conclusão — acrescentou, com uma rápida, zombeteira contração da boca (bem parecida, suspeitei, com aquela que provocara o acesso de irritação da Sra. Hudson) —, assim que decifrar a mensagem por completo. Muito bem, então... o ponto de origem do comunicado de Mycroft indica que ele está em viagem. Sugiro que usemos o tempo que temos antes da partida de nosso trem para reunir alguns itens indispensáveis para a viagem... ao menos nossas varas de pesca para as trutas e salmões. — Olhei para ele, um pouco intrigado com o seu tom de voz. — Ora, Watson, seria uma pena não desfrutarmos um pouco de recreação nos riachos reais, ao final de nosso labor.

— Esplêndida idéia — concordei. — Mas, entre esses "alguns itens indispensáveis" a serem acondicionados, espero que me permita incluir as evidentes vantagens relativas à mensagem de Mycroft que você mesmo já utilizou.

— Vantagens?

Apontei na direção de um pequeno acúmulo de jornais que jaziam ligeiramente espalhados além do sofá e sobre o tapete persa.

— Suponho que eles estão ali por um motivo, principalmente porque noto várias edições escocesas entre eles. Sem dúvida, você os localizou e os adquiriu *após* ter recebido a mensagem do seu irmão. Aliás, deduzo que você tenha retornado para casa tão ansioso que esqueceu de averiguar se tinha um suprimento de tabaco suficiente para durar toda a noite. Quando *descobriu* a falta, ficou tão aflito para sondar o mistério que não quis se aventurar a sair novamente, e pediu à Sra. Hudson para fazê-lo por você... e algo no modo de sua solicitação lhe causou seu atual mau humor.

— Ha! — surgiu essa súbita, estridente coisa que era o mais próximo de uma risada de contentamento que Holmes era capaz de produzir. — Um triunfo total, Watson... Aliás, preciso me lembrar que substâncias químicas estavam por último no balão volumétrico, e anunciar sua combinação com chás do Ceilão e *pekoe* como tônico para o cérebro! Agora... façamos as malas!

— Façamos — disse eu, levantando-me enquanto Holmes começava a deixar o aposento; mas então, ao apanhar os jornais, dois artigos que Holmes evidentemente recortara... um do *Evening News*, de Edimburgo, de quase duas semanas antes, o outro do *Herald*, de Glasgow, daquele mesmo dia... flutuaram do monte para o chão. Juntei a dupla e li as manchetes.

O *Evening News* era, tipicamente, mais sério no tom, embora o assunto em questão fosse de fato horrível:

TERRÍVEL ACIDENTE EM HOLYROODHOUSE:
Funcionário real cai sob máquina
agrícola no terreno do palácio

A história abaixo da manchete relatava a terrível sorte de Sir Alistair Sinclair, um arquiteto com conhecimento histórico, a quem fora dada a incumbência de restaurar e até mesmo redesenhar algumas das mais antigas e dilapidadas partes de Holyroodhouse, a residência oficial em Edimburgo (sendo Balmoral, como disse, a residência informal de verão da família real na Escócia). Outrora uma antiga abadia, posteriormente uma morada medieval de reis escoceses, e mais famosa por ter sido o lar preferido de Maria, a rainha dos escoceses, Holyroodhouse fora, ainda mais tarde, transformado em um palácio barroco por Carlos II, seguindo-se a um incêndio devastador. Durante o século entre a fuga de Bonnie Prince Charlie e a coroação de nossa própria rainha, porém, o palácio passara por maus bocados. Contudo, conservando sua genuína paixão pela Escócia, a rainha logo favoreceu os súditos escoceses ansiosos por um vislumbre seu ao usar Holyroodhouse como um conveniente alojamento de escala de viagem a caminho de Balmoral. Sua Majestade reformou as áreas barrocas do palácio; mas a ala oeste — o último elemento medieval remanescente e, de modo significativo, o único espaço a sobreviver intacto ao incêndio — ainda não recebera o mesmo cuidado, e o trabalho fora concedido a Sir Alistair Sinclair. A incumbência, porém, se revelara breve, pois o arquiteto estava, de acordo com relatos dos jornais, aproveitando seu período de descanso deitado sobre capim alto quando um novo exemplo de máquina aparadora de grama a vapor crivara seu corpo de ferimentos.

— Lembro-me de uma pequena nota sobre o acidente no *Times* — falei, passando a vista rapidamente na versão do *Evening News*. — Mas Holmes... você não teria recortado isto se não suspeitasse que a explicação oficial era inadequada. O que sugere?

Como resposta, Holmes apenas apontou para a outra notícia que eu segurava. Nela, o *Herald*, de Glasgow, mencionava um segundo infortúnio, demonstrando um estilo jornalístico bastante diferente — e sua atitude citadina diante de seu rival do leste:

OUTRA MORTE SANGRENTA EM HOLYROODHOUSE!
Dennis McKay, honesto operário de Glasgow, encontrado brutalmente assassinado sob os olhares dos aposentos reais!
ESTARÁ A POLÍCIA FAZENDO TUDO O QUE PODE?

O restante do relato seguia no mesmo estilo, fornecendo muito poucos detalhes efetivos, salvo que Dennis McKay fora o capataz trazido por Sir Alistair Sinclair para supervisionar a força de trabalho que este pretendia reunir em breve. Seu corpo fora descoberto caído entre as ruínas da velha abadia localizada na área do palácio, com um número não especificado de ferimentos. Apenas com esses dados, o *Herald* compôs a tal reportagem, preenchendo o resto do espaço que dedicou à história com embaraçosas suposições de que McKay fora morto por operários de Edimburgo, que estavam (supostamente) furiosos com o fato de o capataz pretender trazer de Glasgow a maior parte de sua força de trabalho.

— Quer dizer então que você concorda com Mycroft que as duas mortes estão relacionadas? — arrisquei.

— *Será* que Mycroft acredita nisso? — rebateu Holmes.

Guardei os recortes e ergui novamente o telegrama.

— "McKay e Sinclair, obras reunidas" — foi a minha resposta.

Holmes soltou outra risada brusca e então declarou:

— No seu atual grau de inspiração, Watson, não nos deixará nenhum entretenimento para o trem. Apresse-se e empacote suas coisas.

— Tudo bem — disse eu, enfiando o resto dos jornais, que continham relatos das duas mortes das quais já se ocupara a nossa imprensa londrina, embaixo do braço. — Ah... mas exigirei mais uma coisa, Holmes. — Ele virou-se novamente, os modos cada vez mais impacientes; mas fui bastante insistente. — Preciso saber o que você disse à Sra. Hudson para que eu possa pelo menos *tentar* curar a fratura... o que, suponho, *você* não pretende fazer.

Holmes preparou-se para protestar, a excitação de um caso começando a exercer seu pleno poder sobre ele. Vendo, porém, que eu não me mexeria dali sem uma resposta, ele simplesmente deu de ombros e suspirou.

— Está bem, Watson, está bem. — Retornou à janela diante da qual eu o encontrara caminhando de um lado para o outro, e fui me juntar a ele. Olhamos lá fora e vimos a Baker Street se acalmar após o término de um dia febril. — Alguma vez, Watson, seu pensamento se ocupou daquela lojinha do outro lado e a poucas portas da nossa? Isto é, o punjabi, o vendedor de miudezas?

— Um sujeito bastante decente — retruquei. — De vez em quando, compro lá coisas avulsas.

— Mas não a nossa senhoria.

— Verdade. Ela diz que não entende o sotaque do homem.

— *Você* o acha incompreensível?

— Não... mas eu tenho alguma experiência dessa parte do mundo. O que *está* querendo dizer, Holmes?

— Apenas que a Sra. Hudson não tem mais dificuldade de entender o nosso amigo do subcontinente do que você. Sua recusa em favorecer o lugar tem uma origem diferente...

— E então?

— O atual proprietário da loja mantém a propriedade alugada há 35 anos. Antes disso, ela esteve vazia por outros dez... nenhum inglês de nascimento ousou instalar uma loja ali, apesar do óbvio volume de negócios que oferecia por causa do trânsito de pedestres pela rua.

— Mas por que não? E o que isso tem algo a ver com a Sra. Hudson?

— A Sra. Hudson era uma jovem recém-casada na época a que me refiro, e recém-chegada a Baker Street. Ao que tudo indica, aquela loja e o prédio eram, na ocasião, o lar e o local de negócios de um açougueiro de carne de porco e sua família. O sujeito desfrutava uma reputação bastante favorável... isto é, até ser noticiado que sua esposa e vários de seus filhos haviam começado a desaparecer, um por um. Para encurtar uma história certamente fascinante, houve algum falatório relacionando os desaparecimentos com a peculiar natureza do produto do açougueiro... até que, certa noite, um vizinho ouviu gritos provenientes do local, e a polícia foi chamada. O homem foi encontrado no porão... que, na ocasião, mais parecia um cemitério.

— Céus! Ele era louco?

Holmes fez que sim.

— A mania habitual, em tais casos... ele acreditava que o mundo era por demais cheio de pecados para os seus familiares, a quem ele amava muito; e cada um deles, por sua vez, foi despachado para o reino mais terno e perfeito do Todo-Poderoso.

Sacudi a cabeça, ao mesmo tempo que fitava a rua movimentada.

— Sim... não é uma ilusão incomum, como você diz, apesar de toda a sua desdita. Mas ainda não vejo ligação com a Sra. Hudson.

— Não? Imagine o tipo de histórias que circularam após tal descoberta... e seu efeito sobre uma jovem mulher, uma novata na rua, que era deixada sozinha a maior parte do dia. Inevitavelmente, alguma mexeriqueira conhecida que morava perto da casa trágica começou a contar sobre estranhos ruídos noturnos que vagueavam através de suas paredes: uma mulher gemendo e crianças chorando, como também o som inconfundível de uma pá rompendo a terra. Uma outra vizinha, ainda, talvez inspirada pela necessidade de superar a amiga, jurou ter visto em várias noites uma menina vestida com um camisão branco, pranteando e perambulando sem rumo pelo pequeno quintal nos fundos do prédio. As histórias se multiplicaram... e, até os dias de hoje, os residentes dessa parte da Baker Street que eram nascidos quando os crimes foram descobertos não entram naquela loja.

Senti um frio apreensivo penetrar em meus ossos, a despeito de meus melhores esforços para reagir racionalmente.

— Mas, Holmes... por que nunca me contou isso antes?

— Nunca surgiu a oportunidade — disse Holmes simplesmente. — Mas hoje, quando descobri que estava sem tabaco, eu perguntei... como você supôs com acerto... se a Sra. Hudson se importaria em ir à tabacaria para apanhar um novo suprimento de fumo. Ela alegou estar muito ocupada para tal peregrinação, e então indaguei se, pelo menos, não poderia atravessar a rua e ver o que o amigo punjabi tinha em estoque. Ela protestou... e por azar fiz um comentário mórbido referente ao seu motivo, o qual ela interpretou como completamente sarcástico.

Tentei o tom de voz mais severo possível, dados o adiantado da hora e a crescente necessidade de nos apressarmos:

— Você devia ter demonstrado mais respeito pelas crenças dela, Holmes, por mais diferentes que sejam das suas. — Dito isso, apressei-me em sair para o meu quarto, e comecei apressadamente a acondicionar uns poucos itens em uma maleta.

A voz evidentemente intrigada de Holmes penetrou no quarto:

— E o que faz você pensar que são diferentes, Watson?

— Tudo o que pretendi dizer — elaborei, indo até um armário apanhar meus caniços e apetrechos — foi que, se a Sra. Hudson nutre certas idéias sobre assombrações e fantasmas, por que você deixaria os seus cuidados...

— Ora, mas eu também nutro essas idéias, Watson.

Permaneci completamente imóvel por um momento, à espera da gargalhada incisiva — e subitamente desalentado quando ela não veio.

— Exatamente do que *está* falando? — perguntei, voltando à sala de estar.

— Exatamente isto: de um modo diferente, mas tão forte quanto o de nossa senhoria, eu tenho uma crença total no poder dos fantasmas. E devo alertá-lo, Watson, que a sua própria opinião sobre esse assunto será provavelmente testada antes de esse caso terminar. — Então foi a vez de Holmes desaparecer e começar a fazer a mala.

— Está gracejando, é claro — falei alto, ciente de minha própria necessidade de acreditar que ele não falava sério, e intrigado com sua premência. — Já atuamos em um grande número de casos que supostamente envolviam forças de outro mundo, e você nunca deixou de...

— Ah, mas, Watson, nunca tínhamos sido chamados a um local como Holyroodhouse!

— E por que um palácio real faria alguma diferença?

Enquanto Holmes respondia, eu me descobri olhando pela janela para a loja do outro lado com muito mais temor do que sentira antes, ou do que parecia justificado pela situação:

— Os corpos de dois homens a serviço da rainha... designados para se envolver na reconstrução da parte mais antiga da estrutura, os tais aposentos que outrora foram o reino da rainha escocesa... são encontrados mortos como resultado de um número incontável de terríveis ferimentos, antes mesmo que pudessem começar o seu trabalho. As circunstâncias, as terríveis coincidências, não levam uma pessoa a se preocupar?

Eu estava para declarar total ignorância; então, os primórdios de uma antiga, muito antiga história, começaram a emergir dos cantos mais recônditos de minha memória, trazendo com eles um arrepio.

— Sim, Watson — disse Holmes tranqüilamente, juntando-se a mim na janela. — O secretário italiano... — Ele, também, olhou pela janela e pronunciou o nome com estranho fascínio: — *Rizzio*...

— Mas... — Minha própria voz, notei, baixara consideravelmente de volume e convicção. — Holmes, isso foi há três séculos!

— No entanto, dizem que ele ainda caminha pelos corredores do palácio, à procura de vingança.

Meu corpo mais uma vez tremeu involuntariamente, uma reação que me irritou.

— Disparate! E, mesmo se fosse verdade, por que cargas d'água...

— *Isso é* o que devemos determinar, meu amigo... de preferência antes de chegarmos ao nosso destino. — Holmes olhou de relance o relógio sobre o consolo da lareira. — A hora, Watson... precisamos ir!

Capítulo III

RUMO AO NORTE PARA A
FRONTEIRA ESCOCESA

Quaisquer que fossem as ilusões que eu alimentasse sobre a experiência de viajar num trem especial comissionado pela família real foram desfeitas quando vi a coisa abominável que nos esperava ao longo da velha plataforma sem uso, logo do lado de fora das linhas principais e das estruturas da Euston Station. Havíamos acabado de chegar ao nosso ponto de partida no horário (tendo apostado ou não, em se tratando de um caso ou não, Holmes nem imaginaria embarcar sem uma prodigiosa quantidade de seu próprio tabaco, preparado pelo seu confiável fornecedor, o que significou uma rota indireta até a estação); e, mesmo na semi-escuridão ou, aliás, talvez *por causa* dela, a enorme locomotiva, suas luzes ofuscantes e sua caldeira levantando vapor, já roncando, formava um considerável contraste com o pequeno e extremamente solitário vagão de passageiros que, exceto pelo vagão de carvão, era o único complemento do trem: nossa viagem, ao que parecia, sacrificaria todo o luxo pela velocidade, uma impressão confirmada quando nos aproximamos do vagão e nos descobrimos diante de uma sucessão de compartimentos simples e tristes. O mais à frente e o de trás estavam ocupados por jovens vestidos de modo simples, os quais, logo percebemos, não eram policiais. Mas o quê *de fato eram*, eles não disseram — e, sabedor de que isso se mostraria um irresistível e talvez divertido desafio a Holmes, não expressei minhas próprias impressões instintivas de que cada um dos homens tinha uma inconfundível conduta militar.

Dois homens do pelotão, que pareciam ser os líderes, aproximaram-se de nós: um deles, um sujeito de cara azeda com um nariz arqueado que terminava num ponto acusatório; o outro, muito mais simpático e afável.

— Boa noite, cavalheiros — disse este último. — Assim que subirem a bordo, poderemos seguir viagem. Infelizmente, não se trata de uma boa ocasião para amenidades... mas posso dizer que é uma grande honra para nós ter os dois a bordo?

— Se pode, tenente...? — respondeu Holmes, indagando.

O segundo homem sorriu, enquanto o primeiro começou a caminhar inquietamente de um lado para o outro.

— Uma excelente tentativa, Sr. Holmes. Mas temos ordens para nos abstermos de nomes, como também de patentes... por enquanto.

— E suponho que não teria qualquer utilidade eu perguntar quem expediu essas ordens.

— De fato não, senhor.

— Já deveríamos estar a caminho — disse bruscamente o primeiro sujeito.

— É claro — concordou Holmes, seguindo para o compartimento do meio do vagão de passageiros. — Mas lembre-se, jovem senhor, que a discrição nem *sempre* é a melhor garantia de sigilo.

— O que quer dizer, Sr. Holmes? — indagou o rapaz de cara azeda, com uma certa indignação.

— O que eu quero dizer é que, ao se recusar a conversar, você me força a confiar em minha capacidade de observação — retrucou Holmes. — A qual, posso lhe assegurar, é muito mais desenvolvida do que os meus talentos sociais. Por exemplo... enquanto você estava visivelmente *sem* falar, eu consegui distinguir a imutável marca do exército em sua postura; entretanto, seu corpo não demonstra sinal de esforço físico, nem sua pele, de serviço ao ar livre. A partir desses dados, não é uma grande tarefa deduzir que você é um oficial subalterno do estado-maior ou um membro do alto escalão da inteligência militar. Em vista das atuais circunstâncias, que conclusão *você* tiraria? — O sujeito desagradável pareceu eviscerado, e Holmes aproximou-se dele. — Uma conversa amável freqüentemente é o melhor método imaginável de confundir... como o seu amigo da Marinha Real, aqui presente, parece já ter aprendido. — Dando um leve piparote com os nós dos dedos no peito do oficial do exército, Holmes disse: — Vai se lembrar disso, não? — ao embarcar no trem. — E *você*, senhor

— acrescentou, baixando a janela do compartimento para se dirigir ao segundo rapaz —, se deseja ser bem-sucedido em sua atual carreira, não faria mal um certo treino para conter o seu modo de andar em um navio ao mar!

O segundo sujeito não conseguiu se conter, riu baixinho e lançou a Holmes e a mim olhares de apreço, ao fechar a porta de nosso compartimento.

— Desfrutem a viagem, cavalheiros — disse ele —, e avisem se houver qualquer coisa em que possamos servi-los... — Em seguida, fez sinal para os outros homens adiante e atrás de nós, e o trem deu um tranco para a frente.

A despeito do comportamento mais agradável do oficial, uma espécie muito desagradável de antevisão — o pressentimento que a pessoa sente quando não tem muita certeza em quem pode ela confiar, ou por quê, uma sensação que eu vivenciara com freqüência no Afeganistão — começou imediatamente a se avolumar em torno de nossa missão; e ela se revelou uma profunda sensação de mal-estar filosófico, até mesmo de temor, durante a viagem para o norte. Holmes e eu começamos bastante corajosamente, com uma resposta ao telegrama de Mycroft e uma tentativa de resolver o nosso duelo; mas restara de fato muito pouco daquilo que poderíamos chamar verdadeiramente de desafio. A menção a "Sr. Webley" era positivamente evidente (a não ser para alguém não familiarizado com armas de fogo inglesas); e, ao fazer essa óbvia referência à arma de serviço que ele sabia que eu portei durante os nossos casos mais perigosos, Mycroft indicou que acreditava que os nossos antagonistas na presente questão eram capazes de extrema violência — sem dúvida (em vista do destino dos dois homens que aparentemente eram os objetos do caso) um alerta supérfluo. A de certa forma absurda menção à leitura de mão como meio de autoproteção *poderia* ter sido ligeiramente hermética, se eu não estivesse ciente de que pelo menos um criminoso conhecido de Holmes, um certo "Porky" Shinwell Johnson, tinha o hábito de portar uma arma diabólica, de aparência peculiar, que era, na verdade, chamada de "protetora de palma": uma pistola de um único tiro, que disparava uma bala de calibre curto 32, e cabia perfeitamente na palma da mão. Seu pequeno tambor alongava-se entre os dedos médio e anelar e o mecanismo de disparo era acionado quando a parte traseira da mão exercia pressão suficiente em uma alavanca. Originalmente, ela chegara ao submundo de Londres através dos bandos criminosos de Chicago, e Shinwell Johnson, sabendo do interesse de Holmes por armas exóticas, o presenteara com uma, após terem cooperado em um assunto particularmente difícil; mas por que Mycroft especificara que ela devia ser levada ao palácio, nem seu irmão nem eu sabíamos dizer. Holmes, no entanto, não questionara a ordem, embora tivesse confiado a questão aos meus cuidados ao partirmos para Euston.

Com o nosso trem agora disparando como uma espécie de foguete gigante através da noite extremamente escura — pois uma frente de tempestade chegara do mar do Norte, como se para extinguir em definitivo qualquer esperança que poderíamos ter tido de não participar desse caso sinistro —, passamos à referência seguinte de Mycroft: "um par de leitos no Caledonia" parecia, a mim, servir a um duplo propósito: confirmava, no caso improvável de termos qualquer dúvida, que o nosso destino era a Escócia, ao mesmo tempo que dava ao nosso oponente ou oponentes a impressão de que havíamos tomado um navio para um porto estrangeiro. Uma rápida inspeção no *Times* nos revelou que Mycroft tivera o cuidado de se certificar de que o vapor da Cunard, o *Caledonia*, estaria de fato de partida de Southampton para Nova York exatamente no dia seguinte; e isso me deu uma pequena quantidade de segurança, pois (como Holmes já mencionara) sabíamos que várias mentes criminosas verdadeiramente determinadas e criativas consideravam com acerto a integridade das linhas telegráficas inglesas um obstáculo consideravelmente de pequena importância para obter informações sobre seus antagonistas; e a idéia de que alguns entre os nossos próprios inimigos pudessem acreditar que estávamos de partida para os Estados Unidos merecia a minha mais sincera aprovação.

A primeira parte da última linha do telegrama — "meu antigo *arrendatário*" — Holmes e eu já havíamos interpretado; a segunda parte — "ficará lado a lado em quarentena" — podia, inferi, ser tomada simplesmente como conclusão da analogia, nada além de que Mycroft encontraria nosso trem em "quarentena", em termos náuticos, um lugar distante do destino de um navio (onde a condição da embarcação, dos passageiros e da tripulação podia ser verificada) e, no nosso caso, algum ponto distante o bastante de Edimburgo onde Mycroft teria tempo de nos colocar a par dos verdadeiros fatos do caso em questão, antes de chegarmos à cidade. E, assim, a questão do telegrama chegou a um fim abrupto; e, sob circunstâncias normais, eu deveria me sentir orgulhoso de minha própria análise da coisa. Ainda havia, porém, uma grande porção de trilhos para ser percorrida, naquela noite em particular, e, mesmo em nossa considerável velocidade, muitas horas se passariam até chegarmos à fronteira escocesa. Parecia improvável que conseguíssemos transpor dormindo quaisquer dos momentos intermediários ou, por outro lado, evitar o assunto sombrio que Holmes tentara puxar antes de deixarmos Baker Street, o qual me fizera sentir tal temor mortal — sem mencionar as dúvidas em relação à integridade mental de meu amigo.

— Trata-se de uma história medonha, Watson — refletiu Holmes, finalmente contente por ter à mão uma grande quantidade de seu próprio "revigorante" tabaco forte. Enquanto parte deste tostava em seu cachimbo, ele se empenhou em uma detalhada análise da selvageria do homem contra seu semelhante do mesmo modo como uma pessoa normal talvez se comportasse ao encarar um prato cheio de alimento substancioso. É verdade que a indignidade em particular a que se referiu naquela noite acontecera havia mais de trezentos anos; mas seu idiossincrático código do bem e do mal não fazia distinção entre um crime cometido em tempos recentes e outro ocorrido em uma época completamente diferente — no mínimo, o fato de a justiça há muito protelada apenas fazia com que suas engrenagens intelectuais rangessem mais depressa.

— Medonho, de fato, mas instrutivo, pelo menos em um sentido — prosseguiu Holmes, a voz momentaneamente arrogante. — Fomos acostumados, durante a nossa própria era, a considerar a época elisabetana como a era de Shakespeare, Marlowe e Drake... de elevada literatura e elevado patriotismo. Esquecemos que tinha um lado particularmente impróprio, que foi uma época durante a qual mais ingleses foram queimados na fogueira do que se apresentaram em um palco; quando havia mais espiões negociando segredos e cortando gargantas do que heróis caminhando nos conveses de navios desafiadores. O próprio Marlowe não encontrou a morte, não como um sábio poeta envelhecido, mas no curso do dever, como um jovem agente secreto, com a adaga de outro espião enfiada na órbita ocular?

— Ora, vamos, Holmes — protestei, não sem certa rispidez. Sempre considerara um tanto simplistas as opiniões políticas e históricas do meu brilhante amigo (ainda me recordo do fato de que, quando nos conhecemos, ele confessou nunca ter ouvido falar em Thomas Carlyle, muito menos ter lido alguma de suas obras), mas, na maior parte, isso não apresentava motivo para discussão entre nós: por mais simples que possam ter sido suas interpretações, em geral estavam de acordo com os meus próprios sentimentos. Por vezes, porém, ele podia ser o que eu considerava ingenuamente sarcástico sobre tais assuntos; e qualquer homem com um passado militar sente no coração ofensas à sua nação e à sua história, o que quer que sua cabeça possa pensar dos presentes fatos do caso. — Estamos falando — continuei — da Escócia, e não da *Inglaterra*.

— Estamos falando de um crime particularmente revoltante, o qual, sem o apoio de ingleses poderosos... aliás, sem a cooperação implícita daquela suprema manipuladora, Elizabeth... jamais seria ao menos tentado. Não, Watson... trata-se de um ato de derramamento de sangue que não podemos simplesmente classificar como "tipo de coisas que acontecem na Escócia"... embora sua forma final tenha levado muitos supostos "patriotas" ingleses a repudiá-lo.

Por mais que carecesse de alguma nuance, era essencialmente correto. De fato, isso me forçou a perceber (constrangido, tendo em vista o meu tom de voz anterior, um tanto repreensivo) que eu esquecera a maioria dos detalhes do infame assassinato de David Rizzio, secretário particular, professor de música e confidente de Maria, rainha dos escoceses. Holmes, porém, era um mestre, como tenho observado, em tais histórias, não obstante a época e o local de sua ocorrência; e logo percebi que ele se encontrava simplesmente disposto demais a negligenciar a reação estouvada do soldado aposentado e novamente me colocar a par de todos os aspectos da questão, enquanto continuávamos a ser arremessados através dos pântanos das Midlands e, posteriormente, dos de Yorkshire — um cenário que, em vista da furiosa tempestade lá fora, não poderia ter sido mais perfeito para a história.

O ano era 1566; o local do ultraje, claro, Holyroodhouse, ou, como era conhecido mais simplesmente na ocasião, o Palácio de Holyrood (um nome derivado da mais preciosa relíquia da abadia há muito tempo abandonada, um objeto que seus zeladores acreditavam piamente tratar-se de uma lasca da Santa Cruz). Como jovem herdeira católica do trono escocês, Maria fora informada de que tinha o mesmo e legítimo direito ao manto inglês de Elizabeth: pois, enquanto a linhagem Tudor mais direta parecia terminar com a Rainha Virgem, Maria era uma jovem e presumivelmente fértil e bisneta do fundador dessa dinastia, Henrique VII. Ela fora, portanto, inscrita como um involuntário peão na tentativa da França (a terra natal da mãe) de cercar a Inglaterra protestante com os exércitos da Verdadeira Fé: além de ter passado a maior parte de sua juventude na corte francesa, em vez de no agitado reino do pai, Maria acabou sendo escolhida para noiva do doentio jovem rei francês. Quando a enfermidade de seu novo marido se revelou mortal, a adorável jovem viúva — com apenas 18 anos de idade — descobriu que uma vida repleta de notáveis novas oportunidades, em vez de uma pesarosa reclusão, se abriu à sua frente. Príncipes do continente seguiram apressados o caminho até sua porta, e logo ficou claro que, de todas as estradas que ela mesma poderia percorrer, retornar à Escócia era de longe a mais difícil e perigosa, visto que o reino se tornara oficialmente um domínio protestante durante os anos em que estivera longe dele.

Maria, porém, tinha um espírito que, em nossa era, a colocaria naquela classe sempre crescente de mulheres a quem chamamos de *aventureiras*: após muitos meses entretendo um e outro pretendente principesco, como também inflamando o início do que viria a se tornar uma rivalidade mortal com sua "prima inglesa" (uma rivalidade tanto política quanto pessoal, porém muito mais esta do que aquela, segundo muitos que a testemunharam), Maria decidiu arriscar tudo em um retorno solitário à terra natal e uma solitária reivindicação ao trono escocês.

Grande parte de seu país natal reagiu ardentemente à coragem de sua manobra, pois esta encerrava um grande respeito aos desejos de seu povo. Os cidadãos da capital, em particular, lhe deram as boas-vindas — tanto que, quando ela (acostumada e, de fato, adorando os modos continentais) mudou a sede real do formidável mas melancólico Castelo de Edimburgo para o elegante Palácio de Holyrood, logo após a extremidade mais ocidental da cidade, não houve muitos protestos. Maria cercou-se de damas de companhia escocesas para se juntarem àqueles que a haviam acompanhado do exterior, e dedicou-se de imediato a estudar os dialetos escoceses (de modo que podia expressar-se neles ao receber os nobres do país), como também a aprender os passatempos favoritos dos escoceses, caça, arco e flecha, música, golfe e dança. De modo geral, ela se saiu bem em todas essas atividades — e colocou o máximo de seu empenho em nada fazer para reafirmar o catolicismo como a verdadeira fé do país.

— No entanto, que choque deve ter sido para uma tal rainha ainda jovem, Watson! — observou Holmes. — Voltar para casa, após quase uma existência passada entre o refinamento da Europa, para um país considerado tão bárbaro pelos seus parentes franceses por afinidade e pelos seus amigos que o próprio termo para ser repetidamente atravessado por uma lâmina era *poignarder à l'écossais*... um terrível prenúncio do crime que a própria Maria iria testemunhar. — Holmes acomodou-se um pouco mais no conforto de seu sobretudo quando o vento que soprava pela janela aberta do compartimento ficou ainda mais frio. — E um revelador ponto de convergência entre esse crime de tempos atrás e as maldades mais recentes, as quais nós mesmos estamos a caminho de investigar...

Nesse ponto, lembrei-me novamente de como os senhores Sinclair e McKay — os pobres homens mortos que quase haviam sido esquecidos na rastejante atemporalidade do passeio movido a vapor de Holmes por alguns dos menos honrosos episódios de nossa história — haviam encontrado seu destino: *poignarder à l'écossais*, "perfurados à moda escocesa". Estaria o meu amigo, perguntei-me silenciosamente, na verdade sugerindo uma ligação entre aquelas um tanto antiquadas intrigas reais e o nosso caso atual?

— Uma pergunta bastante óbvia marca o seu rosto, Watson — comentou Holmes, totalmente correto. — Mas acredite em mim quando digo que só o tempo fornecerá a sua resposta. Permita-me, portanto, terminar a minha história:

"Após quatro anos de navegação bem-sucedida nas águas agitadas e muitas vezes assustadoramente sangrentas da política escocesa, Maria deparou mais uma vez com a questão do casamento: seus nobres e seus súditos queriam um herdeiro, e continuaram a deixar claro que *não* desejavam que o pai desse herdeiro — uma criança que podia, apesar de tudo, crescer para governar igualmente a Escócia *e* a Inglaterra — fosse de origem estrangeira ou católico. Um nobre nativo, protestante, era a exigência; e Maria revelou uma infeliz e profunda falta de discernimento quando, subitamente, acreditou estar apaixonada por Henrique Stuart, lorde Darnley. Na França, ele era chamado de "o parvo encantador"... (a frase original, em francês, está muito além do meu alcance, mas, não obstante, Darnley era considerado fisicamente tão belo quanto Maria... a breve paixão de ambos parece ter-se baseado em pouco mais do que luxúria. A burrice de Darnley, entretanto, mostraria ter efeitos mais duradouros do que seus encantos: isso tornou seu novo príncipe um objeto de desejo para os nobres que queriam erradicar finalmente toda a influência católica sobre sua rainha, a começar pelos cortesãos papistas, estrangeiros e escoceses, com quem ela continuava a povoar seu círculo mais íntimo.

Holmes fez uma pausa, com um leve movimento de cabeça.

— Havia tantos meios através dos quais esses homens poderiam conseguir o efeito que desejavam, Watson... — O desdém na voz de Holmes assumiu um tom quase pesaroso. — Tantos meios *racionais*, eu diria. E o mais simples provavelmente teria sido o mais eficaz. Maria não era estúpida, de modo algum, e homens de igual inteligência lhe explicavam a natureza das pressões mundanas que estavam em ação em sua terra... sobretudo o modo como seu próprio casamento e a descendência estavam agora vinculados à questão da sucessão inglesa... e ela, indubitavelmente, entendia seu argumento. — A tristeza cedeu à ira, mais uma vez. — Mas, como sempre, tais seres acreditavam que uma explicação mais completa de um ponto tão crucial faria com que atingisse em cheio o alvo. Resolveram por um ato de violência coercitiva e ilustrativa, uma aterrorizante demonstração de como parece e é percebido o poder político quando este se abaixa para colher individualmente uma vida...

"O casamento de Maria com Darnley revelou-se rapidamente nada mais do que uma intensa mas passageira paixão, de ambas as partes; e a sua subseqüente decepção com o marido e a frieza em relação a ele causaram no jovem parvo uma determinação em mostrar à esposa que ele podia ser não apenas um imperioso marido mas um poderoso político. O fato de Maria estar grávida de muitos meses, como resultado de sua breve paixão inicial, talvez estimulasse Darnley a esse respeito; certamente, isso deixou seus co-conspiradores ainda mais ansiosos para mostrar à rainha que, tendo em vista que agora mantinha o futuro do reino em seu ventre, ela deveria cessar seu flerte com os cortesãos católicos. E havia um outro fator a ser considerado: quanto mais ela celebrava a missa romana e permitia a presença de conselheiros e damas de companhia católicos em seus aposentos particulares, mais seu ódio por Elizabeth... e pelos conselheiros mais cruéis de Elizabeth, liderados pelo homicida espião-chefe Walsingham... aumentava de intensidade.

"Restava, para o corajoso grupo de Darnley, apenas a escolha de uma vítima... e sobre quem fixaram seu olhar coletivo? David Rizzio... professor de música, mestre dançarino... tanto bufão quanto 'secretário'. Certamente, não se encontraria na corte escocesa uma criatura de influência mais limitada e superficial. Aliás, sua relativa insignificância apenas revelou a falta de imaginação e a maldade de seus detratores... daria no mesmo se eles matassem um dos *spaniels* da rainha. Ah, ele era encantador, por certo, muito hábil na dança, além de tocar e ensinar música. E desfrutava um grau incomum de informalidade com a rainha, em geral ceando em seus aposentos particulares e entretendo as damas presentes até tarde da noite. Havia rumores, é claro, de que ele fornecia outros serviços além desses ao grupo de mulheres, mas, mesmo na época, tais conversas se mostraram sem base. Muito mais importante, se a verdade fosse conhecida, era o simples fato de ele ser italiano e, como tal, poderia ser descrito para os ignorantes e os idiotas como um agente do 'bispo de Roma'. — Holmes praticamente cuspiu uma coluna de fumaça pela janela. — Através de tais profundas maquinações mentais, os destinos dos tolos inofensivos e dos impérios são selados...

Subitamente, meu amigo se ergueu em toda a sua altura, seu aspecto desafiador a despeito do balanço do trem.

— Entretanto, é o disparate da crença de que Rizzio não passa de uma feliz recordação da descuidada juventude de Maria no continente que resiste como fato instrutivo do caso, Watson, em vez de seu assassinato! — A ira de Holmes agora irrompeu em sua forma mais ativa, e o nosso compartimento mal conseguia contê-lo, ao recomeçar o ruidoso caminhar iniciado em nossos aposentos em Baker Street. — Reflita sobre os mais simples fatos da fisiologia: Rizzio era um homem baixo, de insuperável feiúra e, de acordo com alguns relatos, corcunda, enquanto Maria era incomumente alta e formosa, com uma história pessoal de predileção por homens de semelhante espécie, como Darnley. Uma mulher de tal origem e predileções subitamente abandonaria seus hábitos de nascença e gosto pela glória cegante desse nanico músico italiano? É possível encontrar ainda hoje ingleses sensíveis que acreditam nisso, que propagam superstições medievais sobre os poderes sensuais dos corcundas, a despeito do fato de que não há qualquer prova verdadeira de que Rizzio era assim, ou, de fato, *qualquer coisa* mais do que excepcionalmente divertido e jocoso. Não, Watson!

— Meu caro Holmes, não discuto a questão...

— Não, eu digo! — Estava claro que, na falta do público inglês em geral, eu bastaria, na mente de Holmes, como seu representante. — Em geral, o assassinato conta com a difamação para a sua racionalização... e muito mais quando ocorre entre príncipes e seus criados! Peço apenas que você imagine a cena:

"Na desolação de uma noite de março, na Escócia, Maria... faltando seis meses para dar à luz o filho que realmente se tornaria não apenas o monarca escocês como também aquela mais ilusória particularidade, um legítimo herdeiro da coroa inglesa... chama algumas de suas mais íntimas damas de companhia aos seus aposentos, na ala oeste de Holyroodhouse. Estamos falando... para que não pense, Watson, que perdi o fio da meada de nosso caso, como também o juízo... dos mesmos aposentos que Sir Alistair foi requisitado, apenas semanas atrás, para reabilitar: aposentos que permaneciam quase intocados desde a noite à qual me refiro. Lembre-se desse fato, pois, se ele não for vital, então talvez seja melhor retornar a Londres em segurança e entregar esse caso aos cuidados de Mycroft e ao sem dúvida extraordinário grupo de jovens — Holmes gesticulou em direção à frente e à traseira do trem, onde aqueles mesmos oficiais haviam se isolado — que agora estão reunidos à nossa volta. Não, o ambiente é de suma importância, pois quantas vezes você e eu observamos que o sangue exerce um poder especial sobre os locais onde é derramado?

"E, nesse local em particular, Maria, desejosa de música, de diversão, de risadas, outra vez ingenuamente, chama o ainda mais ingênuo Rizzio, que ceia com as damas de companhia no pequeno, íntimo aposento de jantar da rainha, e fornece tudo o que lhe é pedido: pilhérias, provavelmente vulgares e à custa de Darnley, música, tocada como somente um italiano consegue, e dança, embora a própria rainha, *grávida*, não tome parte desta última. Um momento encantador, em tudo e por tudo, um daqueles que requer apenas um marido fiel e compreensivo para ser completo, em vez de um tolo ambicioso, bêbado. Cedo demais, porém, o tolo chega...

"Surge, numa obscena ironia, através da pequena escada privativa que liga os aposentos da rainha aos seus, embaixo. A princípio, os convivas ficam aturdidos ao vê-lo, pois ele raramente se aventura naqueles aposentos, seu dever real tendo sido cumprido seis meses antes, mas é saudado com o respeito que seu título ordena. Mas, em seguida, chegam os rudes capangas do príncipe, sem serem convidados nem anunciados, através do mesmo acesso amoroso, que Darnley lhes havia revelado. Então, terminante e asperamente informam à rainha que pretendem sanear seus aposentos particulares do homem que chamam de alcoviteiro católico romano que se porta acima de sua posição. Maria, uma verdadeira rainha, a princípio fica menos alarmada do que furiosa; mas, em seguida, o marido não faz nenhuma objeção. Ele revela culpa por todo o rosto, e sua boca embriagada é incapaz até mesmo de declarar sua própria traição. Em pouco tempo, surgem mais rudes nobres da zona rural, e estes tentam botar as mãos em Rizzio, o qual, como o bicho de estimação que é, procura a segurança da barra da saia de sua dona, agarrando-se a ela para proteger o que ele agora, tarde demais, desconfia que deve ser sua preciosa vida. Desafiadoramente, Maria exige saber o que aqueles homens pretendem… e eles lhe informam claramente, pela segunda vez, que irão purificar seus aposentos do suposto conspirador lascivo a seus pés.

"As fortes mãos dos senhores finalmente caem sobre Rizzio, Maria intervém e, enquanto o degenerado Darnley, enérgico em todos os aspectos menos no que interessa, permanece medrosamente afastado, seus capangas exibem pistolas. Na tentativa de constranger Rizzio, apontam primeiro as pistolas para o próprio ventre grávido da rainha, levando-a a acreditar que sua vida e da preciosa criança correm de fato perigo; mas então, sob os protestos de Maria como também dos gritinhos receosos de suas damas de companhia, Rizzio é arrastado pela alcova e através da escada, gritando pateticamente pela sua vida: "*Justizia! Justizia! Sauvez ma vie, Madame!*" Mas Maria não pode salvá-lo. Na escada principal da torre, os corajosos nobres escoceses exibem longas e pesadas adagas e trespassam o homenzinho um fantástico número de vezes: por alguns relatos, sessenta; por nenhum outro, menos de cinqüenta e cinco. Entre cinqüenta e cinco e sessenta! O quanto daquela pequena estrutura física deve ter ficado intacta? Quantos...

— Holmes... — ousei interromper.

— Quantos de nós, hoje em dia, ao se deparar com tais ferimentos, seriam tentados a imaginar que uma *máquina* moderna os teria infligido...?

Subitamente, tanto Holmes quanto eu fomos arremessados contra a parede dianteira do compartimento; e um ruído estridente — um ruído que quase tomei como os gritos da há muito tempo morta rainha dos escoceses, tão envolvido me tornara no relato de Holmes — cortou através da noite tempestuosa com um espantoso poder ensurdecedor. O trem se encontrava claramente com algum tipo de problema, e o grito das rodas de aço freadas contra os trilhos, junto com o explosivo apito da locomotiva, indicava que o problema era sério. Tivemos tempo apenas de nos endireitar, o possante veículo enviando uma chuva de faíscas acima da estrada e para trás onde estava o nosso vagão e mais além, quando um segundo ruído, ainda mais agourento, surgiu rugindo de algum lugar da escuridão que nos envolvia.

Era o som inconfundível de uma explosão, e não do tipo que pudesse acompanhar algum defeito da locomotiva a vapor.

— Um estouro de obus, Watson? — gritou Holmes na minha direção.

— Creio que não! — respondi. — A detonação foi fraca demais para ser de artilharia!

Holmes correu para uma janela a fim de inspecionar o cenário adiante.

— Uma *bomba*, então... sim, ali! Perto dos trilhos!

— Consegue ver se a linha férrea foi danificada? — perguntei, correndo adiante e me esforçando para enfiar a cabeça e o tronco pela janela ao lado da de Holmes.

— Não, não parece ter sido... entretanto...

Nisso, tanto Holmes quanto eu nos viramos ao avistar uma sombra que se deslocava, movendo-se rapidamente em direção ao nosso vagão; mas, antes que qualquer um de nós conseguisse concebê-la em palavras, a sombra havia saltado para o degrau do compartimento e, com braços surpreendentemente fortes, empurrou-nos para trás de modo tão rápido e inesperado que ambos perdemos o equilíbrio.

Encontrei-me no chão do compartimento; Holmes conseguiu se balançar para um assento, evitando o mesmo destino.

— Permaneçam aqui dentro, eu imploro! — disse o jovem que Holmes identificara como um oficial de marinha antes de nossa partida de Londres. Algumas imprecações de marinheiro se seguiram a essa irrupção, após as quais o outrora sujeito calmo de tom de voz agradável sacou um revólver de uso da marinha e fechou com força as nossas janelas. Ouvimos vozes altas e o esmagar de pesadas botas ao longo do cascalho abaixo dos trilhos...

Então, quando começávamos a nos recuperar, soaram vários gritos.

Sacando rapidamente a minha própria arma de serviço, determinei-me a seguir novamente para a porta, indignado por ter recebido ordens sobre a minha própria segurança, e a do meu notável amigo, dadas por aquele filhote de oficial que nem mesmo pertence a um exército de combate.

— Ora, mas que idéia — murmurei, ao armar o cão do meu revólver. — "Inteligência", realmente...!

Eu já alcançara o trinco da porta do compartimento quando Holmes agarrou o meu braço e gritou "Watson... cuidado!", e puxou-me de volta. Ele vira o que eu não pudera ver: um outro rapaz, este ainda mais agitado do que o anterior, com uma expressão em seu rosto pálido que era o próprio fanatismo. Esse último efeito era drasticamente intensificado por uma fogosa barba ruiva, cabelos desgrenhados de semelhante comprimento e cor e, o mais espantoso de tudo, uma comprida e terrível cicatriz que tornava sua bochecha direita uma desordenada barafunda e obscurecia horrendamente o seu olho direito.

O possante braço e o brusco cotovelo do sujeito foram mais do que parelha para a vidraça da janela da porta do compartimento e, numa explosão, ela se espatifou para dentro, impulsionando a Holmes e a mim para longe do vidro voador.

— Nós sabemos por que vocês vieram! — declarou o jovem louco num denso dialeto do inglês; e, no momento em que ele disse isso, detectei o nefasto cheiro de pólvora negra.

— Mas não deixaremos que matem mais patriotas escoceses! Sintam o gosto do que deram a Denny McKay!

Antes que Holmes ou eu pudéssemos reagir, o jovem desapareceu da janela — não, contudo, sem depositar algo no interior do compartimento.

Ao olhar para baixo, tanto meu amigo quanto eu vimos a agourenta forma de uma pequena bomba caseira.

O que parecia uma lata de tamanho médio fora enchida até o transbordamento com um explosivo granuloso, compactado com algo que parecia e cheirava muito a piroxilina, ou "algodão-pólvora", a bucha altamente explosiva e inflamável usada na artilharia moderna. A tampa, que estava bem presa por um arame, fora furada no centro, e um estopim caseiro estava enfiado no buraco.

Ouvi Holmes emitir um ruído curto que, mesmo para ele, era mais propriamente uma abominável proximidade de gargalhada.

— Uma lata de tabaco! — exclamou; então, virou-se para mim. — Uma *bomba* em uma lata de tabaco... há uma dupla ironia nisso, não acha, Watson?

— Não, Holmes, não acho! — gritei, resistindo ao impulso de agarrar o meu amigo e sacudi-lo para ver se lhe enfiava um pouco de bom senso. — O pavio está queimando!

Capítulo IV

DO MEIO DA NÉVOA

Holmes deu de ombros, quase fortuitamente, e aproximou-se do artefato mortal.

— Pode estar queimando, Watson... mas esses nacionalistas escoceses podiam aprender algumas coisas com os seus primos irlandeses...

Abaixando-se com o que me pareceu ousadia suicida, Holmes simplesmente arrancou o pavio da lata, largou-o no chão e apagou-o esfregando-o com sua bota. Olhando as minhas feições atônitas, seu rosto encheu-se de decepção.

— Falando sério, Watson... é claro que você detectou o aroma de pólvora negra de combustão lenta.

Senti um repentina pontada de embaraço.

— Bem... sim. Agora que você mencionou.

— Tivemos, no mínimo, de dez a quinze segundos para planejar uma solução.

Guardei de volta a minha arma de serviço sob o paletó, observando o meu amigo com uma estranha mistura de admiração e raiva.

— Peço desculpa, se fiquei excessivamente alarmado, Holmes, mas...

— Por favor, velho amigo — rebateu de imediato, erguendo a mão. — Afinal de contas — quem sabe como eu teria reagido em seu lugar, na fronteira noroeste, ao enfrentar uma onda de ataque de guerreiros afegãos com seus fuzis Jezail?

Foi uma concessão bastante decente; mas, antes que eu pudesse agradecer, ambos ouvimos o som de passadas se aproximando rapidamente, de novo se movendo ao longo do cascalho da linha férrea: provavelmente a nossa escolta. Holmes segurou o meu braço com firmeza, embolsou a mortal lata de tabaco e murmurou:

— Talvez seja melhor *não* revelarmos todos os detalhes do que vimos, Watson... esses homens obviamente não nos contaram tudo, nem sobre a nossa missão nem sobre a deles; por que deveríamos demonstrar uma cortesia maior?

Assenti uma vez e, então, o rosto do jovem oficial de marinha apareceu novamente na agora vazia moldura de nossa janela.

— Ah! — propalou. — Então o sujeito também esteve aqui, não é?

— *Alguém* esteve — menti rapidamente. — Tivemos pouca chance de vê-lo, porém... ele quebrou o vidro, mas nada mais pôde fazer antes de você se aproximar.

O jovem oficial assentiu, ainda mantendo a pistola erguida.

— Que sorte — disse ele com um sorriso, sua afabilidade de volta; então pareceu farejar algo. — Epa... que cheiro é esse? — perguntou, olhando-nos mais pormenorizadamente.

— Desculpe, a culpa foi minha — respondeu Holmes, percebendo que eu esgotara minha capacidade de invenção extemporânea. — O nervosismo me deixou muito ansioso para fumar, mas a ruptura da vidraça deixou minha mão trêmula. Acendi uma caixa inteira de fósforos — ergueu o cachimbo apagado —, mas não adiantou.

Os olhos do oficial estreitaram-se.

— *Você*, Sr. Holmes?

— Com a idade, todos nós perdemos alguma parte de nossa calma sob fogo. — Holmes deu um amigável aceno de cabeça para o homem. — Com sorte, você nunca vivenciará muito mais do que isso.

O jovem oficial, evidentemente satisfeito, voltou a sorrir e recuou da porta.

— Desejam ocupar um outro compartimento, cavalheiros? — Ele indicou a moldura da janela. — Infelizmente a temperatura está caindo muito rapidamente, e a chuva não mostra sinais de amenizar.

— Uma excelente sugestão — retrucou Holmes. Então esticou o braço em direção à porta. — Watson? Creio que você não gostaria de acrescentar febre intermitente à lista de entretenimentos da noite...

Fiquei imaginando por que Holmes se mostrou tão insistente para que eu fosse o primeiro a deixar o compartimento, mas não imaginei por muito tempo: depois que apanhei a minha maleta e o estojo do meu caniço do bagageiro superior e fui em direção à porta, observei-o usar a proteção do meu corpo para se abaixar rapidamente e recolher os restos do pavio queimado da bomba.

— Certamente não — falei, demorando-me no vão para conceder a meu amigo um minuto para completar seu trabalho. — Nenhum dano nos trilhos? — perguntei ao oficial.

— Não, doutor... o elemento do grupo deles responsável por arremessar a bomba o fez cedo demais, e ela caiu bem antes.

— Eu me pergunto por que eles simplesmente não *enterraram* o artefato.

— Sem dúvida, já deve ter encontrado esses tipos, doutor — comentou o jovem desdenhosamente. — Mais convicção do que coragem ou conhecimento.

Aproveitei a deixa:

— Verdade? Então você sabe quem eram eles?

O sorriso do homem — tão evasivo quanto encantador, reconheço agora — brilhou mais uma vez.

— Eu preferia deixar tal conversa para o local do encontro, doutor. Se não se importa.

Examinei-o com um amistoso olhar penetrante.

— "Local do encontro"?

— Sim. Foi mesmo sorte... poucos minutos a mais e estaríamos completamente parados e muito mais vulneráveis.

Percebi que Holmes já estava pronto, e observei:

— Bem, confiante no conhecimento de que você também nada pretende explicar sobre *esse* comentário enigmático, vamos fazer a nossa mudança. Um compartimento para trás, creio, hein, Holmes? Não tenho vontade alguma de estar perto de outra façanha semelhante.

— Meus exatos sentimentos, Watson — disse Holmes, finalmente se juntando a mim com a sua bagagem.

Observando-nos ocupar nossas novas acomodações, o jovem oficial bradou:

— Em momentos, estaremos novamente a caminho... mas, como eu disse, não demorará muito até pararmos novamente, embora por um motivo que será, acredito, muito mais agradável!

Dito isso, o sujeito desapareceu, correndo à frente. As vozes altas à nossa volta — nenhum dos comentários completamente distinguível — indicaram fracasso na tentativa de localizar o fanático cujas desvairadas feições estavam agora gravadas com bastante nitidez em minha mente. Trancamo-nos no compartimento e, em questão de momentos, estávamos novamente em movimento.

— Imagine, Holmes! — comentei. — Nem ao menos uma palavra de explicação daquele sujeito sobre esse assunto terrível.

— Não — disse ele, tirando dos bolsos a bomba não explodida e os restos do pavio e colocando-os sobre um lenço que estendera sobre um assento vazio. — Mas isso o surpreende de fato, Watson? Ainda não temos uma idéia exata de quem são... e agora esse negócio de "local de encontro"!

— Absurdo — foi tudo o que consegui pensar em dizer, ao juntar-me ao meu amigo para examinar o artefato que pretendera, ao que parecia, nos matar. — Há, nessa coisa, pelo menos alguma pista da identidade dos nossos *agressores*?

Holmes não pareceu esperançoso.

— Uma marca de tabaco comum no sudeste da Escócia... barata, com um sabor grotesco.

— Holmes, eu estou mais interessado nos...

— Mas, de todo modo, uma dupla ironia, Watson... a nossa investigação começa com uma discussão por causa de tabaco e, justo quando nos debruçamos sobre a história da rainha da Escócia e seus oponentes, um sujeito com a aparência de fanático das Terras Altas joga este artefato...

— "Com a aparência"? — exclamei estupefato. — Se aquilo é a aparência, não desejo me encontrar com o exemplo verdadeiro.

— Nem eu... — A voz de Holmes foi sumindo enquanto continuava a examinar a bomba, desmontando-a cuidadosamente. — Piroxilina... algodão-pólvora — disse ele, soltando um pedaço. — Sem dúvida, você notou.

— De fato — foi a minha resposta. — Deparei com a coisa no Afeganistão, quando começamos a usar os primeiros canhões Armstrong. Se o criador desse pacote conhecesse seu ofício, teria percebido que o algodão-pólvora pode ser muito mais destrutivo do que a pólvora negra. Dada as proporções, se o pavio fosse de um tamanho apropriado para explodir essa bomba quando o sujeito a jogou, ele provavelmente teria sido morto também.

Holmes inalou o inconfundível aroma produzido pelos ácidos nítrico e sulfúrico nos quais o algodão comum de bucha de artilharia fora encharcado para criar o poder propulsor adicional da piroxilina.

— De fato, Watson — disse ele finalmente —, e essa incongruência é digna de nota. É bastante... — Holmes retornou ao exame silencioso.

— Holmes? — indaguei. — O que o levou a dizer que uma bomba é irônica, visto que estávamos falando da rainha da Escócia e seus inimigos?

— Hum? Ah... sim. Ora, por causa do momento da história ao qual havíamos chegado, Watson. Recorda-se do destino do covarde marido da rainha da Escócia, Darnley? A poucos meses do nascimento do filho que ela carregava na noite do assassinato de Rizzio... o filho Jaime, que viria a ser o sexto da Escócia e o primeiro da Inglaterra..., Maria ficou profundamente enamorada do...

— Do duque de Bothwell, sim — falei, recordando enfim a história. — Um homem de grande força física e inabalável lealdade, ou assim diz a história.

— Sim, de fato. E menos de um ano após o nascimento do príncipe, a casa na qual Darnley morava... pois fora expulso do palácio de Maria... foi destruída por uma enorme explosão. O próprio Darnley escapou no último instante... só para ser encontrado estrangulado logo depois nos destroços.

Recostei-me, de certo modo dominado pelo crescente nível de violência que parecia aproximar-se de nós enquanto continuávamos disparando através da tempestade e da noite para um clima ainda menos hospitaleiro.

— Punhaladas furiosas... bombas... Holmes, em nome de Deus, em que estamos nos envolvendo?

Os olhos de Holmes se reviraram e fitaram através da janela.

— Na Escócia, eu diria...

— Sim, sim, mas... — Fiz um esforço concentrado para conter os meus nervos retornando ao pensamento racional. — Eu gostaria de trazer você de volta a uma idéia central, Holmes.

— É mesmo?

— Bem — comecei, dando-me conta de que a velocidade de nosso trem diminuíra mais uma vez; dessa vez, porém, o processo pelo menos foi gradual. — Só que... e digo isso sem qualquer desrespeito pelo seu ultraje em relação ao assassinato de Rizzio, que foi de fato um crime medonho... mas você parece peculiarmente concentrado na coincidência de locais e ferimentos, entre aquele crime e as mortes de Sinclair e McKay. Entretanto, essas *são* questões de pura coincidência, e, certamente, nada mais. A não ser... — Parei, sem saber como compor exatamente a minha afirmação seguinte, muito menos exprimir suas dúvidas subjacentes.

Holmes pareceu notar um pouco o meu constrangimento, ao dizer:

— Eu desprezo coincidências, Watson... sobretudo em matéria de assassinato.

— Como sei muito bem.

— Então é imperativo que você termine a declaração que iniciou com "a não ser..."

— Muito bem. — Sobrepujei todas as ansiedades com uma pressa forçada: — Eu simplesmente ia dizer que, *a não ser* que você acredite de fato que há alguma... alguma ligação *espiritual* entre o assassinato de Rizzio e os casos aos quais estamos a caminho para investigar.

Holmes encarou-me, um tanto inexpressivamente.

— Creio que eu devia ter deixado obviamente evidente que *considero* que uma "ligação espiritual" se encontra no próprio *cerne* desses casos, Watson.

— Mas, Holmes, você certamente não está... não pode estar dizendo que acredita que um... um *fantasma* esteja agindo lá? Que uma alma vingativa assombra Holyroodhouse?

As feições de Holmes começaram a se abrir em um sorriso que, se tivesse se alargado mais, teria transformado o meu constrangimento em um alarme muito mais profundo. Ele abriu o que parecia ser uma boca divertida, como se fosse falar — mas, nesse exato instante, o trem começou a desacelerar mais intencionalmente: indo à porta de nosso compartimento e abrindo sua janela, nada pude ver na vizinhança que se assemelhasse mesmo a uma casa, muito menos uma estação, e Holmes — que se juntou a mim após embrulhar com cuidado e novamente esconder os elementos da bomba — não teve melhor sorte. Ignoramos, portanto, as instruções de nosso jovem "anfitrião", abrimos a porta do compartimento, desdobramos o pequeno conjunto de degraus abaixo dela e descemos para o chão. A posição vantajosa nos permitiu uma boa olhada em outra cena alarmante.

Os vários homens da inteligência estavam novamente do lado de fora percorrendo as áreas ao longo de ambos os lados dos trilhos, armas a postos e fazendo muito pouco para confirmar a argumentação anterior do oficial de marinha de que aquela era alguma espécie de parada planejada. Em meio à espessa neblina, tornada ainda mais impenetrável pela enorme quantidade de vapor expelido pela nossa locomotiva através do que parecia ser cada buraco e junção de seu revestimento de ferro, os homens continuaram sua busca de um modo ainda mais frenético (ou assim me pareceu) do que haviam demonstrado durante o ataque. A única conclusão que pude tirar foi que agora enfrentávamos uma ameaça ainda maior do que nacionalistas armados com bombas — e prontamente vi algo que indicou que a aflição deles podia se justificar.

— Olhe ali, Holmes! — gritei.

A escassos trinta metros diante da locomotiva, ambos pudemos discernir uma luz vermelha incandescente, cerca de dois metros do chão e parecendo, através do nevoeiro e da cerração, piscando como o olho de alguma besta mítica.

— Seria mais provável — refletiu Holmes calmamente — encontrar um dragão em *Gales* do que na Escócia...

Logo se tornou evidente que a luz se movia em nossa direção, embora sem um andar apressado; e não demorou para se tornar igualmente óbvio que o nosso "olho de dragão" era, na verdade, uma lanterna de sinaleiro provida de uma brilhante lente vermelha. Quando uma figura humana se tornou discernível abaixo da lanterna, os homens da inteligência chamaram uns aos outros e dirigiram-se ao excepcionalmente alto e corpulento recém-chegado, que usava uma capa comprida e chapéu de feltro e se firmava numa bengala muito fina. Entretanto, ficou claro que esse sujeito não era inimigo, pois os canos das pistolas dos jovens foram todos dirigidos para cima quando se aproximaram dele e seus modos mostraram-se bastante deferentes. Mais alguns segundos, e o homem estava cerca de quatro metros de nós, seu rosto perfeitamente visível à luz da lanterna.

Era Mycroft Holmes, que nunca me parecera tão completamente fora de seu ambiente natural. Ele parou, exalando grandes nuvens condensadas, enquanto ouvia os jovens lhe contarem o que supus ser a história do ataque que sofremos;

em seguida, deu instruções aos oficiais reunidos, de um modo firme mas não inteiramente familiar, e estes lhe obedeceram imediatamente, arremessando-se de novo em todas as direções possíveis. Então, se aproximou de nosso vagão, o tempo todo bufando e arfando e tentando recuperar o fôlego.

Holmes saltou agilmente para os degraus abaixo de nosso compartimento, em seguida enfiou o braço através da janela aberta e balançou-se de um lado a outro da porta.

— Ora, irmão! — gritou ele. — Você parece ter se tornado o grande potentado de algum culto oriental perfeito, com acólitos e rituais sanguinários! Quais de seus rituais são tão enigmáticos que precisam acontecer sob a proteção de uma noite tempestuosa no meio de...? Não devo arriscar um palpite sobre a nossa exata localização. Só sei dizer que ultrapassamos a fronteira escocesa, mas minha atenção foi desviada durante a última hora!

— Afaste-se da entrada, Sherlock — retrucou Mycroft aborrecido, o largo rosto mais rosado que nunca, mas os extraordinários olhos cinzentos mais cheios de propósito do que nunca. Após seu irmão obedecer à ordem recuando para o vagão, Mycroft acrescentou: — Há muito para conversarmos e, se eu não me sentar logo, receio poder cair na inutilidade.

— Com esforço, ajudei o Holmes mais velho a subir no vagão; e, ao fazê-lo, ele olhou rapidamente para mim e ofereceu a peculiar expressão que era o mais próximo à amabilidade e à consideração do que jamais se aproximou qualquer um dos dois irmãos Holmes. — Sou grato por ter vindo junto, doutor. — Segui Mycroft para o interior do vagão e sentei-me oposto a ele e ao lado de Holmes, enquanto os homens da inteligência ajeitavam a entrada de nosso compartimento para a partida. — Posso então supor — prosseguiu Mycroft — que nenhum de vocês foi ferido de alguma maneira durante o episódio ocorrido mais cedo?

— Sim, pode... *se* gosta de se dedicar a tais hábitos debilitadores como o da suposição, Mycroft. Você, de fato, deveria ter incluído em sua mensagem algum alerta sobre possíveis lunáticos nos atacando, sabe?

As feições do Holmes mais velho encheram-se de um enorme constrangimento.

— Peço desculpas por essa ação imprevisível, Sherlock... e especialmente a você, Dr. Watson. Eu simplesmente não acreditei que esse assunto se tornaria logo tão crítico.

— O que sugere, porém, que você acreditava que *acabaria* por se tornar crítico — rebateu Holmes.

— Claro — disse Mycroft simplesmente. — Eu devia ter imaginado que a minha mensagem sugeria tudo isso. — Ele pareceu momentaneamente surpreso. — Espero que o comunicado não tenha apresentado um problema insuperável.

— De modo algum, senhor — afirmei, ciente de que as nossas circunstâncias me levaram a ter em conta esse homem, cuja companhia compartilhei em vários outros casos perigosos, com um respeito involuntariamente elevado.

— Não permita que Watson o tapeie, Mycroft — respondeu Holmes à indagação de seu irmão. — *Ele* pelo menos achou a sua mensagem um exercício dos mais divertidos.

Mycroft deu ao irmão um olhar de indulgente irritação e disse:

— De que modo hábil insulta a nós dois, Sherlock. — Então, olhou para mim. — Ele foi um menino impertinente, doutor, sempre disposto a se enaltecer depreciando os outros... um hábito que tem mantido por toda a vida adulta.

Nesse momento, o rosto do oficial de marinha surgiu na janela. Abriu a porta o suficiente para enfiar a cabeça.

— Tudo em ordem, Sr. Holmes — falou para Mycroft. — Nada e ninguém por perto, exceto algumas ovelhas.

— Excelente — respondeu Mycroft, novamente com uma peculiar mistura de autoridade e falta de jeito. — Então, por favor, reúna os outros a bordo e vamos seguir viagem... Eu gostaria de estar nos arredores do palácio antes de amanhecer por completo.

— Sim, senhor. — Dito isso, o jovem partiu novamente; e nós também, poucos segundos depois.

— Eles são sujeitos entusiasmados, mas têm um hábito irritante de confundir entusiasmo com eficiência — comentou Mycroft, quando voltamos a estrondear a toda velocidade. — Esse negócio de não usar nomes, por exemplo... isso tem um resquício muito grande do tipo continental de espionagem. Infelizmente, Sherlock... — O lamento pareceu genuíno, se bem que ligeiramente teatral. — Eu o invejo. Sempre haverá um lugar no mundo para o detetive consultor... mas e o solitário agente de inteligência? Uma raça ameaçada! Afinal de contas, se vocês dois, que foram convocados para este caso, não podem ser confiáveis nem mesmo para saber os *nomes* de nossos colegas, quem pode ser?

— Quer dizer então que essas pessoas *não* são suas, Mycroft? — perguntou Holmes.

Seu irmão sacudiu a cabeça.

— Você conhece os meus métodos, Sherlock, tão bem quanto conheço os seus. Eu ajo sozinho, chamando aqueles que já estão envolvidos ou que são de alguma forma necessários a cada diligência. É o único modo pelo qual mesmo uma moderada porção de segurança pode ser obtida. Quanto a esses — ergueu a enorme mão enluvada e indicou a frente e a traseira do trem —, são membros dos braços das inteligências do exército e da marinha. Mas, ora, Sherlock, você já sabia quem eram. Tenho certeza disso.

Holmes inclinou a cabeça só um pouquinho para confirmar a correta suposição.

— Quer dizer então que eles estão auxiliando você?

— Estão... e não estão. Até resolvermos o assunto, e, apesar dos meus mais fortes protestos, eles receberam ordens de me auxiliar... mas tenho a firme impressão de que "auxiliar", nesse caso, inclui "monitorar". Sob condições normais, eu nunca deveria ter permitido a tais homens, que trabalham em segredo, a oportunidade de observar os meus métodos, ou os seus... mas estas estão longe de ser condições normais, como já deve ter percebido.

Holmes assentiu mais uma vez, dizendo:

— E, por "circunstâncias normais", nesse caso, você quer dizer um rotineiro par de mortes, e mesmo um rotineiro par de assassinos, envolvendo dois funcionários reais. — Quando Mycroft pigarreou, constrangido, em resposta, Holmes pressionou-o. — Ora, vamos, irmão. É óbvio que tal turma como a que está a bordo deste trem não foi reunida apenas para investigar duas mortes, como você já disse... nem um bando de nacionalistas escoceses... ou aquilo que claramente nos levaram a acreditar que fossem nacionalistas escoceses... tentaram nos destruir de uma maneira tão evidentemente inexperiente!

— Diante da expressão intrigada do irmão, Holmes fez um breve sumário do incidente concernente à segunda bomba, como também de seus motivos para ter sonegado aos oficiais da inteligência os detalhes do assunto, uma atitude de suspeita instintiva que Mycroft, soubemos então, não só entendia como compartilhava. Holmes, então, insistiu: — Desse modo, portanto, talvez você nos conte, Mycroft. O que, *na verdade*, reuniu a todos nós?

— Eu lhes direi tudo que posso... mas tome muito cuidado, Sherlock. E você também, Dr. Watson. — Mycroft apanhou um grande cantil, cheio até a borda com o que logo descobrimos ser um excelente brandy. — Há muita coisa que vocês precisam saber, e acredito que teremos tempo suficiente para que eu revele tudo, antes de chegarmos a Holyroodhouse...

Capítulo V

SOBRE JOGOS REAIS, O MENOR E "O GRANDE"

— Você, Sherlock, sem dúvida, tornou o Dr. Watson ciente da minha estreita relação com Sua Majestade — começou Mycroft Holmes. — Aliás, suspeito que o tenha tornado ciente antes de vocês terem deixado Baker Street.

— Uma dedução elementar, irmão, e indigna de ser mencionada — rebateu Holmes. — Claro que eu *tive* de fazer isso, para convencê-lo de que a sua mensagem um tanto melodramática se referia de fato a um caso urgente.

— Exatamente. — O ar pensativo de Mycroft se fez notar em seus penetrantes olhos cinzentos e sua imperiosa testa, a qual, como todas as demais feições nobres de seu rosto, parecia completamente fora de lugar no alto de seu corpo enorme e um tanto corpulento, em minha direção. — E você, doutor, *ficou* convencido disso?

Antes de responder à pergunta de Mycroft, olhei rapidamente de modo inseguro para Holmes, cuja atitude em relação à possibilidade de uma explicação sobrenatural dos assassinatos de Holyroodhouse havia, antes da chegada de seu irmão, se tornado para mim a fonte de uma certa preocupação.

— Bem, senhor — respondi finalmente —, é claro que alguém não vivencia uma tentativa de bombardeio a um trem *sem* se convencer de que deparou com um caso *bastante* extraordinário. Mas, quanto à questão de um "caso urgente"... desculpe, mas minha resposta depende necessariamente de qual caso estamos falando. — Do mais extremo canto do meu olho, creio ter detectado uma sacudidela da cabeça de Holmes e até mesmo um sorriso condescendente em seu rosto, embora meu olhar, na verdade, permanecesse fixo em Mycroft.

— Ora, dos assassinatos de Sinclair e McKay, é claro — retrucou simplesmente o mais velho dos Holmes; e então uma expressão de compreensão logo substituiu a de minuciosa observação que estivera em seu rosto. — Ah. Percebo que Sherlock andou influenciando você com idéias fantasiosas em relação à história de Holyroodhouse.

— Meu caro Mycroft, eu não permito que "fantasias" penetrem em minhas análises. Apenas forneci a Watson o pano de fundo necessário a uma total compreensão de *qualquer* assassinato que diga respeito ao palácio.

— É mesmo? E é de seu hábito incluir lendas locais nos panos de fundo de *cada* caso de que se incumbe, Sherlock?

— Tivemos de avaliar os méritos de tais relatos com muito mais freqüência do que pode imaginar, irmão. — Holmes recostou-se no assento, mais uma vez acomodando-se no interior da gola levantada de sua capa, com um imenso ar de auto-satisfação. — E quando as circunstâncias de alguns crimes atuais combinam tão exatamente com as de um crime célebre, posso afirmar, pela minha experiência, que a lenda, de algum modo, está em questão.

Mycroft ergueu ceticamente apenas uma de suas peremptórias sobrancelhas.

— Espero não ter cometido um erro ao recrutar sua ajuda, Sherlock... Eu lhe garanto que esse caso requer o máximo de seriedade de propósito que possa ter.

Antes que a conversa degenerasse para uma outra discussão fraternal, achei melhor intervir:

— Há um determinado fato sobre o qual permaneço confuso, cavalheiros, e gostaria de um esclarecimento. — Ambos se voltaram em minha direção. — Ambos disseram que esse caso envolve *dois* assassinatos... entretanto, os relatos de jornal definem o falecimento de Sir Alistair Sinclair como um acidente.

Mycroft Holmes pigarreou do modo incômodo que lhe era habitual durante os momentos de embaraço, como acontecia similarmente com muitos indivíduos fleumáticos.

— Desculpe, Watson, mas isso é obra *minha*. E, ao explicar por que enganei a imprensa, poderei — lançou outro olhar de censura na direção do irmão — *finalmente* tratar do verdadeiro motivo de tudo. Você leu que Sir Alistair adormeceu sobre um capim alto e ali foi atropelado por uma máquina agrícola automática... correto?

— Sim, senhor.

— Uma invenção necessária, receio — disse Mycroft.

— Ah! — fez Holmes, sorrindo e chegando mais à frente de seu assento, para melhor ouvir e ser ouvido acima do ruído contínuo do trem em disparada. — Agora vamos chegar *de fato* ao cerne da questão!

— Sim, Sherlock. — Mycroft, também, pareceu bastante disposto a fazer cessar a momentânea rixa verbal dos dois. — Você presumiu com acerto que a minha própria presença neste país infernalmente selvagem e de clima imprevisível indica que aconteceu algo mais sério do que um mero par de assassinatos. E foi realmente "um par de assassinatos", doutor, pois o corpo de Sir Alistair... morto não há muito tempo, mas, mesmo assim, morto... foi *colocado* propositadamente debaixo da tal máquina de lavrar.

— Isso me interessa particularmente, Mycroft — declarou Holmes. — Que máquina era, e o que levou você a escolhê-la?

Fiquei completamente perplexo e olhei chocado para Mycroft.

— Você?

— Claro que foi "ele", Watson — disse Holmes impacientemente. — Ele está aqui, e disse que a história que diz respeito ao acidente foi uma invenção. Sua mente devia ter feito a ligação imediata de que foi Mycroft, com a ajuda desses subordinados temporários, ou de alguns outros que ainda haveremos de conhecer, que colocou o corpo debaixo da máquina, para desviar completamente a polícia local da pista.

A afirmação estava recheada de tantas suposições extraordinárias que eu consegui apenas deixar escapar:

— Mas por quê? Por que desejariam que as autoridades *não* soubessem o que aconteceu, se o homem foi assassinado? E por que tão deliberadamente estender o logro para a imprensa e para o público, através da polícia?

— Porque precisávamos enganar a imprensa e o público muito *mais* do que a polícia, doutor — disse Mycroft. — Mas permita que os fatos do caso expliquem isso... o que, quase sempre, é o uso mais eficiente de energia. E tome um pouco de brandy: essas não são coisas fáceis de se falar. Ou de ouvir...
— Primeiramente, antes de avaliar o seu conteúdo, Mycroft Holmes passou-me seu enorme cantil revestido de couro. Dei um gole cerimonioso, Holmes recusou-se a fazer o mesmo, e então começou a história de seu irmão.

— Suponho que nem mesmo você, Sherlock, saiba o número exato de vezes em que se atentou contra a vida de Sua Majestade durante o seu reinado.

Holmes parou, olhou acima e através da janela do compartimento, como se tivesse deixado passar algo; e, observando-o, eu também, subitamente, me dei conta de que *ambos* havíamos deixado passar algo crucial: uma frase no telegrama de Mycroft, uma frase pela qual havíamos passado quase que alegremente a fim de prestar atenção no que considerávamos a segunda e mais importante metade da declaração. Holmes virou-se para mim e falou baixinho:

— "O sol é *muito* ardente..."

— "O céu se enche de águias familiares" — retruquei, repetindo a parte da frase que já havíamos interpretado; mas agora, com a nova questão da falha na segurança da rainha, pareceu-me óbvio que o "sol é muito ardente" sugeria que Sua Majestade estava, na verdade, *atraindo* as "águias familiares".

Holmes virou-se para o irmão.

— Eu sei que, no mínimo, já houve várias dessas tentativas — disse ele.

— Na verdade, já foram nove — replicou Mycroft.

— Tantas assim! — exclamei, novamente atônito. — Isso é possível?

— Temos sorte de não terem sido mais — respondeu Mycroft. — Essa é a minha própria opinião, como também a da família real. Sabe, as tentativas são uma peculiar coleção de crimes: todas foram perpetradas por homens bem novos... na verdade, jovens. Todos usaram pistolas como arma de preferência; entretanto, em todos os casos, salvo no primeiro e no penúltimo, as pistolas tinham cargas, mas estavam carregadas apenas com chumaços de papel de jornal.

Cada músculo de Holmes pareceu ficar tenso diante daquelas palavras — mas ele não fez nenhum movimento.

— Isso não foi mencionado nos relatos fornecidos aos jornais — falou calmamente.

Mycroft sacudiu lentamente sua enorme cabeça.

— Não, Sherlock. Não foi.

Anos antes, o estranho comportamento de Holmes naquele instante talvez tivesse me confundido; mas agora eu podia avaliar que era uma de suas sinistras calmarias, que logo seria seguida pela aproximação intelectual e verbal de uma repentina tempestade. Mycroft também pareceu prever algo nesse sentido: ficamos surpresos, portanto, quando o nosso companheiro disse apenas:

— Suponho que todos receberam a pena dos poucos de que me recordo: "inocente por motivo de insanidade", com um período em um hospício ou com a condição de degredo para as colônias.

Mycroft concordou com a cabeça.

— Novamente, para o grande desprazer da casa real, sobretudo quando o príncipe consorte ainda estava vivo. Foi somente por influência de Alberto, após o primeiro incidente, que brandir uma arma mortal na direção da rainha, a despeito de essa arma estar carregada ou provocar algum mal, foi tornado crime; e, mesmo assim, tal comportamento foi declarado apenas um delito leve. O príncipe também chegou perto de fazer com que aquele primeiro agressor fosse declarado são e condenado por alta traição; mas o rapaz, na verdade, não havia *disparado* a sua pistola... um jovem de Eton o subjugara, antes que ele pudesse... e, portanto, essa pena mais dura foi necessariamente deixada de lado, apesar da seriedade do caso. Uma pena adicional de múltipla fustigação pública foi por fim acrescentada ao degredo para as colônias, mesmo para os agressores considerados loucos, a ser empregada a critério do júri. O simples fato, porém, foi que, uma vez que todos os jovens *pareciam* ser loucos, nenhum júri inglês decente jamais conseguiu fazer a força total da lei recair sobre suas cabeças.

A explosão demorou mas chegou:

— Isso é realmente demais! — exclamou Holmes, dispensando algum juiz ou júri invisíveis com um gesto da mão. — Especialistas em armamentos *nunca* foram consultados?

— Muito bem, Sherlock — rebateu seu irmão. — A essência da questão, em poucas palavras. Infelizmente, porém, não. Nenhum especialista desse tipo jamais foi chamado para testemunhar, por mais extraordinário que pareça.

— Mas é um erro de uma magnitude inimaginável — disse eu, pois a "essência da questão" também não me escapara. Quantas vezes eu tratara ferimentos causados quando armas de escorva eram carregadas com pólvora, em seguida a pólvora calcada com uma bucha... e finalmente o usuário, considerando a arma nada mais do que um brinquedo ou um instrumento para assustar, resolvia pregar uma peça que resultava num ferimento, ocasionalmente sério. Aliás, quando a carga plena de pólvora com bucha é disparada bem de perto, pode criar calor suficiente para causar queimaduras sérias, junto com uma força de concussão capaz de fazer a arma saltar sozinha para o ar. Acrescente qualquer material à primeira vista inocente... até mesmo papel de jornal... fortemente calcado no lugar do projétil, e a pessoa estaria em posição de infligir um ferimento grave e até mesmo fatal, sobretudo se a vítima já estivesse debilitada pela juventude, enfermidade ou idade; e, ainda, desde que a pessoa atirasse de uma distância próxima o bastante, como todos esses pretensos regicidas pelo menos tentaram fazer. Desde fuzis Jezail no Afeganistão a antiguidades guardadas em algumas das grandes casas de campo da Inglaterra... a instrução concernente aos muitos modos pelos quais armas de fogo podem ser mortais tem sido perpetuada entre as mais raras formas do conhecimento humano.

— A maioria dos jovens não *parecia* entender bem o bastante de armas de fogo para saber que estava colocando em perigo a vida de Sua Majestade — comentou Mycroft. — Seu objetivo aparente nada mais era do que uma espécie de notoriedade perversa; entretanto, havia alguns entre a mescla que não eram afetados dessa maneira, que pareciam bastante cientes da seriedade de seus atos, mas que, ao mesmo tempo, sabiam com certeza que a polícia e a imprensa considerariam suas armas "descarregadas". E, é claro, os júris que enfrentaram... e aos quais nunca foi fornecida outra interpretação... chegaram repetidamente ao mesmo veredicto: inocente por motivo de insanidade, com uma recomendação contra a fustigação e a favor de hospitalização ou degredo. E é aqui que a questão adquire um aspecto de interesse adicional.

— De fato, Mycroft — disse Holmes —, creio que adivinho sua próxima afirmação tão claramente quanto veria este trem, estivesse eu parado quilômetros adiante e sobre uma pista plana. — Mais uma vez, Mycroft Holmes pareceu momentaneamente irritado, mas Holmes sorriu rapidamente e pôs-se a apaziguá-lo: — Que sorte estarmos do mesmo lado desse caso, irmão! — Apesar de todas as suas ocasionais rivalidades sobre questões insignificantes, os dois irmãos Holmes eram generosos em reconhecer as conquistas um do outro em assuntos importantes, como, suspeito, seriam dois gênios intimamente aparentados.

— Bem, eu não me importaria de ser informado — falei para Mycroft. Mas foi Holmes quem respondeu.

— Se não estou enganado, Watson, Mycroft está prestes a anunciar que pelo menos um dos pretensos assassinos, após embarcar em seu transporte, jamais chegou a seu porto de destino.

Mycroft Holmes concordou lentamente com a cabeça.

— Sim, Sherlock. Estou.

— Entretanto, sua presença aqui — continuou Holmes —, como também a nossa, indica que você conseguiu, talvez após um período de algum tempo, descobrir exatamente onde ele *desembarcou*.

— Está novamente correto — retrucou Mycroft. — O jovem em questão, o pior do bando, também foi o último deles: o incidente ocorreu há apenas seis meses e, por causa das circunstâncias, conseguimos evitar que se tornasse de conhecimento público. Ocorreu, sabem... e imagino que devem achar isso chocante... dentro dos limites do palácio de Buckingham.

Aceitei o cantil de Mycroft Holmes, que notei haver diminuído consideravelmente de peso desde que ele começara a contar sua história.

— Mas que explicação pode haver para tal falha de seus próprios guarda-costas?

Mycroft deu de ombros.

— A própria rainha é a explicação, doutor. Pois é a grande ironia pessoal de seu reino que, embora tenha sobrevivido a mais atentados contra sua pessoa do que qualquer outro ocupante do trono de que se tem memória... e talvez desde Elizabeth... ela, sistematicamente, desmontou cada um dos órgãos montados durante gerações para proteger a figura real. Nisso, e em tudo o mais, ela prefere contar com alguns poucos criados de confiança: na maioria os *gillies*, ajudantes de caça escoceses, que são pouco mais do que guardas-florestais, embora alguns tenham sido homens corajosos e extraordinários. O público soube os nomes de apenas alguns deles; John Brown, é claro, o mais famoso dentre eles, o que é perfeito, pois, se fosse de amplo conhecimento o quanto de fato ela é vulnerável... Eu mesmo já fui convencido, tanto pelo Departamento de Guerra quanto pelo Almirantado, a permitir que alguns homens fossem destacados para o serviço de segurança real durante essa crise, mas eles só aceitaram a incumbência porque insisti que sua presença, e muito menos seus nomes, não seriam do conhecimento de Sua Majestade... e, aliás, de todos os demais, como vocês mesmos tomaram conhecimento.

"A cautela é mais do que uma indulgência no sigilo rudimentar: se descobrisse que esses homens estavam por perto, ou mesmo soubesse que, para isso, tais sistemas de inteligência e proteção tivessem sido convocados nas últimas várias semanas, a rainha certamente teria colocado um ponto final em tudo isso. Ela considera tais atividades um tanto abaixo da dignidade do Estado britânico. E, embora eu concorde com ela, como tenho certeza de que vocês também concordam, uma crise é uma crise, e princípios devem ser ocasionalmente... *temporariamente adaptados*. Além disso, também, a rainha é, como ela me lembra a cada uma de minhas audiências, aparentada, por sangue ou por casamento, a quase todas as famílias reais do continente, e se comunica com todas elas com regularidade. Se qualquer trama para assassiná-la envolvesse mais do que simplesmente um jovem iludido e desequilibrado, ela insiste que saberia de antemão. Sem a menor intenção de desrespeito, Sherlock, mas a sua presença aqui, com a do Dr. Watson e dos oficiais da inteligência, é uma demonstração de como considero justificada essa argumentação.

Holmes assentiu, absorvendo tudo e, por fim, disse naquele tom de certo modo brando e contido que, no seu caso, se passava por tato:

— Alguém é tentado a perguntar, Mycroft, de *onde* vieram a autoridade e a ordem para essas atividades, já que não foram de Sua Majestade...?

Mycroft assentiu, como se já esperasse a pergunta.

— Da segunda pessoa mais poderosa do país, e a cabeça mais serena a ocupar o cargo desde Melbourne.

— Lorde Salisbury? — indaguei. — O próprio primeiro-ministro?

— Por certo, doutor. Embora eu vá infringir ligeiramente uma das regras de nosso clube, ao fazer tamanha revelação devo dizer que ele já foi outrora membro do Diogenes, antes de sua grande notoriedade forçá-lo a demitir-se. Vocês devem estar a par de seus hábitos recreativos de solitária experimentação científica... estes eram muito admirados no clube. Ele e eu nos tornamos amigos durante essa época. Algumas semanas atrás, ele me chamou para me informar do que tinha em mente e para pedir que eu coordenasse o meu próprio empenho juntamente com os de vários homens anônimos que ele pretendia colocar no local, e também ficasse como encarregado geral da operação. O príncipe de Gales estava junto e, ao que parece, ele sabe e aprova tudo. Bem, diante de tais homens e tal pedido... o que eu poderia dizer?

— Verdade — retruquei. — E o que poderemos nós?

Até mesmo Holmes pareceu satisfeito, assim: assentiu e sorriu mais uma vez.

— Vamos, irmão... revele sua história! Que *fim* levou esse último agressor?

— Seu nome — Mycroft aproximou-se mais de nós, como se pudesse haver ouvidos atentos escondidos nas próprias paredes do compartimento — era Alec Morton, um rapaz de menos de 20 anos. Desejei que ele não estivesse vinculado a quaisquer tramas mais amplas, assim sua identidade seria desimportante. Mas, embora eu continue a considerá-lo um peão indesejável *dentro* de qualquer trama desse tipo, não é mais possível descartar a própria trama. Pois, como sabem, no início de sua viagem de deportação para a África do Sul, Morton escapuliu de seus guardas com a ajuda de certos agentes estrangeiros. Deixou o navio, supomos, na companhia dos tais agentes e, subseqüentemente, desapareceu... no porto de Bremen...

Seguiu-se um silencioso e aparentemente longo intervalo, antes que eu quase sussurrasse:

— Os alemães? Mas, certamente, vocês não acreditam que *eles* andaram tentando eliminar Sua Majestade durante tantos anos.

— Não "tantos anos" assim, doutor — disse Mycroft. — Mas, até agora, ao menos pelos vários anos que nos dizem respeito... não posso afirmar algo com alguma certeza em relação a esse assunto. Durante a maior parte do reinado de Sua Majestade conseguimos felizmente manter uma amistosa rivalidade, em vez de uma inimizade, com a Prússia e seus vários outros Estados germânicos incorporados ao império pelo chanceler Bismarck. A própria rainha conta tanto com alemães quanto ingleses entre seus ancestrais, um vínculo que se tornou ainda mais forte, como já mencionei, através de seus filhos e netos que mantêm posições-chave na Alemanha, bem como na mais extensa aristocracia do continente. Não é sem motivo que a nossa monarca é conhecida como "a avó da Europa".

— O próprio imperador alemão atual não é seu neto? — perguntei. Mas, quando olhei meus dois companheiros, descobri que, embora cada qual tivesse confirmado com a cabeça, nenhum deles parecia muito satisfeito com o fato.

— Sim, Sua Majestade tem essa dúbia honra, doutor — comentou Mycroft —, e, geralmente, a tem usado em favor de nossa nação. Essa, afinal de contas, é uma rainha que não se orgulhou tanto, como uma viúva idosa, de ser tutelada em questões de Estado pelo próprio Disraeli, como também por Bismarck, e de estar sempre disposta a seguir a sensata política prussiana de manter as boas relações entre a Inglaterra e a Alemanha... isso, apesar do fato de que ela detestava pessoalmente o homem, na mesma proporção que amava Disraeli. No final das contas, no entanto, ela teve motivos para lamentar a aposentadoria e posterior morte do "chanceler de ferro", pois, apesar de sua firme crença de que pode controlar o neto que agora mantém o incontestável poder no Império Germânico, os fatos têm sempre demonstrado que o comportamento dele em geral permanece bem distante do controle de *qualquer* semelhante humano, seja uma avó indulgente, estadista talentoso ou um capacitado especialista em doenças mentais...

O assunto da instabilidade mental do cáiser levou Sherlock Holmes a suspirar desdenhosamente.

— Eu já achava que estava exagerando em relação ao caso, Mycroft. Mas agora você nos diz que esse Alec Morton estava a serviço de um governante demente? O cáiser talvez estivesse apenas tentando se livrar da barra da saia da avó, algo que, por mais inadequado que fosse, servia como o único freio para o seu comportamento.

— A questão não é tão descompromissadamente simples assim — rebateu Mycroft. — Se fosse, teríamos apenas que apresentar as nossas provas à Sua Majestade e, em questão de dias, a Alemanha ficaria mais isolada e mais excluída como nação do que qualquer um pudesse imaginar... os amigos do cáiser, os turcos, talvez ainda fizessem negócios com eles, porém ninguém mais ousaria. Não, o que temos a lhes contar é muito mais confuso e preocupante: não conseguimos encontrar nenhum indício de quem são exatamente os amigos alemães de Morton. Não podemos dizer com certeza que ele não agiu, e não continua agindo, sob as ordens do cáiser ou de alguém ligado ao círculo imperial germânico, nem podemos dizer com certeza que suas ordens *vieram* de lá.

Holmes virou-se, um raro ar de surpresa no rosto, ao indagar:

— Mas, certamente, há mais coisa que você *sabe*, não? Por que outro motivo nos reuniria desse modo tão extraordinário?

Mycroft arqueou as sobrancelhas, ajeitando-se inquietamente no assento.

— Morton vem de uma família de operários especializados; na maioria, estucadores... de Glasgow. Há cerca de 18 meses, ele passou a freqüentar o consulado alemão naquela cidade. Tínhamos tido discussões com seus funcionários, sobre as quais tanto Sua Majestade quanto a embaixada alemã foram informadas. Morton queria saber que etapas ele deveria cumprir para poder fazer uma viagem prolongada até Bremen a fim de visitar a *avó* doente. Houve apenas uma dificuldade, como agora confirmou o nosso próprio escritório consular naquela cidade.

— Morton *não* tem avó alemã? — arrisquei.

— Exatamente, doutor. Nenhum parente alemão de nenhuma espécie. Mas os próprios alemães, embora devessem estar a par desse fato, optaram por não nos alertar sobre a impostura do homem.

— Ele visitou a Alemanha antes do atentado à vida de Sua Majestade? — quis saber Holmes.

— Se visitou, não podemos prová-lo. Entretanto, nos meses *desde* esse atentado, tomamos conhecimento de certos fatos aparentemente não relacionados, mas, mesmo assim, interessantes. Sobre a família de Morton, por exemplo: vários de seus membros, inclusive seu próprio pai e seu irmão, trabalharam, em ocasiões diversas, como emboçadores em turmas de operários lideradas por ninguém menos do que Dennis McKay... o homem encontrado morto ontem em Holyroodhouse. Isso não é tudo: a polícia sabia que McKay era um secreto mas importante funcionário do Partido Nacionalista Escocês.

— Sintam o gosto do que deram a Denny McKay — disse Holmes, num excelente arremedo do dialeto de nosso agressor.

— O que é isso? — perguntou Mycroft em resposta; mas rapidamente entendeu a alusão feita pelo seu irmão. — Ah! Uma declaração dos homens que atacaram o trem? — Holmes fez que sim, e Mycroft declarou: — Então eles *eram* nacionalistas.

— Ou — observou Holmes — melhores do que impostores medianos.

Mycroft olhou para o irmão.

— Haveria algum motivo para que você desconfiasse de tal desempenho, Sherlock?

Pude ver pelo rosto de Holmes que não lhe faltavam idéias; mas sacudiu a cabeça e disse:

— Meras especulações, irmão... e já tivemos o suficiente delas.

— De fato. Agora, então, cavalheiros, acredito que começaram a perceber a verdadeira extensão daquilo em que ingressaram... e por que senti a necessidade de contatá-los da maneira como o fiz.

— De fato, senhor — concordei. — Isso parece cada vez menos uma investigação de assassinato e cada vez mais... bem, alguém não saberia como chamá-la!

— Alguém sabe — disse Holmes mansamente. — Mas alguém não gosta de dizer. Mycroft, preciso expressar isso delicadamente, mas... eu não gostaria de pensar que *nós*, o Dr. Watson e eu, vamos nos tornar peões em alguma rebuscada intriga... e talvez seja tirado partido de nossos talentos numa tentativa de garantir que o público jamais descubra a verdade maior de tudo isso.

O assunto me surpreendeu: não porque não tenha passado pela minha cabeça, mas apenas por causa da insinuação de que o próprio irmão de Holmes o usaria daquela maneira. E, mesmo assim, Mycroft não pareceu de todo incomodado — aliás, muito pelo contrário.

— Entendo sua atitude, Sherlock — disse ele simplesmente. — E, se eu estivesse em seu lugar, é bem possível que compartilhasse esse sentimento. Vocês estão a caminho do que pode ser a mais recente, para não dizer a mais elaborada, de muitas tramas contra a nossa monarca, que se estendem por uma terra que, através de sua história, pouca coisa conheceu *além* dessas tramas. Pode ser muito intrigante, mas isso eu lhes prometo... intencionalmente, não permitirei que nenhum dos dois se torne parte de questões que comprometam a sua integridade. — O irmão mais velho ofereceu um fugaz sorriso ao mais novo. — O seu *singular* senso de integridade...

Holmes deu ao irmão um olhar investigador, não sem antes retribuir a expressão de amizade fraternal.

— E seu atributo de íntimo conselheiro de Sua Majestade...?

Mergulhando mais fundo em seu assento, Mycroft subitamente pareceu um tanto desencorajado.

— Atualmente, neste país, há aqueles... alguns dos menos importantes entre eles estão neste trem conosco... que acreditam que, a fim de proteger a nossa rainha e o nosso país, devemos adotar os métodos de nossos rivais e inimigos, do mesmo modo como fizemos certa vez por todo o Império; que devemos estar prontos para mentir, não apenas para líderes de tribos antagônicas da África ou da Ásia, ou simplesmente para traiçoeiros agentes e potências do continente, como também para os nossos próprios companheiros, se estes não forem implacáveis ou zelosos o bastante na busca de nossos interesses comuns. Nossa monarca reinante, porém, tem arriscado a vida para demonstrar que não precisa ser assim; para mostrar que o Império Britânico pode se comportar de maneira a romper com tradições odiosas de conluios de espiões, serviços secretos, tramas e assassinatos que foram estabelecidas e mantidas pelas casas reais dos Plantagenetas e dos Stuart. Pode ser loucura a rainha achar que tal mudança é possível... mas, como disse, eu por acaso concordo com ela. E é por esse motivo que tenho passado minha vida nesse serviço que tenho; e, apesar de às vezes sentir necessário trabalhar em união temporária com os tais sujeitos sem nome que vocês já conheceram, eu preferiria — novamente, chegou mais perto, irracionalmente (ao menos me pareceu) receoso de que de algum modo pudéssemos ser ouvidos — que conseguíssemos resolver esse assunto, para grande satisfação de Sua Majestade e a frustração desses agentes. Vamos, em resumo, pensar neles como uma espécie de "seguro"... pois, se não *conseguirmos* frustrar essa ameaça à Coroa, mesmo assim, ela precisa *ser* frustrada. Mas, se conseguirmos lidar primeiro com isso... a própria rainha estimará bastante, como estima, aliás, seus muitos serviços passados.

Ainda assim, no entanto, Holmes manteve o mesmo olhar cético apontado para o irmão.

— Por que a cuidadosa exclusão da polícia?

— Não se trata de um assunto para as autoridades locais nem para a Scotland Yard — retrucou Mycroft. — Você mesmo sabe o quanto pode ser insegura uma informação sensível nas mãos delas. Que executem suas próprias investigações provincianas de assassinato. Cabe a nós dar outros passos que podem se revelar necessários.

Seguiu-se uma pausa aparentemente interminável; então, finalmente, Holmes disse:

— Você vendeu o seu peixe, irmão. E penso que posso falar por Watson, além de mim, quando digo que o fez de modo convincente.

— Por certo, senhor — disse ele. — E o mais honradamente.

Quando Mycroft baixou a cabeça em agradecimento a esses comentários, Holmes pressionou-o:

— Mas receio que haja algumas perguntas que, na minha qualidade de detetive que você convocou para estudar essas mortes, ainda preciso fazer. Para começar... Sir Alistair Sinclair era *também* algo além do que parecia?

— Não que eu tenha conseguido determinar — respondeu Mycroft com segurança. — Um arquiteto empregado pela seção escocesa do Gabinete de Obras Reais e um homem que se especializou em restauração de construções historicamente importantes, particularmente do final da era medieval. Tinha também uma excelente reputação pessoal; a única nota destoante em Sir Alistair parece ter sido sua associação com McKay, pois isso cria, entre outras coisas, um canal através do qual ele poderia ter conhecido Alec Morton. Mas todas essas idéias são pura especulação; a verdade é que era perfeitamente apropriado para um homem com a especialização de Sir Alistair ter sido contratado para o serviço em Holyroodhouse. Os aposentos particulares da rainha escocesa são tudo o que sobreviveu do palácio pré-barroco, mas eles mal foram tocados desde que aquela mulher condenada fez sua viagem final para... Ora, vamos, Sherlock, por que você e o Dr. Watson, subitamente, trocaram olhares tão significativos?

Holmes e eu — que tínhamos, é verdade, trocado rápidos olhares de reconhecimento — viramos rapidamente nossas cabeças para o lado.

— Ah! — fez Mycroft. — Vejo que realmente *estiveram* conversando sobre lendas e folclore antes da minha chegada!

— Mycroft, você se torna cada vez mais irracionalmente desconfiado, com a idade e o seu trabalho — declarou Holmes, inocente e ao mesmo tempo desafiadoramente, os dentes de novo agarrados com firmeza ao bocal de seu cachimbo. Então, puxou-o da boca e apontou-o para Mycroft: — Eu fito e sorrio somente porque consigo, enfim, *perceber* de que modo evoluiu a sua inaudita posição dentro do governo! Em vez de enviar numerosos e geralmente não confiáveis agentes além-mar para executar missões enigmáticas, Sua Majestade decidiu colher suas informações em uma fonte confiável, de um homem em quem, como os *gillies*, ela há muito tempo sabe que pode confiar. Seu talento singular para tornar o enigmático compreensível, tão amplamente demonstrado durante esta viagem conosco, tem fornecido com regularidade os relatórios que ela exige, sobre esta como também sobre muitas outras ocasiões... daí a extraordinária informalidade de sua relação com essa augusta personagem!

Foi um exemplo do que os ilusionistas de palco chamam de "desviar a atenção" e funcionou admiravelmente: apesar da vermelhidão da pele de Mycroft, pude detectar um repentino rubor percorrer suas feições.

— Não deve inferir que a relação seja informal *demais*, Sherlock — disse ele, o orgulho sem querer evidente na voz —, com base em um único encontro que você testemunhou só porque entrou, sem ser anunciado, na sala de recepção de Sua Majestade, no Windsor. Mas, no geral, sim, em questões de inteligência, tenho sido privilegiado o bastante para fornecer à rainha igualmente o que ela desejou e exigiu: um contraponto prático aos apelos feitos de vez em quando pelos vários ministros para a volta do antigo serviço secreto.

— Mas, Sr. Holmes — falei para Mycroft —, para que Sua Majestade e o senhor se livrassem de fato da antiga turma da inteligência, me parece que deveriam *sistematizar* sua abordagem. E se, Deus me livre, o senhor se defrontar com um infortúnio? A engrenagem do Estado ficará gravemente, talvez irreparavelmente estropiada.

— Mais motivo ainda para ele jamais deixar seu cantinho em Londres, Watson! — gargalhou Holmes. — E para nós o protegermos, aqui na região selvagem da qual ele fala. Seus planos, como vê, são perfeitos... Os preconceitos costumeiros de Mycroft renascem como pilares da segurança do Estado! Perdoe-me se cação, irmão. É apenas o choque de tudo isso; como também a perfeição, como já disse! E por que não? É a inclinação pessoal e o costume que determinam como cada um de nós presta um serviço, afinal, ou não consegue fazê-lo. Veja Watson: o requintado, bravo e compadecido homem. Essas qualidades o distinguiram nas fronteiras do Império e, embora uma bala Jezail possa tê-lo enviado daqueles postos distantes para casa, ele nunca deixa de se aventurar conosco, revólver em punho, a fim de fornecer tanto valentia quanto auxílio, algo de que nem você nem eu, Mycroft, somos capazes.

— Obrigado, Holmes — falei, tentando conter um talvez excessivo sentimento de vaidade, e completamente esquecido de todas as idéias de *desvio de atenção*. — Isso foi bastante decente de sua parte.

— Nada disso, Watson... é a pura verdade. Eu, por outro lado, carente desses instintos marciais que poderiam me tornar útil nas linhas mais afastadas da defesa imperial, executo as tarefas que posso em prol da sociedade, em meio a essa vala negra a que chamamos de cidade capital, e contra as doenças que afetam os órgãos em vez da pele, do Estado. Por que, então, Mycroft, os próprios hábitos sedentários, os quais nutrem o seu refinado processo mental, que permite que sua mente funcione com a delicadeza com a qual é caracterizada, não deveriam ser reconhecidos, pelo reino, pelo valor que têm?

Mycroft colocou a mão sobre a coxa, então inclinou à frente seu enorme corpanzil, os olhos cinzentos estreitando-se ligeiramente, ao fazê-lo: teria Holmes representado exageradamente o seu papel adulador?

— Perdoe-me, Sherlock — disse Mycroft —, e você também, doutor... mas tornei-me tão acostumado, em nossa juventude, a esse traço de sarcasmo que o meu irmão tenta fazer passar por perspicácia, que, às vezes, na idade adulta não consigo avaliar seu significado. Por certo eram excelentes sentimentos, e belamente expressados. — Curvando-se ainda mais à frente, para uma posição que, ao mesmo tempo, era confidencial e, dado o seu tamanho, ligeiramente ameaçadora, ele ergueu o dedo e estreitou ainda mais os olhos: era óbvio que adivinhara o jogo de Holmes, mas não considerou o assunto merecedor de argumentação, pois tinha pontos mais importantes a destacar. — E se essas palavras foram ditas com sinceridade ou numa tentativa de me lisonjear — prosseguiu —, deixem-me assegurar-lhes que, para esse caso, precisaremos reunir todas as condições, toda a força existente que... palavra de honra, creio ser provável. É bem possível que imperialistas alemães estejam por trás de Morton, e em conluio com os nacionalistas escoceses, tudo num cuidadoso esforço para desfazer o equilíbrio que mantém unidos há tanto tempo os componentes centrais de nosso reino, e o qual também tem mantido as potências européias em paz durante a maior parte do reinado de nossa rainha... pois o cáiser aceitaria de bom grado uma guerra, se esta significasse a ascendência de seu reino e *Götterdämmerung*, o crepúsculo dos deuses, da Inglaterra.

— Por certo nada poderia alcançar tais resultados desastrosos com maior economia de esforços e rapidez do que, Deus me livre, um ferimento ou o efetivo assassinato de Sua Majestade — declarei, meu ânimo profundamente sombrio por causa do rumo que a conversa tomara.

Holmes, por sua vez, nada disse a respeito de tudo isso (um fato que certamente me surpreendeu), enquanto Mycroft concordou com a cabeça, bebeu uma última vez de seu cantil e então o colocou no bolso da capa.

— É verdade — declarou ele. — E, se esses indivíduos não hesitariam em ameaçar Sua Majestade, imaginem como *nossas* três vidas seriam rapidamente apagadas. É o que devemos ter em mente. O que nos conduz, cavalheiros, à parte final de informação que vocês gostariam de ter, considerando-se quaisquer teorias que possam formular.

"Nos dias em que ocorreram as mortes de Sinclair e McKay, Sua Majestade planejava passar a noite em Edimburgo — no próprio Holyroodhouse. E, após cuidar de um assunto particular que não está relacionado ao nosso trabalho, ela deveria examinar os projetos de Sinclair para os antigos aposentos da rainha escocesa — como também escolher o capataz e os operários.

O rosto de Holmes tornara-se consideravelmente mais animado com aquela notícia, mas ele manteve um ar silencioso e um extremo autocontrole, enquanto Mycroft continuava.

— E então, Sherlock? *Essa* é a encruzilhada de todos esses caminhos e elementos disparatados, não é mesmo? Uma série de aparentes coincidências... coincidências, esses fenômenos que, assim como você, eu desprezo e nego, sobretudo quando se referem a assassinato. O que diz o detetive consultor *disso*?

Sou forçado a admitir que não percebi totalmente de que modo algo tão menor como o cronograma real poderia estar ligado a questões tão cruciais como as que discutíamos; mas, ao olhar para Holmes, ele assentia como se não esperasse nada mais do que aquilo. Ele fumava de uma maneira avaliadora, então se levantou e deu alguns passos para lá e para cá do compartimento.

— Só uma coisa, irmão— anunciou finalmente. — Que dente, exatamente, Sua Majestade extraiu no dia de ontem?

Capítulo VI

HOLYROODHOUSE

O nosso trem, ainda bem, não nos depositou nos arredores de Edimburgo (uma clara probabilidade, eu imaginara, tendo em vista a necessidade avassaladora de sigilo), mas também não nos levou aos convenientes (mas muito públicos) abrigos da Waverley Station, no centro da cidade. Em vez disso, finalmente paramos no interior da mais tranqüila estação da Prince's Street, próxima da enorme formação rochosa no topo da qual repousava a antiga e agourenta silhueta do castelo de Edimburgo. Saindo da estação, fomos logo levados a uma carruagem, que estava à espera, por vários daqueles mesmos jovens "sutis" sem nome que se encontravam no trem, e dois sujeitos das inteligências naval e militar, que agora pareciam velhos conhecidos, se não amigos, saltaram para a traseira do coche e ali se empoleiraram, enquanto nos afastávamos velozmente pelas ruas secundárias por entre a névoa do alvorecer da silenciosa capital escocesa.

O fato de a chuva ter finalmente cessado foi alentador, porém mal consegui notar; pois Edimburgo, mais do que qualquer outra cidade que conheço, é uma metrópole de pedra — edifícios de pedra construídos em cima de solo rochoso — e, mesmo sob o sol brilhante, ela nunca se desvencilha de uma sensação de certo modo solene e até mesmo rígida. Contudo, tendo em vista o que passamos em nossa viagem para o norte, pelo jeito não conseguiríamos concluir a nossa jornada em nenhuma outra espécie de lugar ou, aliás, em nenhum outro estado de espírito; e tentei avaliar, enquanto avançávamos velozmente na carruagem, se a minha sensação melancólica era em grande parte resultado de uma experiência recente, e não por causa do local. Mas uma concentração mental dessa espécie requer certo grau de tranqüilidade — algo que, quando na companhia dos dois irmãos Holmes, raramente era iminente.

A conversa no interior do veículo — assim como no interior de nosso compartimento do trem, durante a última parte de nossa viagem — não mais se concentrava em grandes acontecimentos mundiais e seus desdobramentos, mas em como Holmes conseguira determinar que a rainha-imperatriz estivera nos últimos tempos tão incomodada por uma dor de dente que realizara uma extração exatamente um dia antes de termos tido notícias de Mycroft, como também sobre a dúvida de esses fatos terem ou não alguma importância para o nosso trabalho. Por sua parte, Mycroft declarou que o irmão devia ter tido alguma informação prévia sobre o assunto; ao que Holmes retrucou que, *para* ele, não teria sido difícil obter tal conhecimento, já que toda a equipe de funcionários do castelo de Balmoral devia estar a par da viagem, mas nem mesmo tentara essa fonte. Diante da incessante exigência de Mycroft para que ele explicasse sua avaliação do ocorrido (a palavra "adivinhação", é claro, jamais foi aventurada), Holmes por fim explicou que a rainha era famosa por nunca deixar a propriedade de Balmoral durante suas férias anuais, a não ser que assuntos de Estado ou alguma emergência pessoal assim o exigissem. Nenhuma viagem oficial fora anunciada publicamente; ao passo que, se tivesse havido um problema *médico* de alguma espécie, um especialista do mundo teria (como em geral acontecia) sido levado até ela. Entretanto, o único sofrimento físico que ninguém, nem mesmo os mais poderosos entre nós, é capaz de tratar sem uma ida à temível cadeira do profissional é uma persistente e dolorosa dor de dente. O fato de ter havido duas visitas separadas por um tempo comparativamente curto indica que o dentista em questão prescrevera a extração do dente importuno. Na primeira ocasião em que manifestou essa opinião, a rainha provavelmente a rejeitou, preferindo confiar nos poderes curativos do tempo; mas a decisão não fora acertada, e uma segunda visita, causada por um aumento agudo do desconforto, fora com a intenção da retirada do vil molestador.

O fato de Mycroft ter sido tão cuidadoso para não citar o motivo específico para a presença de Sua Majestade em Holyroodhouse nas noites dos assassinatos só deixou Holmes mais confiante de que o assunto era pessoal. Havia igualmente alguns detalhes que uma mente tão meticulosa quanto a de Mycroft teria considerado sem importância para o nosso trabalho; a verdadeira e completa natureza do que se tratava, afinal de contas, ainda era desconhecida. E, embora aspectos íntimos da saúde de Sua Majestade pudessem ser incluídos nessa pequena categoria, estes só poderiam ser de natureza trivial — mas que problema *trivial* poderia tê-la levado a uma peregrinação tão incômoda, no meio de suas férias prediletas? Além do mais, a perda de um dente para alguém da idade e cargo avançados como a rainha talvez pudesse ser considerada com acerto uma fonte potencial de zombaria, caso se tornasse do conhecimento da imprensa e do público. Por todos esses motivos, Mycroft o ocultara — e, ao fazê-lo, involuntariamente ajudara seu irmão a descobri-lo.

Holmes, porém, fez mais do que simplesmente notar o fato da extração do dente: em seguida, enquanto nos insinuávamos pelo centro de Edimburgo, que despertava lentamente, e entrávamos em uma rua particularmente estreita, que por fim nos levou à extremidade oeste do grande parque real que cerca Holyroodhouse, ele declarou que o fato de a rainha ter visitado um dentista fora de grande importância.

— Toda a criadagem de Balmoral — declarou Holmes, com a preocupação bastante evidente — deve ter descoberto rapidamente que não apenas a viagem estava sendo feita, mas também o seu motivo... há poucos sistemas de inteligência tão eficazes quanto a criadagem de uma casa importante. Portanto, irmão, eu lhe afirmo que, qualquer análise de uma conspiração para tirar a vida dela inclui ou explica também os assassinatos de Sinclair e McKay...

— Mas, Holmes — interrompi —, *como* podemos supor tão rapidamente que os dois assassinatos estão relacionados entre si, e muito menos com uma ameaça contra a rainha?

— Tais raios mortais raramente, ou nunca, atingem duas vezes numa sucessão tão rápida, e do mesmo modo e no mesmo lugar, Watson — retrucou Holmes. — Admiro a eficácia do seu ceticismo, mas esse é um fato básico que devemos tratar como algo conhecido. E, sendo esse o caso, Mycroft, não podemos ligar os assassinatos a uma conspiração contra a rainha sem ver toda a criadagem de Balmoral, como também o dentista, como muito possivelmente envolvidos na questão.

— O dentista, eu concordaria com você — admitiu Mycroft (um tanto irritado, pareceu-me) —, mas os empregados domésticos do castelo? Impossível. São todos criados de confiança, pessoas dedicadas à Sua Majestade, que têm justificado, ao longo dos anos de serviços fiéis, a confiança que lhes é conferida em um residência a qual, creio não precisar dizer a qualquer um de vocês dois, não é a mais fácil de se servir, sobretudo desde a morte do príncipe consorte.

— Meu caro Mycroft, você defende o *meu* ponto de vista, não o seu — rebateu rapidamente Holmes. — Longos anos de paciente serviço, em certo tipo de pessoas, são o caminho mais fácil para o ressentimento, em vez da lealdade — e esta nunca é maior quando a família servida é a real. Aqueles que mantêm suas posições "pela graça de Deus" não são criados para ver seus próprios desejos como irracionais ou excêntricos; e as recompensas da traição, em tais situações, podem ser astronomicamente mais altas do que os habituais furtos dos fundos domésticos que ocorrem na residência, digamos, de algum advogado embusteiro.

Mycroft estava para disparar de volta; mas parou, colocou delicadamente o dedo enluvado sobre os lábios franzidos e, após meditar sobre a questão, finalmente assentiu lentamente.

— Não gosto de suas insinuações, Sherlock — disse, por fim. — Mas não sou tão tolo para acreditar que elas são sem fundamento. Posso entender, portanto, que você deseja uma lista de todas as pessoas que atualmente trabalham em Balmoral?

Holmes fez que sim, puxando, para minha surpresa, uma caneta-tinteiro e uma pequena caderneta de um bolso interno do paletó.

— E presumo que você pode fornecê-la a mim?

— Claro — respondeu seu irmão.

— De *memória*? — perguntei, expressando-me antes de levar totalmente em conta a sensatez disso.

— Meu irmão entregou os segredos de nosso império à massa cinzenta de seu crânio, Watson — explicou Holmes. — Duvido muito que a criadagem de Balmoral vá representar qualquer grande dificuldade...

E não representou. Aliás, apesar de estender-se a dezenas e até mesmo vintenas de nomes, tudo o que a lista de empregados do castelo de Highland pareceu causar no irmão Holmes mais velho foi uma enorme sensação de tédio durante sua recitação, a despeito do fato de ele completar a tarefa muito antes de termos deixado os confins urbanos de Edimburgo. Esse enfado se tornou um óbvio desagrado quando, ao concluir o exercício, Mycroft finalmente incluiu o nome do dentista da rainha na cidade; mas essa indignação nada foi diante do puro aborrecimento e até mesmo raiva que efervesceram quando seu irmão reconheceu — um tanto rápida e rotineiramente — a provável exatidão dos argumentos de Mycroft *contra* o envolvimento de qualquer empregado real nos recentes atos sangrentos em Holyroodhouse.

— Sherlock! — estrondeou por fim Mycroft. — Você acha que temos tempo sobrando para esbanjá-lo compilando listas sem sentido?

— Não de todo "sem sentido", Mycroft — refutou Holmes, arrancando as folhas de papel da caderneta e entregando-as ao seu irmão. — De fato, ela servirá a um propósito dos mais úteis. — Inclinou-se mais para perto do irmão e obrigou-me a fazer o mesmo, e então falou num tom conspiratório: — Eu pedi esta lista e desfiei os meus argumentos apenas para termos algum assunto plausível para os nossos agentes de "segurança" — indicou a traseira da carruagem, onde viajavam os dois oficiais de inteligência — se encarregarem, enquanto buscamos outras opções mais prováveis. A investigação da criadagem de Balmoral e do dentista é uma tarefa que *precisa* ser feita, Mycroft; mas não é, estou convencido, a melhor utilização de *nosso* tempo. Temos fatos mais relevantes, e certamente mais promissores, para verificar.

Mycroft cravou um olhar profundamente interrogativo, coroado por uma de suas sobrancelhas arqueadas, no seu irmão.

— Eu lhe recomendo, Sherlock — disse ele. — Não confunda a natureza da situação na qual se envolveu. Seja qual for o aspecto desses jovens oficiais, e por mais que você possa *pensar* que se trata de uma questão rotineira de assassinato, no que diz respeito a assuntos de Estado, a vida humana, mesmo a sua, perde uma considerável porcentagem de seu valor normal.

— E você imagina, Mycroft — indagou Holmes, sua própria indignação aumentando aos poucos —, que o mesmo não pode ser dito dos perigos enfrentados ao se combater as grandes mentes criminosas de nossa época?

Decidi intervir, ao desviar em vez de prosseguir no rumo de sua discussão.

— Entendo a sua preocupação, senhor — falei para Mycroft —, pois seu irmão nem sempre é o mais hábil dos homens em matéria de complexidade política. — Antes que Holmes pudesse protestar, acrescentei: — Mas creio que, aqui, a questão dele foi bem apresentada: eu já o vi muitas vezes adotar sua tática diversionária com os guardas da polícia local e os da Scotland Yard. E se, por um lado, admito que isso me faça parar para analisar seu emprego com relação aos guardas (e sei disso por causa de meus próprios anos de serviço) que são capazes de causar enormes dificuldades mesmo para antigos comandantes militares, quanto mais para investigadores secretos como nós, por outro lado acredito que podemos confiar na eficiência essencial da abordagem.

— Por mais perversa que possa ser? — perguntou-me Mycroft, recuando.

— Sim, senhor. Por mais perversa que possa ser.

Se Mycroft Holmes ficou totalmente ou apenas por um tempo satisfeito com os meus argumentos e os do irmão, isso eu não sei — nem o tempo me permitiu determinar o quanto; pois agora tínhamos atravessado por completo o primoroso portão sudoeste da cidade entrando no grande parque real que cercava Holyroodhouse. Olhando pela janela da carruagem para os adoráveis gramados pelos quais passamos, pude avistar adiante os primeiros raios de luz direta insinuando-se sobre a gigantesca e íngreme encosta conhecida como Trono de Arthur — que não era, de modo algum, uma colina, mas outra das enormes formações de pedra pré-históricas de Edimburgo, sua superfície disfarçada por uma fina camada de terra e grama. O nome estava à altura da falácia do aspecto do local, que não tinha nenhuma relação com o lendário rei do mesmo nome, mas sua denominação era outro exemplo do interminável desejo dos escoceses de se relacionarem com todas as pessoas e acontecimentos românticos e de importância das ilhas britânicas. (Aliás, ouvir as histórias contadas nos pubs de Edimburgo e Glasgow, como também em seus correlatos rurais, de que há poucas coisas importantes na história do Império Britânico que não dependem de algum modo da participação de algum escocês proprietário de terras, regimento ou uma pessoa genial — é uma pretensão que, sejamos justos, não é tão esquisita quanto muitos ingleses gostariam que o mundo acreditasse.)

Enquanto o alvorecer seguia célere em direção à manhã, mantivemos uma velocidade regular em torno do curvo acesso de entrada ao longo da margem oeste de Holyrood Park. Mycroft começou a relacionar quem deveríamos encontrar durante a nossa estada no palácio — pois, foi claro em dizer, *ficaríamos* no próprio palácio, tanto como um gesto de reconhecimento de Sua Majestade quanto para manter ao mínimo os mexericos no interior da comparativamente pequena cidade, assim que o boato de que Sherlock Holmes chegara para investigar as já célebres mortes fosse lançado na cidade através do mesmo sistema que tornara do conhecimento de todos a extração do dente real: a fofoca doméstica. Poucos integrantes da criadagem do palácio, informou Mycroft, desde a época do primeiro assassinato, exibiram comportamento que, em sua opinião, poderia ser chamado razoavelmente suspeito; mas esses poucos seriam investigados, junto com quaisquer outros que acabássemos por considerar merecedores de atenção.

Por causa dessa e de outras diretrizes, passou-me a impressão de que Holmes e eu não seríamos apenas hóspedes em Holyroodhouse, mas que teríamos praticamente a condução do lugar — uma idéia que, no meu modo de pensar, quase redimiu a viagem de trem que havíamos suportado. Mas não, ao que parecia, para Holmes: ele ouviu com sobriedade o irmão matraquear os nomes e os traços essenciais de caráter de integrantes da equipe do palácio, imprimindo cada qual em seu córtex e claramente exercendo seu próprio talento para a organização e a sistematização mentais de informações discrepantes, o qual, se não era tão considerável quanto o de Mycroft, era, não obstante, extraordinário.

Ainda assim, enquanto ouvia os irmãos executarem esse rigoroso exercício mental, uma pergunta começou a se formar em minha mente, uma pergunta que se tornava cada vez mais aguçada enquanto percorríamos o acesso de entrada para o palácio: por que Holmes estava tão interessado nas histórias sobre os criados de Holyroodhouse, se tão prontamente ele havia descartado a idéia de haver algum funcionário de Balmoral envolvido na trama contra Sua Majestade? A resposta óbvia era, claro, que Holyroodhouse fora o lugar onde os crimes aconteceram (ou pelo menos foi lá que os corpos foram encontrados). Permanecia, porém, o fato de que, em um ano comum, a rainha não passava mais do que poucas noites no palácio de Edimburgo: mal daria tempo para os empregados domésticos desenvolverem fixações criminosas, ao passo que, a cada ano, os criados de Balmoral suportavam muitas semanas de serviço para atender caprichos reais. E a viagem de Aberdeenshire para a capital não teria sido difícil para algum jovem descontente, saudável — desse modo, conjecturei, os dois grupos de criados deveriam ser levados em consideração como, no mínimo, merecedores de indigna suspeita; mas não, pelo jeito, para Holmes.

O enigma não tinha nenhuma resposta que eu pudesse ver, e não se tratava de um fato calculado para aliviar minha ansiedade em relação ao comportamento de Holmes. As mesmas dúvidas e perguntas sobre seu estado mental que me preocuparam em Baker Street, e que foram aprofundadas por seus geralmente inexplicáveis comportamento e declarações no trem, haviam sido substituídas, por um tempo, pela conversa com o eminentemente racional Mycroft; mas ali, na carruagem, em meio à incomum análise incoerente de Holmes sobre os possíveis papéis desempenhados pelos criados reais nos assassinatos, a presença de ambas voltou a ser sentida e, aliás, pioraram com o fato de que me senti incapaz de expô-las para Holmes na presença do irmão, em consideração à reputação de meu amigo como um pensador racional.

Contudo, ele *de fato* acreditava que todos os procedimentos investigativos normais deviam ser colocados de lado porque o espírito desencarnado de um homem horrivelmente massacrado três séculos antes desempenhara um papel-chave nos assassinatos de Sinclair e McKay? Ele dissera que acreditava haver uma ligação "espiritual" entre os vários feitos tenebrosos — ele queria dizer que as mortes recentes tinham sido obra de algum *fantasma* vingador, sedento de sangue?

Essas perguntas eram bastante esquisitas; entretanto, novas considerações da mesma sorte em breve surgiriam. Ao chegarmos ao ponto ao longo do esparsamente arborizado acesso de entrada do parque de onde o palácio de Holyroodhouse se tornou visível pela primeira vez, Mycroft nos arrastou para uma conversa que talvez fosse ainda mais macabra do que qualquer coisa que eu ouvira até então:

— A prerrogativa real — anunciou num tom metódico, sombrio — pode ser invalidar todos os inquéritos e procedimentos da autoridade local nesses casos, contanto que isso não dê, de fato, a impressão de obstrução da justiça. Nesse caso, solicitei e consegui permissão para manter o corpo de McKay nas dependências do palácio até vocês terem a chance de estudá-lo. Há uma velha câmara de gelo em um dos porões, e eu o armazenei lá. Em todos os aspectos importantes, as condições do corpo também podem ser encaradas como uma repetição do que aconteceu a Sir Alistair. Os ferimentos são quase idênticos. Com certeza, igualmente horríveis e mortais. Aliás, a mim pareceu haver apenas uma importante diferença, de modo geral, entre os dois crimes: o corpo de Sir Alistair foi encontrado por uma camareira, no quarto que ele ocupava, os aposentos de hóspedes em uma das áreas mais novas do palácio, mais "novas", é claro, em comparação com as alas construídas no século XVII. Os restos mortais de Dennis McKay, contudo, foram descobertos no gramado atrás do palácio e entre as ruínas da antiga abadia. Embora perfeitamente visível da alcova da rainha, estava bem distante de quaisquer janelas ou portas, e não há dúvida de que foi jogado ali, vindo do interior do prédio. Mesmo se os assassinos o tivessem jogado dos dormitórios mais altos dos criados, o corpo teria caído bem perto da posição atual. Portanto, é razoável afirmar que foi colocado ali durante a noite, talvez com a intenção de provocar em Sua Majestade um grave... aliás, em sua idade, talvez fatal... choque se ela visse o corpo antes que algum criado o descobrisse pela manhã. — Mycroft curvou-se mais para perto, novamente adotando sua postura mais confidencial. — E é por esse motivo, Sherlock, que acredito que um ou mais integrantes da criadagem podem estar envolvidos. Pois todos os portões do parque real são acorrentados e trancados ao pôr-do-sol, quando Sua Majestade está na residência, e a cerca interna da área imediata do palácio, três metros de ferro batido encimados por pontas de lança, como pode ver daqui, é vigiada cuidadosamente durante toda a noite.

— Quem guarda as chaves dos portões da cerca interna? — quis saber Holmes.

— Há três molhos de chaves; um é mantido por lorde Francis Hamilton, o residente, que pertence à família que já é encarregada da administração do palácio há mais de dois séculos. O velho duque as guarda em sua maior e mais luxuosa mansão, fora da cidade, e só aparece quando a rainha o convoca. O mordomo, Hackett, fica com um dos molhos restantes, assim como o *gillie* do parque, Robert, que é outro dos prediletos de Sua Majestade. É quem seleciona os homens de maior confiança para... ah! — Subitamente, Mycroft abandonou toda a discussão sobre corpos, assassinatos e chaves, ao entrarmos no átrio do palácio e ele perceber que alguém se movimentava pelo cascalho branco já amarelado em direção à nossa carruagem. — Eis lorde Francis, que vem nos saudar...

O clã Hamilton (lorde Francis era o terceiro filho do atual duque) recebeu a incumbência de cuidar de Holyroodhouse pelo infortunado Carlos I, filho do mesmo Jaime — o sexto da Escócia e primeiro da Inglaterra — que fora outrora o precioso filho que se encontrava oculto no ventre da rainha Maria enquanto esta observava seu fiel servo David Rizzio ser arrancado de sua companhia para ser assassinado. O fato de Carlos I ter sofrido o mesmo fim de sua avó Maria (decapitados após um longo conflito, o de Maria contra a rainha inglesa e o de Carlos contra o parlamento inglês) foi uma coincidência que nunca me havia ocorrido antes do momento em que apeamos da carruagem e olhei atentamente para a edificação de Holyroodhouse. O fato que me ocorreu em tal ocasião pode parecer a alguns incongruente: por que pensar em cabeças cortadas ao se dar o primeiro olhar mais atento a uma adorável residência real, uma residência tornada ainda mais atraente pelo contraste entre seu estilo grandioso e seu objetivo familiar?

Posso apenas confessar, em minha própria defesa, que a opulência barroca do "novo" palácio (as tais alas executadas pelo filho de Carlos, o segundo de mesmo nome) mostrou-se impotente contra a minha ansiedade, pois não foi nenhum motivo maior ou menor do que esse que me deixou oprimido por uma estranha sensação, que logo percebi estar sendo exercida sobre o meu espírito pelas esburacadas torres da ala oeste do palácio: a ala na qual o desventurado Rizzio fora retalhado pelas adagas dos fidalgos, e que agora era a única parte de Holyroodhouse que parecia totalmente privada de vida, luz ou atividade.

— Vejo que conhece a nossa história, Dr. Watson — disse o louro e bem barbeado lorde Francis, num agradável e até mesmo complacente tom de voz. Ele me surpreendera olhando para a minha esquerda, na direção das janelas trancadas das infames torres. — A torre oeste — prosseguiu o sujeito, numa apreensão fingida mas afável. — Os aposentos da rainha Maria! É interessante, não é mesmo? Quando reconstruiu o resto do palácio, seu bisneto tentou equilibrar a fachada criando uma ala idêntica à da extremidade leste — contudo, *suas* torres nada têm do mesmo efeito sinistro.

— Refere-se ao efeito do derramamento de sangue, lorde Francis — declarou Holmes; a mim pareceu que seu tom de voz era um tanto deliberadamente provocativo. — Como o Dr. Watson pode lhe dizer, isso marca uma estrutura para sempre.

— Do mesmo modo que repetidas ondas de exércitos conquistadores, Sr. Holmes — retrucou lorde Francis corajosamente, olhando Holmes bem nos olhos e, ao fazê-lo, levando-me a gostar de imediato do sujeito. — A maioria das "marcas" a que se refere foram resultado de balas de mosquete dos puritanos ingleses, pois o próprio Cromwell foi apenas um de seus conterrâneos que nos visitaram ao longo dos séculos. — Talvez preocupado com a possibilidade de estar irritando o famoso detetive, lorde Francis rapidamente adotou uma postura mais séria e conciliatória. — Mesmo assim, a sua idéia é bastante interessante, Sr. Holmes; interessante e sem dúvida verdadeira... pois o resto do palácio, como verão, é completamente livre da atmosfera opressiva da ala oeste.

Holmes olhou intrigado para o homem, depois desviou o olhar para Mycroft.

— Mas certamente eu ouvi que a antiga ala está fechada para forasteiros, milorde. Esteve assim todos esses três séculos?

Lorde Francis riu do comentário investigativo de Holmes.

— Ora, aqui vocês não serão forasteiros, Sr. Holmes! Sua Majestade não os considera assim e, certamente, eu não tenho nenhum desejo de contestá-la nisso. Há muitas coisas que desejo discutir com o senhor!

Mycroft Holmes — pelo jeito tão desconcertado quanto eu pelo renovado interesse do irmão pelos eventos criminosos que tornaram famosa a ala oeste, e desejoso de retomar o tom prático da conversa — apressou-se a dizer:

— Tenho certeza de que lorde Francis vai perdoá-lo *bem* depressa por você sondar um episódio infeliz na história de seu lar, Sherlock. E agora... vamos dar algum alimento a esses homens, milorde? E, depois, algum descanso. Receio que tenham feito uma viagem bastante exaustiva.

— Mas é claro que você está certo — disse o nosso anfitrião. — Perdoem-me... Andrew! Hackett!

Do outro lado da renascida entrada em estilo dórico que dava para o palácio e seu pátio central surgiram dois homens robustos, um com cerca de 20 anos, o outro de meia-idade, se bem que não menos forte por causa disso. Uma grande semelhança de feições sugeriu uma imediata relação familiar, uma sugestão logo confirmada por lorde Francis: o jovem criado chamado Andrew era de fato filho do homem mais velho, Hackett, que (como Mycroft mencionara na carruagem) era o mordomo do palácio. Entretanto, por causa do que lorde Francis se referira como "infortúnios recentes", a maioria do restante da criadagem do palácio usufruía uma licença temporária, e uma "equipe mínima necessária" era tudo de que dispunha para nos servir — um fato que achei não apenas estranho mas inaceitável, e sobre o qual supus que Holmes fosse criar uma extrema objeção: ele pode ter argumentado sobre a irrelevância da criadagem de Balmoral, mas desde logo e com razão se interessara em ter a própria criadagem na cena do crime. E, por isso, não pela primeira vez naquela manhã sua reação foi uma chocante variante daquela que eu teria esperado: de fato, quando Mycroft Holmes foi forçado a mencionar as potenciais dificuldades envolvidas ao se permitir que tantas possíveis testemunhas (ele não disse "e cúmplices", embora as palavras certamente tenham pendido no ar) tivessem deixado as cenas de dois crimes hediondos, Holmes logo se apressou a assegurar a um tanto contrito lorde Francis que ele tinha certeza de que nenhum dano sério fora causado.

— Suponho que tenham mantido com vocês os criados mais confiáveis, não? — perguntou Holmes, um tanto mais suavemente do que eu imaginara ser possível, ou mesmo necessário, naquele instante.

— Sim, Sr. Holmes — respondeu lorde Francis, constrangido. — Apenas os criados mais antigos... mas eu lhe asseguro que, se achar necessário que mais algum seja chamado de volta...

Novamente Holmes garantiu-lhe que tinha certeza de que tal medida não seria necessária — e, ao fazê-lo, ele olhou para mim, claramente pedindo concordância. Desempenhei o papel, afirmando que a criadagem mínima de lorde Francis seria mais do que adequada para suprir nossas necessidades, e que Holmes e eu éramos gratos por qualquer hospitalidade que ele, para não dizer Sua Majestade, fosse benevolente o suficiente para oferecer durante o período de nosso trabalho.

Contudo, as atitudes um tanto petulantes, e mesmo rancorosas, tanto de Hackett quanto de seu filho, ao transportarem a nossa escassa bagagem, fez-me duvidar de que haveria realmente tal hospitalidade, e se a gratidão seria a derradeira sensação que levaríamos de nossa estada. Um exame das feições de Hackett aumentou essa impressão: eram desgastadas, rudes e de um modo geral insensíveis, ao passo que o cabelo era mais comprido do que se poderia esperar em um homem de tal posição; a barba negra, por outro lado, era mantida aparada bem rente ao rosto, e contribuía em muito para aumentar a impressão um tanto nefasta. A característica, porém, que mais fazia uma pessoa parar era o olho esquerdo de Hackett, que, aliás, não era bem um olho, mas uma prótese de vidro. Apenas isso não seria motivo de alarme, apesar das quatro cicatrizes bem pronunciadas que saíam do globo ocular, uma abaixo e três acima; mas o olho fora muito mal ajustado, pois quando Hackett fechava a carranca, a pressão da testa descendente deslocava a esfera de vidro, a qual o mordomo invariavelmente apanhava com a mão antes que caísse no chão. Em tais momentos, revelavam-se a pele muito maltratada e o osso exposto do globo ocular propriamente dito: uma visão medonha.

A primeira vez que isso ocorreu, Hackett estava justamente se curvando para apanhar o estojo do meu caniço, que o filho deixara cair. Por estar bem perto, pude observar o modo hábil como o mordomo colheu no ar o olho cadente, reinserindo-o rapidamente e, em seguida, colocando-se de pé, sem chamar a atenção para si mesmo. Ao perceber que apenas eu testemunhara o processo, Hackett ficou bastante magoado, e disse calmamente, mas com o amargor peculiar a certos traços do sangue celta:

— Peço desculpas, senhor... espero que o cavalheiro não tenha sentido *repulsa*.

Pode parecer um comentário extraordinariamente estranho, se não combinasse com a impressão geral do sujeito que eu já formara. Enquanto o nosso pequeno cortejo seguia para a entrada, eu cobria a retaguarda, agora totalmente inquieto: não conseguia ver nenhuma beleza à minha volta, e notei, mais propriamente, quanta névoa a chuva deixara para trás, como deixava a paisagem agourenta, e mesmo o como se tornara escurecido pela poeira de carvão o enorme mas belamente projetado chafariz do pátio frontal. Não admira, portanto, que, quando estava para entrar no palácio, eu forçasse a cabeça e os olhos para não virarem à esquerda, a fim de evitar um último olhar às janelas da mórbida ala oeste: eu quase me convencera de que, se o fizesse, veria ali algum rosto sobrenatural, silenciosa mas desesperadamente implorando por ajuda, por salvação, por justiça...

No entanto, como o meu ânimo foi transformado pelo mundo no qual penetrei em seguida!

O largo pátio central e o claustro que o circundava tinham o alegre (mas às vezes excessivo) hedonismo de Carlos II em cada milímetro, auxiliados pela companhia, naquela manhã, de uma repentina explosão de luz solar escocesa: revigorante em seus tons, aquecedora em sua desimpedida plenitude. Lorde Francis Hamilton mantinha um constante monólogo relativo à construção das alas barrocas do palácio e, após alguns minutos, eu até mesmo comecei a ver algum sentido naquilo e achar que, afinal de contas, a nossa estada naquele local talvez não se mostrasse uma experiência de todo desagradável. Entramos rapidamente na Grande Escadaria, com seu enorme teto de reboco pesadamente adornado, balaústres de pedra e encantadores afrescos italianos, estes comprados para seu lar atual cerca de quarenta anos antes pelo falecido príncipe consorte — o próprio amado Albert da rainha. Ao nos aproximarmos da pequena mas elegante sala de jantar do andar principal, meu ânimo, ainda bem, já melhorara bastante: um efeito que só aumentou quando entramos no aposento e descobrimos que um substancioso desjejum escocês nos fora servido pela esposa de Hackett, uma mulher cujo temperamento em nada era parecido com o do marido, embora exibisse o tipo de tensão nervosa que viver com um homem dessa espécie quase invariavelmente causaria. Esta se manifestava, sobretudo, em uma tendência a soltar rapidamente gargalhadas altas e injustificadas; mas a mulher aparentava uma imagem saudável e, apesar de seu jeito bem nervoso, descobri-me reagindo prontamente às suas tentativas um tanto desesperadas de uma conversação, visto que eu mesmo estava faminto pela companhia e pela conversa de alguém que não estivesse preocupado com morte.

No entanto, a conclusão do desjejum também trouxe o final da diversão: pois, por mais que Mycroft Holmes bondosamente reconhecesse a minha própria necessidade de descanso (seu irmão, ele sabia, não tinha essa necessidade), ele deixou claro que devíamos nos aventurar nos porões do palácio antes de qualquer revigoramento de nossa parte. Pelo jeito, ele era esperado de volta em Balmoral e, pessoalmente, informaria à rainha sobre a nossa chegada e impressões iniciais. Assim, levantamos da mesa, estômagos (ou, pelo menos, o *meu* estômago) animados com a calidez do mingau de aveia, ovos frescos, chouriços claro e escuro, tomates aquecidos, miúdos de carneiro moídos, chás das marcas Yorkshire e Lowland, como também uma dezena de outras delícias matinais que haviam mudado muito pouco desde a época da rainha Maria; e, atrás da volumosa e sombria figura de Hackett, que balançava um enorme aro de ferro com chaves em uma das mãos (enquanto mantinha a outra, ou assim me pareceu, preparada, para o caso de seu olho de vidro novamente tentar alforria da repugnante tarefa de preencher seu desagradável rosto), nós nos preparamos para voltar à Grande Escadaria, e por ali descer de volta para o mundo de morte violenta.

— Deixarei que Hackett os guie, cavalheiros, se não se importam — disse lorde Francis ao chegarmos à Grande Escadaria. — Há, como devem imaginar, muito trabalho a ser feito, por causa de toda essa situação desagradável, e meu pai está muito ansioso para que eu, como o terceiro filho supostamente perdulário, me mostre digno de cuidar disso. — Uma risada afável seguiu-se a essa afirmação, levando-me novamente a admirar o sujeito por assumir tão graciosamente as dificuldades de sua posição. Ao se virar para nos deixar, porém, seu rosto assumiu uma ar muito mais sério.

— Ah... mas preciso pedir uma coisa. — O rosto de lorde Francis contorceu-se de constrangimento e incômodo. — Eu *compreendo* que fomos nós que pedimos a sua ajuda, e que têm todo o direito de garantirem a própria segurança, mas... bem, esta *é* uma residência real e, doutor, não pude deixar de notar uma arma de serviço um tanto ameaçadora que porta sob o paletó. Infelizmente, o porte de armas no interior do palácio é terminantemente proibido.

Entre protestos mútuos — de pesar e compreensão de minha parte, e de mais aflição por parte de nosso anfitrião — cedi-lhe o meu revólver Webley; e, após me assegurar que o teria de volta por ocasião de minha partida, ele desapareceu no corredor em direção aos aposentos reais. Só após estarmos todos na Grande Escadaria, liderados pelo inquietante som do aro de chaves antigas de Hackett, Holmes murmurou para mim:

— Uma pena perder o Sr. Webley, hein, Watson? Mas talvez ainda possamos ler as nossas mãos por proteção... — Lembrando subitamente o instrumento do mal que descansava confortavelmente em meu bolso, por um instante pensei em me virar e sair correndo atrás de lorde Francis, para entregá-lo, também; mas Mycroft Holmes me deteve.

— Ora, ora, doutor — disse ele. — Afinal, tenho certeza de que a Polícia Metropolitana não reconhece o objeto como uma arma de fogo legítima, portanto a família real não pode fazer nenhuma objeção a que o mantenha em sua pessoa. — Lançou-me um olhar significativo e disse, num tom de voz mais baixo ainda. — O tempo *todo*...

Capítulo VII

POIGNARDER À L'ÉCOSSAIS

O corpo de Dennis McKay já fora realmente colocado no que Mycroft Holmes havia se referido como "uma velha câmara de gelo em um dos porões"; o que eu não havia imaginado era como o termo "velha" podia ser relativo. Hackett nos informou que as paredes do espaço frio haviam sido originalmente esculpidas na rocha nua que havia no local, e que, ao longo dos séculos, fora coberta com tudo, desde tijolos a blocos de granito, mantidos no lugar por enormes e fragmentados montes de concreto. Nascentes subterrâneas (embora fosse difícil dizer até que ponto estávamos no "subterrâneo", em vista das várias escadas irregulares e não relacionadas pelas quais fomos obrigados a seguir para alcançar o local) escorriam pela pedra nua em alguns lugares, o líquido gelado desaparecendo no chão terroso da câmara. Minha intranqüilidade em estar naquela recente catacumba — mais apropriadamente uma masmorra —, junto com a adicional queda na temperatura corporal que acompanhava um estômago repleto de comida quente, sem dúvida fazia o local parecer mais frio do que era, o mesmo acontecendo com a chegada, poucos minutos depois da nossa, de um quarteto de nossos amigos da viagem de trem. Mas as grandes nuvens de névoa que emergiam de todas as nossas bocas e narinas disseram-me que a minha impressão de frio não era simplesmente reflexo de meu estado de ânimo.

Em um grande bloco do que a princípio achei que era de pedra, mas que, na verdade era gelo, estavam abrigados os restos mortais do infeliz McKay. O lençol quase sem sangue usado para envolvê-lo, após a descoberta do corpo, obscurecia misericordiosamente a profundidade e a severidade de seus ferimentos, os quais só perceberíamos após descobrir o corpo — uma tarefa que exigiria bastante ajuda, tão firmemente estava o lençol enrolado nele.

— Sr. Holmes — falei para Mycroft —, alguns de seus homens poderiam segurar o corpo em pé, para eu soltar a coberta...?

— Claro, doutor. — Mycroft Holmes precisou apenas olhar de relance para vários integrantes das inteligências militar e naval que se encontravam nos cantos escuros do aposento (a dupla que conhecêramos anteriormente não estava presente) para que eles entrassem em ação. Os sujeitos pegaram o corpo pelos ombros e pés e o ergueram do bloco de gelo quase sem esforço: estes, obviamente, não eram homens para se subestimar num apuro. Quando a parte central de McKay ficou livre do gelo, comecei a desenrolar o bem apertado invólucro de linho...

Então notei algo: algo no modo como o corpo de McKay estava inclinado sobre o gelo, suspenso entre a forte sustentação das mãos dos jovens oficiais. No início, achei necessário fazer um esforço mais concentrado para focalizar meus olhos, acreditando que a visão nada mais era do que os efeitos cumulativos do brandy de Mycroft Holmes, falta de sono e a já mencionada fuga de sangue do meu cérebro para o estômago. Um segundo olhar, porém, revelou a mesma curiosa, e mesmo atordoante, imagem — embora nada revelasse sua realidade tanto quanto um rápido olhar do meu amigo.

Holmes havia recuado para seu próprio canto escuro do aposento antes de os homens erguerem o corpo, a fim de acender um cigarro; e, através da incandescência da pequena brasa diante de sua boca, pude ver que seus olhos penetrantes ficaram tão eletrizados com a visão do corpo suspenso de McKay que pareciam ter ultrapassado a mera corrente artificial e penetrado em uma estado de fosforescência natural, como uma sinistra criatura marinha. Alarme e excitação ocupavam suas feições, esta última se tornando aparente em um sorriso que era mais do que o costumeiro retorcer de boca: era o prazer de observar algum aspecto inteiramente diferente de um crime, inteiramente *novo*. Eu não me admirei pela sua impressão, pelos seguintes fatos:

Do ombro ao dedão do pé, o corpo de McKay estava completamente flácido. Ao dizer disso, não pretendo me referir à flacidez normal da pós-rigidez cadavérica; não, a carência de qualquer tipo de integridade estrutural em seu corpo —

mesmo em braços e em pernas, os quais, ou pendiam ou se inclinavam de um modo tão anormal que suas roupas poderiam estar recheadas com farinha, em vez de carne e osso — sugeria coisas sobre sua morte que iam muito além dos terríveis fatos que já eram de nosso conhecimento, e além até mesmo da contorcida expressão de agonia que dominava o que outrora deviam ser suas belas feições escocesas.

Apressei-me a livrar o corpo do lençol e, então, os quatro oficiais baixaram cuidadosamente sua forma de volta para o gelo. (Por certo, nenhum dos quatro era veterano de guerra, percebo agora, pois, se o fossem, teriam reconhecido a extrema irregularidade do que tanto Holmes quanto eu havíamos notado com tal perplexidade.) Assim que os deploráveis restos mortais retornaram à superfície gelada, fiz uma grande exibição ao inspecionar seus quarenta, ou cinquenta, ferimentos perfurantes — alguns denteados, alguns em forma de estrela, outros ainda regulares no ponto de entrada, mas todos horrendos em sua profundidade, sua violência, e na quantidade de dano interno que haviam causado — enquanto esperava que Holmes falasse.

Ele o fez... e rapidamente.

— Irmão — chamou, com dolorosamente forçada indiferença —, eu me pergunto se os seus homens não poderiam ser mais úteis ao patrulhar a área em volta do palácio. Isso porque grande parte da criadagem foi liberada e tendo em vista que agora parece inteiramente possível que os nossos antagonistas possuam — Holmes olhou diretamente para Hackett, que, então notei, se mostrava muito interessado no que fazíamos — uma chave ou chaves para várias fechaduras do palácio.

Mycroft detectou imediatamente a manobra e despachou os oficiais para a tarefa sugerida por Holmes; Hackett, entretanto, não mostrou nenhuma propensão a fazer isso por iniciativa própria.

— Também não queremos ocupá-lo, Hackett — disse Mycroft. — Assim que esses cavalheiros iniciarem o exame, não se pode dizer quanto tempo isso poderá levar, e, no momento, você deve ter uma porção de deveres repousando sobre seus ombros.

— Sim — disse Hackett com um ruído em voz baixa. — Mas não é nenhum problema, senhor...

— Não, não — disparou Mycroft rapidamente. — Eu insisto, Hackett. Nós o avisaremos quando o corpo estiver pronto para ser transportado até a polícia.

Hackett, finalmente, deixou o aposento; mas, antes que eu pudesse expressar qualquer um de meus extraordinários pensamentos, Holmes arremessou-se até a porta, abriu uma fresta e assegurou-se de que o mordomo havia de fato deixado a área. Tendo em vista esse intervalo, retornei ao meu *ad hoc post-mortem*, examinando rapidamente não os ferimentos mas a estrutura do corpo de McKay e, do mesmo modo rápido, descobri o que procurava.

— É incrível — sussurrei.

Isso atraiu Holmes para o meu lado.

— Então é verdade, Watson?

— O *que* é verdade? — questionou Mycroft — Sherlock, agora que desempenhei essa pequena comédia, você se importaria de...

— É McKay, senhor — falei. — Sua estrutura esquelética... você viu como o corpo se inclinou, quando os homens o ergueram?

— Vi — respondeu Mycroft. — Mas pensei que fosse natural...

— Natural para uma minhoca, irmão! — exclamou Holmes. — Ou para algum outro invertebrado. Entretanto, incomum para um homem...

Mycroft ficou impaciente.

— Agora chega de enigmas... o *que* vocês dois querem dizer?

— O corpo — falei. — Não há praticamente um osso nele, e nenhum de alguma importância estrutural que não tenha sido fraturado em pelo menos *um* lugar. Alguns, aliás, foram completamente despedaçados. Entretanto, olhe aqui, senhor... — Puxei de sua manga um braço sinistramente disforme. — Observe a falta de hematomas — aqui e aqui, onde há fraturas expostas. Isso indica...

— Que McKay já estava morto quando os ossos foram fraturados. — Holmes completou por mim.

O rosto de Mycroft tornou-se a imagem da confusão sobressaltada.

— Mas... os ferimentos à faca. Não poderiam ter deixado de ser fatais.

— Certamente — respondeu Holmes.

— Então por quê? — indagou, pasmado, Mycroft. — Não pode ter sido tortura, se o homem estava morto...

— Não. Todavia, mais ou menos um dia após sua morte, algo aconteceu. Algum acontecimento terrível, capaz de ter esmagado dezenas de ossos no mesmo instante.

— Como pode afirmar "mais ou menos um dia" após a morte dele? — A voz de Mycroft continha um elemento de descrença involuntária.

— Watson?

— O número de fraturas, Sr. Holmes, juntamente com a falta de sangue no lençol — falei. — Se o corpo ainda não tivesse iniciado o *rigor mortis*, ele *seria* flexível o bastante para que os ferimentos tivessem ocorrido ao mesmo tempo, mas teria havido infiltração de sangue no lençol.

— Talvez eles tivessem enrolado o corpo nessa coisa posteriormente.

— Não, senhor — olhe aqui, onde esta fratura exposta corresponde a um rasgo não apenas nas roupas mas também no linho. Ele foi envolto no lençol após o sangue ter parado de escorrer, mas antes de o resto do dano ter sido feito... se o corpo tivesse iniciado o endurecimento muscular, sua própria rigidez teria evitado um excesso de fraturas obscuras. Pois, para recuperar a flexibilidade que permitisse que isso acontecesse de uma vez... teriam de se passar pelo menos 24 horas.

Mycroft Holmes não era um homem que ocasionalmente ficasse perplexo, mas essa foi uma das tais ocasiões.

— Mas o que poderia...? — indagou lentamente. — O que poderia causar tamanho dano, e com tanta rapidez? E *por quê*, em nome dos céus? O homem já havia sido morto, por não menos do que... o que você diria, Dr. Watson? Cerca de cinqüenta ferimentos?

— No mínimo, senhor — retruquei. — Mas o modo como ocorreram... Os ferimentos perfurantes, é claro, são bastante simples de se explicar — várias lâminas bem compridas e maciças —, observe a variação entre os tipos de buracos na pele... se bem que, por que muito mais golpes do que o necessário, não sei lhe dizer. Quanto ao resto... nem mesmo a imaginária ferramenta agrícola que você usou para explicar a morte de Sir Alistair, eu suspeito, seria capaz de realizar isso.

— Por falar nisso, Mycroft — disse Holmes —, que "ferramenta" *era* essa?

— Com os diabos, se eu sei — rebateu Mycroft. — É uma espécie de aparelho para arar, ou coisa semelhante, informou-me Robert, o *gillie*. O solo sob a grama, na maior parte do terreno do palácio, é duro como pedra — é o que costuma estar nos arredores da cidade. Por isso, precisa ser arado regularmente, para manter o viço da grama.

— O ardil até que não foi ruim, senhor — observei —, em relação aos aspectos óbvios no que diz respeito aos ferimentos causados. É uma pena que suspeitas e temores tenham sido suscitados por todos os demais aspectos coincidentes dos dois crimes, o que impediu que vocês o usassem novamente.

— Infelizmente, doutor, essa não é agora a questão urgente — retrucou Mycroft. — Precisamos conseguir explicar a verdadeira causa desse novo e extraordinário fato, se quisermos seguir adiante para explicar o crime. Você não tem nenhuma teoria?

A pergunta deixou-me intrigado.

— O espantoso é que não encontramos qualquer marca na pele que indicasse uma ferramenta — mesmo em um cadáver, a cabeça de um martelo deixaria alguma impressão, ou a madeira de um porrete deixaria alguma farpa ou abrasão; mas, ainda assim... nada. Em minha carreira, *tenho* visto esse tipo de dano à estrutura esquelética, mas apenas como resultado, por exemplo, da força concussionária de uma rajada de artilharia. Uma queda, também, poderia explicá-lo, mas o *peso* envolvido é simplesmente inacreditável. Um prédio com várias vezes a altura deste palácio não forneceria velocidade suficiente para conseguir... isto...

Holmes começara a andar de um lado para o outro da câmara fria, escura, um solitário fluxo de fumaça arrastando-se às suas costas. Após alguns minutos, ele murmurou várias palavras, e Mycroft e eu ouvimos atentamente — mas parecia apenas repetir o que eu dissera:

— Artilharia... altura... — Mais um momento e, então, ele fez uma repentina meia-volta. — E os ferimentos, Watson... são de quê?

Suspirei novamente, admitindo desânimo, e olhei para o corpo de McKay agora com o pescoço e peito expostos.

— Certamente, a agressão foi terrível... necessitou o envolvimento de uma dezena de homens, e não pode ter sido rápida.

A pequena coluna de fumaça de Holmes crescera para uma nuvem maior e constante.

— Entretanto, as fraturas, ao que parece, *devem* ter sido tão... — Virou-se e apontou para Mycroft e para mim o que restava de um cigarro. — Isso é significativo, pois abre novos campos inteiros de possibilidades...

Mycroft Holmes observou o irmão com grande preocupação.

— Sherlock, isso não me deixa tranqüilo. O motivo para o seu envolvimento... de vocês dois... foi levar o assunto a um final rápido e sigiloso, e não torná-lo mais complexo. Como devo relatar isso em Balmoral? A rainha está muito aflita.

— Você *não* deve relatar — retrucou Holmes simplesmente. — A não ser que deseje que essa questão nos envolva por muito mais tempo do que o necessário. Temos uma pergunta adicional para responder, junto com as demais. Isso é tudo... você não pode se permitir ver isso de outra maneira, irmão. Vá fazer o seu relato, e faça-o de modo otimista e, acima de tudo, nada fale sobre nenhum desses "jovens sagazes" que o cercam. Se percebo corretamente esse negócio, Watson e eu vamos precisar de ajuda aqui em Edimburgo esta noite. Mantenha a atenção de todos os demais focalizada em Balmoral. Aliás, não seria um pequeno favor se você levasse lorde Francis junto. Voltem amanhã à noite. Sem dúvida, nessa ocasião, iremos precisar de você, juntamente com o jovem lorde.

Mycroft olhou o irmão ceticamente.

— Acredita mesmo que o assunto possa ser resolvido tão rapidamente, Sherlock? Mesmo com esse novo enigma?

— É notável, cavalheiros — respondeu Holmes —, como, em geral, as pistas são confundidas com enigmas e vice-versa. Sim, Mycroft, contanto que você e o Dr. Watson estejam dispostos a acolher *qualquer* solução, nós poderemos resolvê-lo rapidamente. Afinal, devemos lembrar a primeira regra da investigação...

— Sim, sim — interrompeu Mycroft com impaciência. — O impossível, o improvável e a verdade. Dificilmente esqueceríamos disso. — O seu enorme corpanzil pareceu tornar-se um fardo ainda mais pesado para ele quando Mycroft começou a se movimentar em direção à porta. — Muito bem, então... se você diz que pode ser feito, então devo acreditar em você. Bem, tenho muita coisa para cuidar. Vou reunir todos os jovens e partir para Balmoral. Quanto a lorde Francis... farei o possível, alegarei a convocação do serviço real. Mas, atenção, Sherlock, eu prometi à polícia que o corpo de McKay seria liberado hoje para a família. Nós já o retivemos por tempo demais.

— De fato — concordou Holmes. — No que diz respeito a isso, já podem vir buscá-lo.

Ao abrir a porta para o corredor escuro, Mycroft Holmes chamou Hackett com um único e autoritário brado que drenou ainda mais suas energias.

— Então voltarei amanhã à noite, cavalheiros... e espero progressos. Hackett — voltou a vociferar. — Ah, aí está você. — Quando a escura figura do mordomo se tornou visível no vão da porta, pude notar os olhos de Mycroft se estreitarem. — Estava bem perto, não é mesmo, Hackett?

— Não, senhor — retrucou Hackett, um pouco constrangidamente, pareceu-me. — É que agora eu já conheço muito bem essas velhas escadas, senhor...

— Não tenho dúvida disso — devolveu Mycroft rapidamente, ainda desconfiado do comportamento do mordomo, mas, naquele momento, sem condições de insistir no assunto. — Bem... mande trazer uma carruagem. A Sra. Hackett já fez as camas desses homens?

— Já, senhor, e as aqueceu — foi a resposta.

— Ótimo. — Então, para nós, Mycroft acrescentou: — Algumas horas de descanso, para os dois... nem mais, nem menos. Vocês precisarão estar no melhor de sua forma.

Quando o irmão partiu, Holmes retornou ao bloco de gelo. Ao examinar o corpo que havia ali, ele finalmente sacudiu a cabeça e levantou-se. — Venha, Watson... vamos cobrir este pobre coitado.

Apanhei o lençol e o estiquei sobre o corpo; e, pela primeira vez, me permiti examinar mais de perto as atormentadas, contundidas feições de McKay.

— Um fim verdadeiramente terrível — falei. — Mesmo assim, não tem a aparência de um homem sinistro.

— Nem era um homem em quem eu apostaria toda a minha reputação — rebateu Holmes.

Parecia de certo modo inacreditável.

— Mas ele tem uma aparência de que, no mínimo, levava uma vida dupla. E o modo da morte geralmente nos revela tanto sobre um homem quanto a sua aparência, Holmes.

— De fato. Mas, se enxerga maldade nesses ferimentos, em vez de naqueles que os infligiram, receio que a sua imaginação supere o seu bom senso. Lembre-se... *poignarder à l'écossais*: "perfurados à moda escocesa". Não "executados", mas "perfurados"... o ônus, como deve ser, é inteiramente do perpetrador da ação. — Holmes olhou de cima a baixo o corpo amortalhado. — Na improvável eventualidade de que houve apenas um... De qualquer modo... vamos subir para os nossos quartos, Watson. Você deve estar exausto. — Por seu lado, Holmes parecia ter dormido uma noite inteira durante o tempo que estivemos no subsolo: um efeito que não era incomum quando ele entrava em contato com indícios concretos relacionados a um crime.

— Estou mesmo — respondi, quando partimos para a primeira das estreitas, escuras escadarias. — E também aliviado.

— Aliviado?

— Sim. Desde que chegamos, não ouvi você falar em fantasmas e lendas.

Holmes deu uma única risada.

— Uma suspensão temporária, isso eu lhe garanto, Watson! Por enquanto, temos *fatos* mais do que suficientes para refletir, mas eu lhe asseguro que muito em breve retornaremos aos personagens sobrenaturais. Ou talvez sejam *eles* que encontrarão seu caminho até nós...

Capítulo VIII

O MISTÉRIO DA ALA OESTE

Não posso dizer que fiquei totalmente surpreso ao descobrir, quando acordei mais tarde naquele dia em um dos encantadores dormitórios revestidos de carvalho do palácio, que o sol estava quase se pondo. A advertência de Mycroft de que não perdêssemos tempo demais com o sono seria, eu sabia, ignorada pelo irmão, que optaria por descanso algum, ao mesmo tempo que me permitiria talvez dormir mais do que deveria. A decisão, confesso, foi sensata, pois, quando acordei, se fiquei ligeiramente confuso quanto à hora exata do dia e onde exatamente me encontrava, minha mente, ao contrário, não estava debilitada: com certeza, encontrava-se alerta o suficiente para que eu conseguisse, ao me movimentar, captar totalmente a visão de Holmes empoleirado no peitoril de uma das janelas altas do quarto, vestido do mesmo modo como o tinha deixado, e ainda fumando, enquanto olhava adiante as adoráveis e assombradas ruínas da velha abadia.

— Holmes — falei, jogando meus pés para o chão e para fora da enorme cama coberta com dossel. — Quanto tempo se passou?

— O tempo — devolveu ele, alegremente, ainda fitando lá fora — é menos importante do que a hora...

— Está tentando condescender com a minha estupidez?

— Ora vamos, Watson, não deve desencorajar os meus esforços de ser frívolo! Estava simplesmente me referindo ao fato de que escurecerá em breve. E, com a escuridão, virão — sua voz tornou-se teatral, ao se virar para mim — aquelas coisas que *amam* a escuridão...

Eu não estava com disposição para pilhérias.

— Com a escuridão, virá o jantar, espero — disse, ao me levantar. — Estou faminto.

— Foi o que imaginei — disse Holmes. — Mandei a Sra. Hackett trazer o seu prato de sanduíches... ali... junto com um bule de chá forte.

— Muita bondade sua — agradeci, correndo para o meu pequeno repasto.

— Achei melhor que você não comesse coisa muito *pesada* — explicou Holmes, ao me acompanhar para uma xícara de chá. — Talvez esta noite vejamos ou ouçamos coisas que você achará singularmente perturbadoras. Aliás, eu mesmo já andei ouvindo algumas.

— Então, como eu desconfiava, você não dormiu. E aonde o levaram as suas insones perambulações? Longe do olho vigilante de Hackett, espero. — Ao dar a primeira dentada na magnífica mistura de rosbife, agrião e mostarda francesa de alguma espécie, senti momentaneamente uma pontada de arrependimento. — Não pretendi que esse comentário parecesse tão insensível como pareceu. Mas...

— Sim, é uma bela visão a daquele olho, não é mesmo? — retrucou Holmes. — Você notou a cicatriz? Bem característica.

— É mesmo? Eu notei as marcas, mas não posso dizer que tenha me lembrado alguma coisa.

— Não? Bem... talvez eu esteja equivocado. Apresse-se, Watson, coma! Afinal de contas, não vai querer perdê-lo.

— Perder quem? — perguntei, enquanto tentava me vestir e terminar o último dos sanduíches de rosbife.

— Ora, o fantasma soluçante de mulher da ala oeste! Não pense que Holyroodhouse vai decepcioná-lo. Não depois de ter vindo de tão longe!

Eu estava ciente, ao terminar de me vestir, comer e me fazer apresentável, que Holmes estava, é claro, brincando, *devia*, é claro, *estar* brincando; entretanto... eu continuava sem uma resposta satisfatória à pergunta que fizera no trem — horas ou dias atrás? — com relação à sua opinião pessoal sobre a existência de um espírito malévolo em Holyroodhouse, o espírito responsável pelas coisas terríveis de que tínhamos ouvido falar e, agora, visto. De qualquer modo, um ser desse tipo satisfaria as aparentes contradições e impossibilidade exibidas no cadáver de McKay; e não posso, com toda a sinceridade, afirmar que havia refreado de todo em minha mente alguma explicação fantasmagórica. De qualquer modo, a insistente referência de Holmes à questão — seja porque ele mesmo acreditava ou porque se deu conta do efeito que isso criava em minha imaginação — estava agora se tornando uma evidente amolação. Resolvi dar-lhe uma última chance com a sua "assombração da ala oeste": se isso se revelasse um grotesco gracejo às minhas custas, ou da espécie que eu supunha ter irritado tanto a Sra. Hudson no dia anterior, eu teria uma conversa a esse respeito com ele, uma conversa bem séria.

Só após termos descido o relativamente pequeno lance de escada no lado leste do prédio, virado um canto e estarmos caminhando através da espaçosa e impressionante Grande Galeria no lado norte do andar principal do palácio, entre retratos de monarcas ingleses e escoceses, tanto verdadeiros como (no caso dos escoceses) lendários, foi que me ocorreu perguntar a mim mesmo:

E se ele não estiver brincando? Nesse caso, o que você fará?

Sem pensar mais terrivelmente sobre o assunto — pois a idéia de que Holmes poderia estar falando bastante sério sobre um "fantasma soluçante de mulher da ala oeste" era agora mais do que nunca uma idéia que eu achava por demais desconcertante e perturbadora para ser tolerada —, parei diante de um retrato de Maria, rainha dos escoceses.

— A obra indiferente de um francês — comentou Holmes baixinho, ao parar a meu lado. — Vê-se muito pouco nela para justificar as muitas histórias sobre sua beleza. Tem, porém, a vantagem de ter sido um estudo de vida; na sala ao lado, há uma reprodução bem mais atraente dela, mas foi pintada dois séculos completos após sua morte.

— Mesmo assim, Holmes — retruquei, estudando o retrato com cuidado —, o quanto sabemos realmente dos elementos que, na época, constituíam a beleza? Certamente, ela é graciosa e delicada; e, se a pele é tão pálida como se fosse cadavérica, e a testa muito alta, bem... essa era a moda na época, e também pode ter sido exagerada. Quem sabe as grandes imagens de beleza produzidas em nossa própria época não serão consideradas grotescas excentricidades em séculos vindouros?

— Isso é com você, Watson — disse Holmes, indo adiante. — Como já comentamos várias vezes, beleza e encanto femininos são suas áreas de especialidade, e nunca esse conhecimento foi de tão grande utilidade para nós, eu suspeito, como será esta noite...

Ele atingira a extremidade da galeria, e parou diante de uma grossa porta modulada que conduzia, ao que parecia, a uma espécie de área evidentemente particular — por certo um portal pouco utilizado, e bem diferente do estilo do resto do palácio. — Além dessa porta, ficam os tais aposentos originalmente destinados à rainha de Carlos II — explicou Holmes, a meia-voz. — Os quais ficam no interior da ala oeste. A esposa de Carlos, porém, rapidamente os abandonou... supõe-se que por causa da disponibilidade de melhores acomodações em outras alas; mas, na realidade, suspeita o mordomo Hackett, porque eles ficavam diretamente embaixo dos infames aposentos da rainha Maria.

— Parece que você e o "mordomo Hackett" iniciaram uma amizade um tanto rapidamente durante as horas que estive dormindo.

— Ah, eu não diria isso — devolveu Holmes, empurrando delicadamente a sólida e pesada porta diante de nós, de modo que ela fez apenas um leve ruído ao se abrir. — Mas eu *diria* que ele confirmou o meu preconceito contra confiar demais nas impressões iniciais. Assim que lorde Francis estava a uma distância segura e ficou claro que não éramos agentes do clã Hamilton, Hackett transformou-se em um outro homem completamente diferente. E não é difícil ver ou entender por quê. A propósito... não achou a sua cama aquecida maravilhosamente convidativa?

Eu ficara, ao longo dos anos, tão acostumado com os ritmos da conversa do meu amigo, de seus saltos de informações importantes para comentários mundanos, que nem mesmo respondi à pergunta; nem fiquei surpreso quando, naquele momento, ele avançou, um tanto animado, porta adentro, sem maiores explicações, para uma espécie de vestíbulo do lado de fora do que fora outrora, ele me informou, a antecâmara da "nova" rainha. Ao penetrarmos sorrateiros, firme e silenciosamente, notei, no canto da torre oposto à porta através da qual viemos, a entrada para uma escada de pedra em espiral. Se aquela era de fato a ala embaixo dos antigos aposentos da rainha Maria, então aqueles deviam ser os infames degraus pelos quais os nobres escoceses protestantes arremessaram abaixo o corpo assassinado de David Rizzio: não admirava que as rainhas posteriores tivessem resolvido não se alojar em tal estreita proximidade à cena da infame matança. A antecâmara, como todos os aposentos naquele andar da ala (inclusive um amplo dormitório, à nossa esquerda), era muito mais do que eu havia esperado encontrar, com soalho e teto revestidos de madeira, cada seção deste último exibindo brasões primorosamente entalhados e pintados. Todavia, o tempo, a negligência e a natureza haviam realizado o seu trabalho, sobretudo nas tapeçarias que ainda pendiam de muitas das paredes: complexas teceduras que deviam datar até mesmo de antes da época de Maria, e que, sem dúvida, valeriam uma soma considerável, se insetos e roedores não tivessem tido permissão para executar seu trabalho destruidor por gerações sem fim. As janelas estavam fechadas com venezianas e pesadamente acortinadas, do mesmo modo, com sedas antigas: mais comida para os bichos se banquetearem à vontade. No processo, eles haviam criado buracos de tamanhos variados, e onde essas aberturas coincidiam com as rachaduras das venezianas, os últimos raios do sol desvanecente faziam o possível para animar aqueles aposentos há muito tempo desanimados...

Exatamente quando essas observações melancólicas foram registradas pelos meus sentidos, comecei a ouvir o som: como Holmes dissera, parecia uma mulher soluçando, às vezes tristemente, às vezes temerosa e até mesmo desesperadamente: um tipo de som que faria arrepiar a mais insensível das almas.

— Holmes! — sussurrei premente, sem a menor falta de firmeza em minha voz; mas ele previra a reação, e erguia as mãos para o alto como algum conjurador bem-sucedido.

— Eu não a prometi? — disse ele, também num sussurro. — Na verdade, fui até você assim que a ouvi... eu sabia que você ia querer compartilhar o momento da descoberta.

— Muito obrigado pela sua consideração — falei, sentindo subitamente muito frio e deixando que a sensação fosse registrada pela minha voz.

— Ora vamos, Watson, coragem! Ouça um pouco mais, e então me diga o que há de errado com o som.

Fiz como ordenado, e então notei algo inesperado: o som emanava do dormitório adjacente — não da escada ou dos aposentos acima.

— Em nome dos céus, Holmes — exclamei. — Ora, isso não é nenhum fantasma, trata-se de alguma pobre criatura aflita... talvez muito desesperada, pelo tom de voz!

— De fato está... e foi exatamente por isso que fui buscá-lo. — Holmes seguiu na direção da porta do dormitório. — Há alguém aí dentro, creio, que está em grande dificuldade. Hackett não deu nenhum detalhe, mas deixou escapar várias insinuações que me trouxeram até aqui. Eu poderia ter entrado sozinho; mas, como já disse e há muito tempo admitimos, o sexo frágil é a *sua* área de especialização... e, se estou certo, você precisará de *grande* especialização para impedir que essa mulher fuja.

— Fugir? Mas certamente obstruiremos seu caminho.

— Talvez, Watson... mas creio que não. Já fiz um reconhecimento; não há nenhuma escada *aparente* pela qual ela possa tentar fugir, a não ser esta atrás de nós. O folclore do palácio, no entanto, que me foi relatado por Hackett diz que a escada *secreta* pela qual a rainha Maria ficou conhecida por se movimentar entre os andares, e a qual seu marido revelou aos homens que assassinaram Rizzio, ainda existe. Supõe-se, por todos no palácio, que foi vedada após o crime, mas Hackett diz que conhece pelo menos um velho criado que jura que a escada permanece transitável, atrás de painéis mecânicos totalmente secretos. Se essa mulher refugiou-se aqui e tem evitado ser descoberta, ela deve saber da existência da tal escada e a utiliza para evitar ser descoberta. E assim, ao que parece, não podemos impedir *fisicamente* a fuga dessa criatura. Você é capaz de imaginar outro método?

— Você sabe, Holmes — retruquei, talvez um pouco rudemente —, que há momentos em que você torna um tanto complexo o mais simples dos problemas. Sugiro que permaneça aqui... pelo menos nos primeiros minutos.

— Ah! — devolveu Holmes, quando me aproximei da porta da alcova. — Quer dizer que vai se fiar apenas no charme?

— Meu caro colega — falei. — Acontece que sou médico...

Mais temeroso da humilhação que do suposto "fantasma", atravessei rapidamente a porta da alcova...

E, assim que o fiz, o som de soluços cessou. A quase escuridão no quarto — abrandada apenas pelos poucos buracos nas cortinas — causou aos meus olhos alguns momentos de desorientação; mas eu estava relativamente certo de que o abrir ou fechar de qualquer passagem "secreta" devia pelo menos estar de alguma forma visível ou, ainda mais provável (em vista de sua idade), audível; e provei estar certo quando algumas rápidas passadas foram seguidas pelo que soou como um antigo mecanismo girando e, em seguida, o delicado raspar de madeira contra madeira.

— Por favor! — exclamei; e não pude fingir que não houve um ligeiro traço de temor na súplica, pois, não obstante os meus corajosos protestos para Holmes, uma parte irracional do meu próprio espírito fora despertada pela lamúria, pela escuridão e pelos sons de movimentos furtivos. — Não tenha medo — prossegui, firmando a voz. — Sou um amigo, enviado por amigos, e sou médico. Não represento a família real nem a do duque — dou-lhe a minha palavra a esse respeito. Sei que talvez fuja, sem a possibilidade de eu ir atrás, mas não sei por quê. Que infortúnios mantêm você neste local de morte? E o que posso fazer para ajudá-la?

Alguns segundos desanimadores de silêncio se passaram; então ouvi o mesmo mecanismo ranger, juntamente com o mesmo ruído de madeira deslizando e, finalmente, um som que era tudo menos sobrenatural: uma leve fungada, seguida pela mais delicada das tosses. Mesmo assim, se a verdade era para ser conhecida, foi somente quando ouvi a voz que veio depois — baixa, trêmula, mas inconfundivelmente humana — que a minha respiração voltou ao ritmo normal.

— Você... é médico? — A voz era muito menos madura do que sugerira o soluçar: eu devia ter adivinhado que pertencia a uma jovem mulher escocesa de não mais de 17 ou 18 anos, provavelmente de algum lugar do oeste.

— Sou.

— E carrega remédios com você?

— Posso certamente conseguir alguns, se você está doente. Pode acender uma vela e me mostrar o que há de errado?

— Posso... mas não há nada de errado comigo, como pode ver. — Ela acendeu um fósforo. — Ainda não...

Meus olhos estreitaram-se diante do relativo clarão de um único castiçal; mas, ao se adaptarem, enxerguei o rosto e o corpo que faziam um grande contraste com os retratos na galeria sem a torre. Séria, cabelos castanho-avermelhados; a pele, apesar de o rosto estar momentaneamente empalidecido pelo medo, revelada pelo pescoço, pelo colo e pelos antebraços, tinha uma cor saudável; cativantes olhos verdes marejados por horas de choro; e lábios finos, trêmulos; tudo isso caracterizava uma moça que, embora extremamente bela, estava de algum modo menos comprometida com suas feições do que com seus movimentos, os quais possuíam uma vivacidade mesmo quando ela tentava permanecer imóvel. Acima de tudo, havia nela uma enorme sensação de susceptibilidade, embora seu corpo não parecesse doente nem fraco (aliás, apesar de toda a sua momentânea agitação, ela tinha o robusto corpo de uma empregada doméstica); e o motivo de sua nervosa fragilidade foi logo revelado como qualquer coisa, menos algo obscuro.

— Bem — disse ela, constrangida diante do brilho da vela que acendera —, agora que me viu... quem o enviou, se não foi o patrão?

— Eu... bem, na verdade, suponho que ninguém. Meu amigo ouviu o seu choro.

— Amigo? — repetiu ela temerosamente, fazendo um movimento como se fosse apagar a vela com um sopro e esconder-se atrás das pesadas, imundas cortinas. — Eu pensei que você tivesse dito que...

— Ora, ora, não há necessidade disso — afirmei, correndo para ela e evitando que apagasse a vela. — Não estamos aqui para revelar o seu esconderijo para outros, nem temos nenhuma intenção de vê-la expulsa daqui.

— Então... o que *querem* de mim? — Um momentâneo olhar de aliviada expectativa percorreu suas feições. — Foi *ele* quem mandou você? Eu vou ser levada a ele agora? Ele me prometeu, sim, isso mesmo, ele me prometeu...

— Quem prometeu o quê, exatamente?

Ela, porém, começara a chorar novamente, e não consegui resposta à pergunta.

— Esses seus remédios — disse ela, finalmente. — Oh, doutor... não inclui venenos entre eles?

— Venenos? — repeti, alarmado. — Minha cara jovem senhora, por que o desejo por um veneno?

— Por que uma "cara jovem senhora" como eu deseja um veneno? Eu estou perdida!

— Cale-se agora, eu lhe imploro. — Conduzi-a a uma cama antiga com quatro grossas colunas primorosamente esculpidas que era o ponto central do velho, lúgubre quarto empoeirado. — Vamos começar do começo. Eu me chamo John Watson. Vim de Londres com o meu amigo, o Sr. Sherlock Holmes...

— O Sr. Holmes? — bradou ela, pondo-se de pé novamente com um salto: era de fato quase impossível mantê-la parada. — O detetive de Londres? Veio com *ele*? Oh, mas agora eu serei descoberta, eu serei...

— Nada desse tipo acontecerá — afirmei. — Nem o Sr. Holmes nem eu temos nenhum motivo para desejar o seu mal ou seu constrangimento... mas eu a advirto, toda essa conversa sobre veneno tem que parar. — Consegui fazer com que a moça voltasse a sentar e, tendo tirado algumas conclusões de suas poucas declarações sensatas, devolvi-as a ela: — Pois então... você está escondida aqui, à espera de uma ordem de alguém. Um jovem.

— Não tão jovem, doutor — fungou. — O diabo não é um menino...

— Está bem. Há um homem e você está aqui à espera dele. Não deixou o palácio com o restante da criadagem — embora, por ser jovem, é provável que lhe tenham *ordenado* que partisse. — Ela aquiesceu uma vez, e eu continuei. — Você não tem um lar para ir? Nem família?

Ela cobriu o rosto com um avental sujo que devia servir ao mesmo propósito há horas, se não dias, sem fim.

— Nenhuma família ia me querer. Não assim como eu sou! Aquiesci uma vez.

— Eu entendo. Mas ele... o homem que a colocou nesse apuro... ele disse que voltaria para você.

— Dias atrás! Eles me mandaram esperar aqui, neste lugar horroroso, e ele disse que viria! Eu não sou tão tola assim. Eu sei por que esta ala está fechada, eu sei quem caminha por estes corredores! Ele caminhará novamente esta noite... e, se eu for forçada a ouvir uma vez mais, doutor, o som daquelas passadas e aquela voz, enlouquecerei! Não consigo ouvi-la novamente... ela me chama, sabe que estou aqui, e vai me pegar!

Finalmente exaurida pelo terror e pela solidão, a pobre infeliz enterrou o rosto em meu ombro, e coloquei a mão sobre sua cabeça.

— Fique tranqüila agora, precisa se acalmar... o que quer que aconteça, a partir de agora, você não estará sozinha, eu lhe prometo. Você me entende, senhorita...? Está vendo? Ainda nem me disse o seu nome.

Ela se afastou de meu ombro, mais uma vez com os olhos e o nariz escorrendo.

— Alison — disse ela por entre mais fungadas. — Alison Mackenzie.

— Um nome escocês bem característico — retruquei com um sorriso.

— Mas nada apropriado para uma moça escocesa mantê-lo! — declarou. — Ele não vai se casar comigo, começo a perceber... não, e serei deixada aqui, para ouvir aquele terrível espírito, e enlouquecer, ou ser assassinada, ou ambas as coisas... oh, doutor, não pode ter dó e dar um fim à minha terrível desgraça?

Do meio das trevas que circundavam o vão da porta surgiu a voz de Holmes.

— Infelizmente os seus magistrados escoceses não teriam dó do doutor se ele concordasse com o seu plano, Srta. Mackenzie...

Alison Mackenzie levantou-se novamente de um pulo, para olhar meu amigo parado do outro lado do quarto. Pude ver que ele tentava ao máximo parecer solidário e até mesmo amável; mas esse tipo de empenho era duvidoso com Holmes, e o juízo da Srta. Mackenzie, já abalado, não pôde lhe oferecer hesitante confiança à primeira vista.

— Não obstante, ele tem razão — prosseguiu Holmes, apontando para mim. — Não temos um só motivo para lhe desejar dano de nenhuma espécie, e todos os motivos para ajudá-la.

— Por quê? — interpelou a moça severamente. — Por que um de vocês me ajudaria... uma estranha que se encontra sozinha em um lugar proibido?

— Talvez porque nós, também, sejamos estranhos aqui — disse Holmes, a voz agora repleta de um tipo de emoção muito mais genuína. — E estamos mais do que familiarizados com locais proibidos...

A Srta. Mackenzie deteve-se naqueles poucos segundos de reflexão, suas feições ainda endurecidas; mas, em pouco tempo, abrandou-as, uma mudança assinalada pela volta à sua capacidade aparentemente inexaurível para chorar.

— Mas vocês podem deixar este lugar quando quiserem. Eu nunca poderei, a não ser que ele venha por mim, e vejo agora que não... ele nunca virá, nunca, e serei deixada aqui para enlouquecer com o som daquelas passadas e daquela voz.

Foi necessário o trabalho de uma hora para deixar a moça de fato calma e serena. Holmes deixou-nos para pedir a Hackett sanduíches e um pouco de uísque, segredando-me que o mordomo sabia muito bem onde estávamos e o que andávamos fazendo (uma afirmação que de início achei quase chocante, mas que logo viria a entender). Assim que colocou outra coisa no estômago além de lágrimas, e logo que o uísque atingiu seu sistema nervoso e produziu o efeito desejado, a Srta. Mackenzie começou a nos contar a sua história.

Nascida, de fato, em uma pequena fazenda de um agricultor arrendatário na região lacustre do outro lado da Escócia, apenas no ano anterior ela passara a servir em Holyroodhouse, quando sua tia — que, por acaso, era a amável mas muito nervosa esposa de Hackett — a recomendara para o emprego. Tão logo chegou, a Srta. Mackenzie tornou-se previsivelmente o foco das atenções de todos os jovens da residência, fossem criados, residentes ou hóspedes; mas, à diferença de tantas infelizes em empregos semelhantes, ela fora protegida, não apenas por Hackett, mas pelo primo Andrew e, por fim, por um terceiro benfeitor: o *gillie* do parque, Robert Sadler, o homem que Mycroft Holmes mencionara como sendo um predileto real e um suposto espírito decente que passara a ter um interesse fraternal pela suscetível moça. Portanto, não fora o tal de Robert o instrumento de sua ruína.

— Não devem culpar o Sr. Rob, cavalheiros — disse-nos a Srta. Mackenzie, quando as horas se aproximaram das oito e ela, tendo, talvez, cedido a uma ou duas doses a mais de uísque do que aquela com a qual seu estado emocional conseguiria lidar com sucesso, começou a produzir o que certamente, no caso de tal moça, poder ser chamado de conversa filosófica. — Eu tenho uma avó em Glasgow e ela me disse... não apenas uma vez, ela já me disse nove ou dez mil vezes: "você pode escolher seus amigos, Allie", disse ela, "mas não pode escolher sua família". — Um suspiro desamparado seguiu-se a essa pitoresca homilia. — O Sr. Rob não pode evitar ter um irmão assim.

Holmes — que fizera todo o possível para ser paciente, enquanto eu acalmava a moça para que, se não ficasse inteiramente descontraída, pelo menos interagisse — girou então o corpo, jogando a guimba de seu cigarro na alta e lindamente entalhada lareira de granito que ocupava a parede do quarto defronte à cama.

— Um irmão assim, Srta. Mackenzie? Um irmão assim *como*...?

A Srta. Mackenzie suspirou intensamente, deitou-se na parte superior da antiga colcha e aninhou nas mãos a pesada cabeça.

— Como ele mesmo, Sr. Holmes... Como William. Willie, para mim, mas "Likely Will", um Destino Provável, para a maioria. Mas nunca pude entender o motivo de tal nome. Não até ser tarde demais...

— Pois é... — E com essa breve expressão, Holmes reiniciou sua caminhada infernal, aquela forma peculiarmente insistente de seu costumeiro hábito nervoso que se iniciara com esse caso, conforme observe, quando eu retornara a Baker Street, apenas umas 24 horas atrás, de que algo particularmente profundo em sua alma fora perturbado por aquelas atividades. — "Likely Will" — repetiu ele, sorrindo ao fazê-lo. — Deve admitir, Watson, que se trata de um epíteto incomum. Eu quase esperaria algo como "Black Will". Destino Sombrio ou coisa assim...

— Ele não precisa manifestar isso tão abertamente, Sr. Holmes — interveio a Srta. Mackenzie, com certa firmeza. — Pois o seu lado sombrio emergirá dele, mais cedo... ou mais tarde. Sim... todos dizem isso, até o Sr. Rob. Mas eu não dou ouvidos. Eu o conheço melhor do que todos os outros, sabe? E agora, olhe em que me transformei. Arruinada pelo mesmo destino sombrio. Não... ele não precisa manifestar isso, não mesmo.

— De fato — declarou Holmes, seu momento de diversão encerrado e um vago ar de contrição na voz. — Tenho certeza disso. E qual é o ofício desse seu Likely Will Sadler, Srta. Mackenzie?

Ela deixou a cabeça cair totalmente sobre a cama empoeirada.

— Foi o ofício dele que me atraiu de início! — exclamou e, então, prevendo a nossa confusão, levantou-se e explicou. — No castelo, é chamado de "armeiro", mas ele faz mais do que isso; conserta todas as coisas velhas, imprestáveis.

— No castelo de Edimburgo? — indaguei.

— Sim — respondeu ela —, mas ele também trabalha no palácio... foi como a gente se conheceu. Ele veio aqui para entregar uma armadura que havia limpado... usando-a, e eu não poderia ter ficado mais encantada ao vê-lo! Toda aquela energia e andar afetado, e um sorriso que faria a lua, de vergonha, mergulhar de volta para trás das encostas: esse era Likely Will Sadler. Certo dia, por fim, perguntei ao Sr. Rob sobre o nome, e não creio que ele quisesse me contar, pois viu a expressão do meu olhar. Na verdade, acho até mesmo que, de certo modo, ele tentou me alertar. "Likely", disse ele para mim, "é porque tudo o que Will resolvia fazer era provável que fizesse. Ou *tomasse*." E Will me atiçou, oh, como me atiçou... Ele conhecia as garotas como conhecia aquelas suas máquinas velhas: eu me sentia uma princesa neste palácio, apesar de toda a esfregação de chão e arrastar de móveis. Mas, no final, essa foi toda a minha eterna vergonha e danação.

Finalmente, a moça já chorara tudo o que podia — mesmo assim, eu me senti desejando que ela chorasse novamente, pois nem Holmes nem eu ou ninguém seria capaz de oferecer um paliativo para essa nova forma de tristeza, a não ser o frio consolo de lugares-comuns sobre outras mulheres que superaram esse tipo de coisa, e aprenderam a criar seus filhos, com ou sem os homens infiéis que os geraram. Mas o que uma conversa dessa espécie significa para uma pobre jovem cuja vida parecia, para ela, ter terminado antes mesmo de começar?

Foi Holmes, por incrível que pareça, que conseguiu a única declaração que chegou perto de apaziguá-la:

— Não vamos insultá-la, Srta. Mackenzie, dizendo-lhe que a sua vida, nos meses vindouros, será fácil. Mas não está condenada... ainda não. — Ele foi até a cama, e acocorou-se, de modo a olhar a moça nos olhos. — E, se conseguir descobrir isso em si mesma para ajudar o doutor e a mim, também descobrirá, e isso eu lhe asseguro, que a desgraça em sua vida nunca ocorrerá. Você tem o direito de acreditar que esse seu Likely Will não tem intenção de voltar para levá-la embora para o que a maioria chamaria de uma "vida respeitável"... aliás, já deve ter se dado conta de que ele planejou que você fosse descoberta nesta torre pelo seu tio e tia, e fosse levada por eles, em desgraça, de volta para casa, não é mesmo? — Lágrimas silenciosas escorreram pelo rosto exausto da pobre menina, enquanto ela corajosamente concordava com a cabeça com a suposição de Holmes. — Ótimo... então você o conhece verdadeiramente, e não protestará alegando que ele é melhor do que supomos. Isso a distingue como uma pessoa superior do seu sexo.

Diante disso, o aspecto da Srta. Mackenzie mudou: surpresa e esperança foram despertadas pelas palavras de Holmes.

— É mesmo, Sr. Holmes?

— De fato. Mas há um outro choque que precisa suportar, e ele pode ser mais duro. Está disposta a tentar? — Ainda encorajada pela avaliação de Holmes, a moça concordou novamente com a cabeça. — O homem que tomou tanto de você tomou ainda mais de outros... e ele, sem dúvida, tentará a mesma providência terrível contra você, quando descobrir que continua aqui.

— Holmes! — exclamei. Ao ver o olhar de emudecida confusão e temor no rosto da Srta. Mackenzie, puxei o meu amigo para o lado. — Como pode dizer isso de modo direto a uma moça em tal estado de fragilidade?

— Está enganado, Watson — rebateu com firmeza. — Essa moça não é a simples criada atraente de Holyroodhouse que o tal de Will Sadler tomou para si... ela é filha da terra escocesa, com mais Bannockburn do que Culloden em sua alma! — Ele se dirigiu novamente até a Srta. Mackenzie, levantando-a pelos ombros até que ela ficasse sentada na cama. — Ela tem se virado sozinha nesses dias nesta ala pútrida e assombrada do palácio... e conseguirá se virar ainda mais! Estou certo, Srta. Mackenzie?

As faces da moça foram ficando rubras enquanto Holmes falava, e ela mal abriu a boca para expressar seu assentimento...

Foi quando, do andar acima, veio um som: os lentos, hesitantes passos de pés calçados com botas sobre o chão de madeira. Com uma batida característica que, diante das circunstâncias, parecia dolorosa, os passos avançavam um pouco e paravam; avançavam e então paravam; nunca a intervalos regulares, e nunca se movendo em uma clara direção ou padrão. Além do mais, como se os passos não fossem o bastante, a eles logo se juntou outro som arrepiante: uma voz humana, a voz de um homem, uma voz que lentamente, sempre de modo lento e pesaroso, cantarolava uma melodia, uma cantiga ao mesmo tempo familiar e totalmente estranha.

Instantaneamente, a Srta. Mackenzie cobriu a boca, e toda aquela cor recém-descoberta exauriu-se de seu rosto.

— É ele — cochichou em desespero.

— Ele? — indagou Holmes, examinando o teto apainelado. — Sadler?

— Não! — pranteou a moça. — *Ele!* — Olhou para nós dois, o terror em cada uma das feições. — O pobre homem que assassinaram aqui, há tantos anos. Ele nunca foi embora, não percebem? — Ela olhou mais uma vez para o teto. — *O cavalheiro italiano...* esse é o espírito dele, vindo para se vingar.

Capítulo IX

DE VISITAS À MEIA-NOITE... E VISITANTES...

Minha mão foi rapidamente para o bolso no qual eu mantinha o protetor de palma obtido através de Shinwell Johnson (como também a provisão de uma dezena de cargas de munição que se encontravam cuidadosamente envolvidas em um lenço). O movimento foi instintivo, é claro — de que adiantaria, afinal de contas, uma arma de fogo contra uma assombração? —, entretanto, isso endureceu os meus nervos.

— "O cavalheiro italiano"? — sussurrei. — Holmes, será que ela se refere de fato...

— De fato — retrucou Holmes, ouvindo atentamente as passadas e a voz cantarolando acima. — David Rizzio.

— Sim — murmurou a Srta. Mackenzie. — Isso mesmo, é assim que o chamavam!

— Então Sadler contou-lhe a lenda — disse Holmes.

— E me mostrou! — rebateu a moça. — Não se trata de lenda, Sr. Holmes... eu vi o sangue que nunca seca!

Virei-me para Holmes.

— Que diabos...?

— Sim... Hackett me falou a respeito, Watson. E mostrou-me isto. — Do bolso, Holmes retirou um livrinho toscamente impresso, o qual folheei enquanto as passadas acima continuavam a percutir suas sinistramente distorcidas unidades de tempo.

O título do livrinho apregoava:

"Todos os Sombrios Segredos e Acontecimentos de Edimburgo Revelados!"

As poucas páginas do material descreviam muitos locais onde os desejosos de contribuir primeiramente com uma soma não mencionada (mas por certo considerável) de dinheiro e depois aventurar-se nas profundezas da noite escocesa poderiam encontrar "Provas do Além-Túmulo!". E a principal atração da lista era claramente uma visita ao palácio real de Holyrood, em particular o cenário "do mais medonho assassinato da história da Escócia, um crime tão terrível que, todas as noites, sua vítima ainda visita o local onde morreu, renovando a poça do sangue que ali derramou, e buscando algum insuspeito escocês — ou escocesa! — sobre o qual possa descarregar a raiva que ainda sente contra a nação que dele se aproveitou tão cruelmente, e que o tem, durante séculos sem fim, deixado sem vingança!"

Examinei o obviamente despropositado mas (por mais que relutasse em admitir) eficaz documento por vários minutos.

— Mas... onde se consegue isto? Quem conduz essas "excursões"? Algum membro da criadagem, certamente. Mas, se Sua Majestade descobrir...

— Se Sua Majestade descobrir, provavelmente todos os criados do palácio serão substituídos — afirmou Holmes. — Pois, dentre eles, em quem ela poderá confiar de novo? Como *todos* eles poderiam não saber que *foi* cometida tal quebra de confiança, não uma ou duas, mas praticamente todas as noites?

— Sim — concordou a Srta. Mackenzie. — É a pura verdade, senhor... e esse é o motivo mesmo pelo qual ninguém vai comentar o assunto, embora todos que trabalham aqui, como disse, tenham conhecimento dele.

— E todos sabem *quem* guia essas visitas ilegais? — perguntei, ainda tentando manter o meu raciocínio lógico e coerente, apesar dos ruídos que flutuavam acima de nós.

A moça sacudiu a cabeça apressadamente.

— Desde o início, disseram a eles que não fossem curiosos. E todos obedecem à ordem... pois não há ninguém que queira perder seu emprego. — Ela ergueu a vista, temerosa. — E ninguém que deseje ser perseguido pelo espírito. Eu obedeci à regra, enquanto... oh, eu devia ter adivinhado! Mas ele fez disso um jogo, senhor... apenas uma de suas mentiras. Ele disse que poderia mostrá-lo a mim, e eu estaria segura em sua companhia. Mas agora... agora vejo...

— Que ele usava isso para mantê-la em seu poder — completou Holmes pela moça. — Ele disse que lhe mostraria o local, "o sangue que nunca seca"... por reconhecer a sua natureza, ele fez disso um negócio arriscado, e então disse que, se você algum dia o traísse...

A pobre coitada tremeu de tanto medo naquele instante que corri para ela e coloquei o braço em volta de seus ombros, e ela sussurrou:

— Sim! Se eu o traísse e contasse o que sabia, o cavalheiro italiano viria atrás de mim... e agora ele veio! Mas eu não o traí, Sr. Holmes, juro pela minha vida, eu nunca fiz isso! Por que então? Por que este pobre, infeliz espírito me atormenta...

Ao se aproximar cada vez mais da histeria, a moça foi emudecida quando ainda outro som se juntou ao das passadas contínuas e do eventual cantarolar que vinham do andar de cima. Tratava-se de um voz masculina, uma voz marcada por um sotaque que dizia simplesmente:

"Signorina... signorina... está quase na hora..."

Agora, quase sem poder respirar, muito menos falar, a Srta. Mackenzie agarrou apavorada a lapela do meu paletó e pressionou o corpo contra o meu.

— Não precisa ter medo — cochichei para ela, passando meu braço em torno de seus ombros. — Assombração ou homem, ele não a machucará, eu prometo.

Olhei para Holmes, à espera de que ele apoiasse minha promessa — e surpreendi-me ao, em vez disso, vê-lo sorrir novamente: não foi a primeira nem a última vez que fiquei imaginando que estranha diversão o meu amigo parecia quase determinado a extrair de toda a questão dos espíritos. Ao reconhecer que eu não partilhava sua reação, Holmes seguiu rapidamente para a enorme lareira, mostrando a chaminé; então entendi o que queria dizer. Quando a suposta voz espectral voltou a cantarolar aquela mesma melodia ilusória, ao mesmo tempo reconhecível e desconhecida, dei-me conta de que o som, de fato, não emanava à nossa volta, mas simplesmente descia pela chaminé e era projetado no aposento pela imensa fornalha atrás do granito circundante e do consolo da lareira.

— É de fato um truque cruel — afirmei, a mão novamente alcançando o protetor de palma —, e ele pagará por isso.

Ergui a vista e estava para proferir a pior ameaça que consegui compor quando Holmes murmurou, premente:

— Não, Watson! Ainda não! Esse sujeito se acha esperto... mas, como tantos dessa espécie, é só impressão. — Ouvindo o som do cantarolar, Holmes parecia esperar por algo: ele previu a volta das passadas e esperou o som passar novamente por cima de nós, e para a área sobre a antecâmara. Só quando sumiu por completo na direção das novas alas do palácio, Holmes voltou a falar.

— Não se deveria esperar passadas tão audíveis de um ser tão etéreo... nem a melodia!

— Sim, mas *que* melodia é esta? — indaguei, ao mesmo tempo que incentivava a Srta. Mackenzie a tomar um pouco mais de uísque.

— Não a reconheceu?

— Estava de acordo com a voz, creio eu... vagamente italiana... e houve momentos que pensei que talvez a conhecesse. Mas, no final das contas, não consegui identificá-la.

— *Vagamente* italiana? — rebateu Holmes, um tanto inseguro. — Watson, há ocasiões em que realmente eu me desespero por causa de sua educação musical. Mas não tem importância... ela não passa de um despiste. Agora, a nossa solução está perto, mas precisamos agir com rapidez!

Eu convencera a Srta. Mackenzie a soltar a minha lapela e voltar a se sentar na cama. Apertava o pequeno copo de prata que eu lhe dera como se este fosse a própria vida e, embora eu soubesse que ela devia estar perto da embriaguez, servi-lhe ainda um pouco mais da bebida.

— Srta. Mackenzie — perguntou-lhe Holmes —, a senhorita disse que esse homem, o tal de Likely Will Sadler, freqüenta "o pub", qual seria este, dentre os muitos estabelecimentos existentes na cidade?

— O Fife... Fife and Drum — despejou finalmente. — Depois de Johnston Terrace... logo abaixo do palácio.

— Um pub de soldados, não? — perguntou Holmes.

— Sim — confirmou a moça. — Os homens da guarnição, ele é amigo da maioria... por causa de seu trabalho lá. Ele conserta as armas velhas e até mesmo alguns dos velhos canhões.

Holmes parou e virou-se para mim, claramente perturbado.

— Uma complicação, Watson. Sem dúvida, esses soldados são amigos de bebedeira de Sadler, e o protegerão, em seu covil. Precisamos ter cuidado com nosso modo de agir. — Olhou para o teto. — Quer dizer que ele trabalha com o velho canhão? Um sujeito bastante talentoso, eu diria. — Acocorando-se novamente diante da moça, Holmes despejou-lhe uma série final de perguntas: — Srta. Mackenzie... reconhece que não foi um espírito que acabou de ouvir, mas um homem?

— A moça tentou aquiescer, porém o movimento foi mais do que um aflito estremecimento da cabeça. — E acredita nisso?

— Eu... estou tentando, Sr. Holmes. Não pode pedir algo além do que eu consigo...

— Bem dito, moça... bem dito. Esse seu filho talvez não tenha pai quando nascer, mas terá uma mãe que preencherá a lacuna com folga! — A Srta. Mackenzie até sorriu um pouco diante disso. — Agora, então... o primeiro dos seus testes. Evidentemente, não está mais a salvo aqui... precisa descer para as cozinhas, onde estão seu tio, sua tia e seu primo. Eles irão...

Os verdes olhos escoceses arregalaram-se.

— Para as... não, Sr. Holmes. Não posso fazer isso! Não posso voltar lá para baixo! Meu tio vai tirar o meu couro.

— Ele não fará nada disso — rebateu Holmes. — Pois nós iremos com você, e providenciaremos para que ele entenda a bravura que você demonstrou, e de que modo nos ajudou em nossos esforços para destruir o medo que há tanto tempo vem mantendo este palácio sob controle. Eu acredito, pelas conversas que tive com o seu tio, que ele a aceitará, assim que souber que decidiu se opor efetivamente a Sadler... e ambos sabemos por que ele fará isso, não é mesmo?

Após meditar um momento sobre a questão, a Srta. Mackenzie assentiu com relutância.

— Sim, senhor. É verdade que ele tem motivos suficientes para odiar Will. Mas... o que o faz pensar que não sofrerá o mesmo destino terrível que tio Gavin... o Sr. Hackett? Não pode simplesmente ir à polícia...

— Infelizmente, esse assunto requer o maior sigilo; e, portanto, cabe a nós resolvê-lo. Mas não tema, teremos ajuda, que chegará amanhã à noite. Não somos apenas Dr. Watson e eu, mas outros conhecidos nossos, que são mais inteligentes e mais confiáveis do que qualquer policial que poderíamos desejar. E, sem dúvida, seu tio e seu primo também nos ajudarão. — Holmes levantou-se. — Apenas diga que ficará conosco, desse modo tornando ainda mais necessário que Will Sadler volte aqui, e lhe prometo uma certa redenção.

Ele esperou vários longos segundos pela resposta; e, quando a moça aquiesceu, foi na forma da menor das inclinações de cabeça.

— Muito bem, Srta. Mackenzie, muito bem. E agora, venha. — Holmes virou-se, para a retirada de todos; mas então parou no meio do caminho, aparentemente se lembrando de algo. — Ah, diga-me... você, eu presumo, já esteve na oficina de Likely Will, não?

— Sim, senhor. Muitas vezes.

— É lá que ele guarda o pássaro?

A Srta. Mackenzie respondeu à pergunta — a qual me confundiu totalmente — sem a menor dificuldade.

— De fato, senhor. Ele tem tantas coisas maravilhosas lá...

— Sem dúvida. — Holmes pegou do bolso um lápis e um pedaço de papel e começou a desenhar furiosamente. — E, entre essas coisas maravilhosas, há uma máquina de madeira que se parece com... isto?

Colocou o papel diante dos olhos da moça, que se iluminaram diante da identificação.

— O senhor *também* esteve lá, Sr. Holmes? Não me lembro como chamam isso... mas faz muito tempo que encontraram suas peças espalhadas em um dos barracões do castelo. Já tem tempo que Will as vem montando...

— É mesmo? — Holmes guardou o lápis de volta no bolso, ao mesmo tempo que ajudava a moça a se levantar. — Bem, Srta. Mackenzie... devo dizer que ele já terminou a tarefa...

Capítulo X

A MARCHA AO FIFE AND DRUM

Costumo fazer referência à tendência de Holmes a nunca compartilhar todas as peças da solução de um determinado crime até o momento em que esta solução chega à sua efetivação (nos primeiros anos de nosso relacionamento, às vezes me referia a essa sua predileção como uma "falha", uma qualificação da qual me arrependi); e, portanto, foi com uma familiar sensação de esperança, mas resignada confusão, que saí com ele para a noite de Edimburgo, após entregarmos a Srta. Mackenzie à segura companhia de sua família no alojamento dos criados. Como Holmes previra, o outrora perturbador Hackett (o qual, felizmente, usava uma venda sobre o olho ferido durante esse encontro, deixando de lado o olho de vidro que tanto me intrigara e afligira antes) tornou-se um homem mudado ao ver a moça, e mais ainda ao notar que ela estava completamente a salvo — se bem que um tanto aflita, ainda um pouco embriagada e necessitando de um banho quente. A Sra. Hackett, particularmente, foi pródiga em seus agradecimentos a Holmes e a mim, afirmando que todos — a criadagem do palácio em geral — tinham imaginado se alguém do mundo exterior havia feito o que eles não conseguiram: revelar os atos infames que havia muito tempo vinham ocorrendo na ala oeste. Tais afirmações podem parecer estranhas para aqueles que nada sabem sobre a vida levada pelos criados em uma casa grande (e nenhuma "casa" é mais grandiosa, em todos os sentidos, do que um palácio real). Mas os que sabem reconhecerão o terror marcante que é a perda do emprego (e, talvez, pior ainda, a perda de referências para conseguir emprego em outro lugar), e as aberturas que esses temores com muita freqüência criam para pessoas hábeis o bastante para orquestrar um grande plano de furto, de exploração — ou, como nesse caso, de imaginativa e lucrativa fraude. Como a Srta. Mackenzie insinuara, e Holmes exprimira com clareza, a confiança entre as classes proprietária e serviçal de uma residência importante é uma máquina delicada, na qual a corrupção de uma simples peça pode levar à substituição de toda a engrenagem; e isso explicava por que Hackett nunca comentara com ninguém os acontecimentos no palácio em geral e na ala oeste em particular.

 Holmes, é claro, fizera consideravelmente muito mais do que adivinhar a extensão da corrupção em Holyroodhouse; e Hackett, de alguma forma, percebera isso e, portanto, conseguira relaxar sua guarda, pelo menos parcialmente e por enquanto, para melhor desfrutar o retorno a salvo da sobrinha. Contudo, o que foi entendido, embora não pronunciado, entre mordomo e detetive me seria totalmente revelado apenas mais tarde; por enquanto, minha atenção estava concentrada em nossa marcha em direção à grande formação chamada Castle Rock, no topo da qual repousavam os pesados muros e a caserna de pedra da grande e antiga fortaleza de Edimburgo. Essa jornada começou com nós dois sendo conduzidos à entrada principal do palácio por Hackett e seu aparentemente temível filho Andrew, e a dupla prometendo, diante da insistência de Holmes, instruir as mulheres da família a manter naquela noite todas as portas das edificações não apenas fechadas mas trancadas; quanto a Hackett e Andrew, eles concordaram em vigiar os portões da cerca interna até o nosso retorno, prontos para a nossa readmissão ou para repelir nossos antagonistas — o que quer que acontecesse primeiro.

— Não há nada a temer em relação a isso, Sr. Holmes — afirmou Hackett bravamente. — Temos aqui um paiol bem sortido... e, embora eu só tenha um olho, tenho os dois de Andrew, e desde criança ele consegue acertar o olho de uma lebre a cinqüenta passos.

— Excelente, Andrew! — exclamou Holmes. — Então o olho de vilão não representará nenhum desafio. — O jovem gigante de pele pálida enrubesceu e depois deu um sorriso; com isso, Holmes aproximou-se dele, os olhos repletos de sérios desígnios. — Não estou gracejando, meu rapaz... se Will Sadler retornar aqui esta noite, você o mandará embora; se ele não for, será melhor você colocar uma bala no cérebro dele do que permitir que se aproxime de sua prima. Pois esse, posso lhe assegurar, é o destino que ele planeja para ela.

Com isso, a pele do jovem Andrew recuperou sua palidez normal e ele mal conseguiu murmurar "Sim, Sr. Holmes" em resposta; porém, animou-se ainda mais quando Holmes deu tapinha em seu ombro.

— Não tema — disse meu amigo. — Se eu duvidasse de você por um instante, eu não iria. Mas já percebi algo do valor desta família, e sei que você é mais do que capacitado para a tarefa. — Andrew sorriu mais uma vez, com verdadeira gratidão e admiração, e isso era tudo o que Holmes precisava ver. — Muito bem, Watson! — declarou, virando-se e caminhando a passos largos em direção ao portão oeste da cerca interna do palácio.

Dei um sorriso de incentivo para Hackett e o filho, então me virei para seguir Holmes; mas Hackett segurou meu braço.

— Não deve pensar que vocês estão seguros, doutor — disse ele —, simplesmente porque sairão do palácio. O Fife and Drum é o covil de Will Sadler, tão certo quanto se ele fosse um lobo e estivesse entre sua alcatéia.

Minha porção militar, que se reprimira diante dos comentários de Holmes no trem, foi novamente despertada momentaneamente diante da sugestão de que soldados britânicos defenderiam o velhaco do Sadler; entretanto, as sérias expressões nos rostos de Hackett e Andrew fizeram a minha indignação passar instantaneamente, e agradeci a ambos antes de me apressar para me juntar a Holmes.

A curta e apressada caminhada foi interrompida quando meus olhos avistaram — de novo me pareceu involuntariamente — a ala oeste do palácio, aquele aparente repositório de tudo o que era mau, passado ou presente, em relação a

Holyroodhouse; e confesso que, ao fitar suas torres fatais, meus passos tornaram-se lentos mais uma vez, e a minha mente passou a ter dúvidas.

Estaríamos realmente protegendo a família Hackett dos perigos mais terríveis do palácio, ao aconselhá-la a se entrincheirar no interior de seus muros? Ou, pelo contrário, havíamos feito o trabalho da criatura que era verdadeiramente nosso mais terrível inimigo, deixando quatro inocentes à mercê dessa coisa sobrenatural?

Esse inesperado momento de terrível dúvida foi misericordiosamente breve; um chamado de Holmes levou-me às pressas para o lado de fora do portão e, assim que nos encontramos em meio às sinuosas ruas da capital (pois Holmes não se arriscaria, nem mesmo na tardia hora das dez da noite, a sermos vistos ao longo da ampla extensão da High Street, a rota mais direta do Castelo), meu amigo rompeu o silêncio de nosso avanço ao assobiar um tanto intencional e inexoravelmente; e só após os primeiros minutos de o som reverberar no calçamento abaixo de nós e nas casas de pedra à nossa volta foi que me dei conta de que ele interpretava a mesma melodia que o misterioso visitante havia cantarolado durante sua visita aos aposentos da rainha Maria no palácio. Estava prestes a lembrar Holmes de sua capacidade um tanto quanto limitada para executar uma melodia em qualquer coisa com exceção do violino, quando me ocorreu que eu conhecia a música em questão.

— Meu Deus, Holmes! — exclamei. — Verdi!

O homem finalmente parou seu chiado e aquiesceu satisfeito.

— Sim, Watson, Verdi... para ser exato, "Va, Pensiero", de sua *Nabucco*.

— Mas... *Nabucco* é uma ópera comparativamente recente.

— Comparativamente... foi apresentada pela primeira vez no La Scala, em 1842.

— Contudo, como o nosso "fantasma" de vários séculos a conhece? — O alívio genuíno deu à minha indagação uma certa arrogância, admito.

— Não apenas a conhece — retrucou um divertido Holmes —, mas está ciente, ou lhe disseram, que a Srta. Mackenzie *não* a conhece e, portanto, não pode deduzir que a pessoa que cantarola a melodia pode ser muitas coisas, menos uma aparição do século XVI. O que nos revela...

— Que o impostor está intimamente familiarizado com a criadagem da residência — e é razoável, talvez, supor que as criadas do lugar não passam suas noites na ópera, pois certamente não é *seguro* fazê-lo. Conhecimento em primeira mão a respeito delas seria vital.

— De fato, Watson. Há muitos modos de se obter tal conhecimento, é claro. William Sadler poderia, sem dúvida, tê-lo obtido da própria Srta. Mackenzie, mas qualquer um duvidaria que o *próprio* Sadler seja particularmente um apreciador de Verdi. Desse modo, começamos a detectar múltiplas mãos em ação por aqui... como, de fato, indicaria a natureza dos ferimentos tanto em Sir Alistair quanto em McKay.

— Sim, essa idéia me ocorreu durante o exame que fiz do corpo. É certamente improvável que tenham sido menos de dois: uma quantidade acima de cinqüenta ferimentos, a não ser que estejamos lidando com um louco, manifesta-se em favor de tantos participantes quantos razoavelmente podemos manter sob suspeita.

— E em favor de outro fator — retrucou Holmes. — E está entre os motivos pelos quais Rizzio encontrou seu destino desse modo. Refiro-me à culpa, ou melhor, à dissipação dela. Entre conspiradores, não pode haver uma ovelha oferecida ao sacrifício, desde que todos eles derramem sangue. Como no caso dos esquadrões de fuzilamento do seu exército: quem pode afirmar quem disparou o tiro fatal ou desferiu o golpe mortal?

— Essa parece uma consideração desnecessariamente melancólica, Holmes — falei, impelindo meu amigo adiante. — Sobretudo no que se refere à Srta. Mackenzie. Pois, se estamos à procura de novas mãos para envolver nesse derramamento de sangue, não precisamos nos preocupar com assuntos de Estado, mas olhar de imediato para o irmão, o tal de Robert, o qual a moça parece considerar muito como seu protetor.

— E pode muito bem ter sido, Watson — rebateu Holmes, a voz apressando-se com os passos —, até o ponto de a proteção dada a ela não ter entrado em conflito com os objetivos de sua associação criminosa. Há aqueles que se deleitam em enganar e destruir mulheres jovens: o barão Gruner foi um dos piores, dentre nossos conhecidos comuns. E também há aqueles criminosos que só destroem relutantemente, para preservar a segurança e a integridade de suas operações... mas que, mesmo assim, destroem. E, em meu coração, confesso um desprezo, de certo modo ainda mais intenso, pelo segundo tipo. De todos os modos, Watson, vamos tentar entender a mente criminosa... mas vamos acabar com essas tentativas de racionalizar o comportamento criminoso, quer esse comportamento se manifeste em ilustres estadistas quer em ordinários vigaristas, que transformam mulheres em seus fantoches! Não vamos mais permitir que defensores e causídicos se apresentem diante de juízes e declarem: "meritíssimo, reconheço que o meu cliente explorou e depois estrangulou a Srta. Fulana, mas peço que considere que ele mostrou grande ternura para com ela até esse dia, e que apenas a assassinou, com grande relutância, porque ela ameaçou seu meio de vida." Qual o motivo de toda essa suposta ternura, senão armadilha, um motivo para a pobre mulher acreditar que podia confiar que o homem em questão honrará seus interesses, aconteça o que acontecer, embora ele conheça muito bem os limites de sua honra. Não, Watson! Eu afirmo que a justiça deve ser igualmente rígida com ambos os irmãos, se ambos estiverem envolvidos, e sobre qualquer um de seus outros aliados, mesmo se nascidos em berço nobre!

— Meu caro Holmes — retruquei com impaciência (pois eu ainda não suspeitava do verdadeiro significado de suas últimas palavras) —, o seu interesse em discorrer sobre essas questões, quando sabe perfeitamente bem que *não tenho* argumentos contra você, persiste como um dos grandes mistérios de nossa amizade. Fiz o meu comentário simplesmente sem dizer respeito à Srta. Mackenzie, a qual, sem dúvida, ficará arrasada quando descobrir que o homem a quem confiou o seu coração não é apenas um canalha cruel, mas que seu irmão, o qual ela, pelo menos, se sentia segura em pensar que se tratava de um amigo, no final das contas, não é melhor.

— Ah. Isso. — Holmes agitou no ar a mão impacientemente. — Isso não pode ser remediado — declarou, mais uma vez revelando como, às vezes, a sua compreensão da mente feminina podia ser brutalmente superficial —, com exceção das mentes femininas mais *tortuosas*, é claro. — Ah! Estamos chegando — continuou, no mesmo tom, após avistar o pub: como se o que o pouco que restara da felicidade e da fé na humanidade de uma jovem perfeitamente decente não tivesse sido jogado fora da maneira mais cômoda.

O Fife and Drum era um antigo buraco apertado, entalhado, sem exagero, na pedra de Castle Rock, defronte a um labirinto de ruelas que subiam em vários pontos a face do promontório. O local, portanto, não parecia muito dissociado de uma parte da grande, pré-histórica montanha de pedra: suas paredes eram formadas pelas nuas entranhas da rocha, e as vidraças chumbadas que interrompiam as paredes em apenas alguns pontos haviam cedido com a idade, enquanto se tornavam simultaneamente cobertas por anos de gordura e manchas de nicotina, tanto que não mais podiam merecer o nome de janelas. A grossa porta, pranchas mantidas juntas por cintas de ferro, cedeu ao meu empurrão com um alto rangido que tornou totalmente desnecessária qualquer sineta adicional; e, anunciados dessa maneira, nós entramos, sem nenhum plano para o que deveríamos fazer se enfrentássemos hostilidade desde o momento daquela entrada.

Felizmente, a cena que descobrimos no interior não era diferente de muitos dos melhores bares de guarnição que eu freqüentara em minha vida. Se por um lado a mobília era tão esquálida e pobremente cuidada como o exterior do local, a gargalhada alta de soldados honestos, contentes pelas poucas horas de folga do tédio e das manobras, mais do que preenchiam a lacuna e davam uma atmosfera feliz ao aposento de teto baixo e tamanho mediano. Tive e tenho a minha cota de horrendas ocorrências em tais lugares, é claro, pois há um bom número de paixões engarrafadas que os soldados aspiram desarrolhar quando se torna muito grande a pressão da vida militar; entretanto, com muito mais freqüência se descobre que a oportunidade de desfrutar desembaraçada jovialidade com colegas e algumas companhias femininas produz um efeito salutar, primeiro nos soldados e depois, por sua vez, nos seus acompanhantes.

Se tal acolhida não foi imediata à nossa chegada, pareceu-me que não tardaria. Esquadrinhando rapidamente o mar de rostos à minha frente, reconheci apenas uma dupla de clientes masculinos — no canto à nossa direita, pegado à lareira de pedra e entre um mar de uniformes — cuja aparência irregular revelava que não se encontravam em serviço ativo: por certo os homens que procurávamos. Ambos tinham cerca de 30 anos de idade, bonitos e tão semelhantes na aparência que não podiam deixar de ser irmãos. Constituíam aquele tipo de cabelos negros e um tanto romântico que às vezes se encontra no Norte, como também na Escócia: o tipo sobre o qual as escritoras gastam mais palavras, mais talvez do que a sóbria avaliação permitiria.

O primeiro dos dois, o qual supus ser Robert, era um espécime bastante respeitável, com um rosto afável e uma expressão nos olhos castanhos, eu pude muito bem imaginar, que inspirava confiança, sobretudo a uma solitária e um tanto assustada jovem. Se ele estivesse de pé, eu teria avaliado sua altura em pouco mais de um metro e oitenta: Holmes havia muito me instruíra sobre os fundamentos da ciência exclusiva conhecida como antropometria, o método de identificar pessoas pelo tipo ou partes do corpo; e uma faceta dessa ciência (um dos poucos aspectos de que realmente me recordo, para falar a verdade) era o método proporcional de avaliar a altura de um homem enquanto está sentado. Esse primeiro sujeito também possuía o áspero porte de um experiente *gillie*, que era talvez o mais claro indício de sua identidade. O outro, entretanto, era evidentemente o patife que viéramos procurar.

Ele parecia ter toda a força física do irmão; mas onde o aspecto deste era cordial, todas as feições de Will Sadler pareciam ter sido desbastadas, como o próprio pub, da própria rocha que circundava o local. Engastado, porém, em toda essa força angular e morena, havia um par de faiscantes olhos azuis que se ajustariam tão bem tanto no rosto de um homem quanto no de uma mulher, e que, sem dúvida, tinham o poder de baixar as defesas de até mesmo a mais cética entre o sexo frágil. Tratava-se de um fenômeno que eu já vira muitas vezes, essa capacidade de certos homens inescrupulosos de usar uma aparente doçura de suas feições — normalmente, como nesse caso, os olhos — para desarmar mulheres, algo que sempre desprezei; mas, quando pensei naquela moça lá no palácio, que fora seduzida por aqueles olhos e depois abandonada pelo homem que os possuía, minha aversão evoluiu para — bem, só posso dizer que aqueles conjuntos de músculos com os quais uma pessoa inflige uma ruidosa pancada se tornaram tensos involuntariamente, pois Holmes colocou a mão sobre o meu braço, exigindo que me afastasse do canto em questão e em direção do bar à nossa esquerda.

— Calma, Watson — pediu ele. — Estamos aqui para colocar a isca na armadilha, e não para disparála. Vamos seguir um outro curso.

— Você tem outro em mente? — retruquei, irritado.

— *Você* tem a experiência militar — disse ele. — Não há outro meio de estabelecermos uma rápida aproximação?

Dediquei à questão alguns segundos de reflexão.

— De fato, há. — Assumindo o controle de minha raiva, perguntei: — Você acha que algum desses homens, ou nossos dois adversários, conhecem o seu rosto?

— Não imagino que conheçam.

— Ótimo. Por causa de meus relatos, você conhece o bastante das campanhas afegãs para interpretar um oficial veterano, então me acompanhe.

O balconista, um sujeito amável com um sorriso gentil e braços como pistons de uma enorme prensa a vapor, aproximou-se de nós.

— Cavalheiros — bradou acima do vozerio. — O que o Fife and Drum pode lhes oferecer?

— O uísque que julgue ser o melhor, senhor — respondi, o meu ânimo belicoso substituído pela jovialidade forçada. Virei-me para a direita e acrescentei, em voz alta: — E uma grande dose do mesmo para qualquer homem que tenha visto a Fronteira Noroeste... e *duas* para quem, como o meu companheiro e eu, sentiu a ferroada das balas Jezail!

Visto que a maioria dos rostos no salão era de jovens, não esperei a reação de uma turba à minha oferta — nem desejava isso. Meia dúzia de suboficiais de carreira, todos entre 40 e 55 anos de idade, levantaram-se entusiasmados e vieram na direção de Holmes e de mim, as mãos já estendidas. Trocamos nomes de unidades e anos de serviço: Holmes tornou-se o "capitão Walker" do meu próprio regimento (cuja magra estatura, tão diferente da dos outros homens no salão, expliquei alegando que ele fora afligido por malária crônica quando se encontrava no Sudão — sabendo que Holmes poderia pelo menos fornecer um relato de primeira mão dessa região, se compelido), e eu adotei o papel de "major Murray", usando o nome do meu antigo ordenança e me mantendo em um dos meus antigos regimentos, o Northumberland Fusiliers, mas, cautelosamente, deixei de incluir o fato de que nele eu fora cirurgião — pois "cirurgião" é uma palavra capaz de provocar efeitos ainda mais variados num grupo de soldados do que entre civis. Nossa pequena reunião de elite, após outra rodada de uísque, atraiu alguns jovens freqüentadores, aqueles que nunca haviam participado de uma ação e ansiavam por ouvir histórias a respeito; e já era quase perto da hora de fechar quando alguém se lembrou de perguntar o que fazíamos em Edimburgo, como também no Fife and Drum.

— Bem, senhor — falei para o sargento vestido em couro que havia perguntado. — Viemos ver a paisagem desta bela cidade e, diligentemente, completamos a nossa missão... ou *pensávamos* tê-lo feito. Esta tarde, porém, eu falava com o meu amigo Walker, aqui presente, no bar do hotel Roxburghe (propositadamente, citei um dos hotéis mais antigos e mais elegantes da cidade, na Charlotte Square), ou melhor dizendo, para falar a verdade, eu o exauria com outra preleção sobre o meu eterno fascínio pelos assuntos do mundo do além, quando o garçom do bar, calmamente, escorregou *isto* para baixo do meu nariz... — Do meu bolso, tirei o pequeno folheto de Holmes, que não havia devolvido a ele. — O sujeito informou-me que, se eu quisesse saber mais, era aonde eu deveria ir. E, portanto, aqui estamos nós... embora eu confesse que, se soubéssemos da existência de tão agradável companhia, teríamos vindo muito antes disso, "passeio secreto" ou não!

Foi um risco calculado, um risco que, devo admitir, adorei correr sem a orientação ou o consentimento de Holmes. Eu havia especulado que Robert e William Sadler deviam ser muito discriminatórios em relação à sua clientela, a qual certamente era quase toda composta de ricos visitantes à cidade (a superexposição entre a coletividade parecia ser um rápido caminho para a ruína). Tais visitantes costumavam ser encontrados nos melhores hotéis de Edimburgo; e, entre os empregados de tais estabelecimentos, ninguém era mais capaz de julgar a capacidade de determinado convidado para a discrição concernente a atividades ilícitas do que os garçons do bar. Pelo menos um desses homens provavelmente fornecia aos Sadler fregueses convenientemente ricos e reservados, em troca de uma parte de seus lucros; e, a não ser que eu tivesse passado muito longe do alvo, entre o grupo de atores secundários na esmerada fraude que havíamos revelado no palácio, encontrava-se um sujeito jovial mas um tanto dissoluto do Roxburghe, um garçom com quem eu travara conhecimento quase um ano antes, durante uma breve viagem a Edimburgo para assistir a uma série de conferências na faculdade de medicina. Na ocasião, o homem deixara claro que qualquer diversão que se estivesse buscando ele conseguiria providenciar, uma afirmação que tive bons motivos para respeitar. Quanto, porém, à suposição de que ele estava envolvido com os feitos ambiciosos e perigosos dos Sadler — aí a minha idéia poderia estar desastrosamente errada e, quando a minha pequena representação terminou, uma sensação de apreensão apoderou-se de mim por um instante. O instante, porém, foi breve: tão eficazes foram os meus esforços para agradar, e tão aparentemente corretas as minhas suposições, que a multidão à nossa volta rugiu com uma gargalhada e levantou vivas. O velho sargento com roupas de couro virou-se para encarar o canto atrás de nós e deu total início ao jogo ao bradar:

— Aqui! Rob... Will! Levantem daí, há mais gente aqui querendo encher os seus bolsos!

Os dois jovens, que eu avistara ao entrar, levantaram-se rapidamente dos assentos. "Likely Will" saltou em nossa direção com alguns passos rápidos de suas compridas e fortes pernas, enquanto o irmão veio atrás num passo muito menos entusiasmado: eu avaliara corretamente a altura de ambos, mas sua aparente força era ao mesmo tempo surpreendente e um pouco desconcertante. A ânsia com a qual o irmão da frente se movimentava, contudo, indicava em primeiro lugar que a dupla não formara qualquer suspeita de nós, e em segundo que o pub para eles era um território completamente seguro — este último um fato que continha as mesmas conclusões sobre pelo menos alguns dos outros homens no estabelecimento a quem eu repelira de início, mas que agora era forçado a reconhecer como desalentadoramente exatas. Entretanto, dizendo a mim mesmo que o maior número de soldados presentes não poderia ter idéia de toda a extensão do que seus amigos civis pretendiam em Holyroodhouse, prossegui. Holmes, enquanto isso, permanecia a maior parte do tempo como um parceiro calado — e, para mim, também não havia pouca satisfação *nesse* fato.

O sargento porta-bandeira fez as apresentações e, desde o início, os irmãos foram tão encantadores que mais do que justificaram suas reputações: evidentemente, se encaixavam naquela categoria de homens que são quase tão insinuantes com seu próprio sexo quanto o são com as mulheres. Entretanto, aprofundando-se o conhecimento, à medida que se tornava aparente o envolvimento total do *gillie* nas tramas do palácio, podia-se detectar um ar um tanto forçado em sua jovialidade. Estaria esse vulto sendo projetado pelos recentes acontecimentos do palácio? Certamente que sim, pois a Srta. Mackenzie não se enganara: Robert Sadler parecia de fato um sujeito decente, com o único defeito de ter permitido a si mesmo deixar-se envolver em travessuras pelo irmão mais dinâmico — apenas uma fraqueza, mas uma fraqueza que, nesse caso, se revelara fatal, pois o dinamismo de Likely Will Sadler tendia na direção da crueldade, sua travessura, na direção do homicídio. Contudo, disse a mim mesmo que não devíamos permitir solidariedade, compaixão ou qualquer outro fator para mitigar a severidade com a qual encarávamos a dupla como a responsável por tais indignidades a que assistimos: se esses eram de fato os homens que procurávamos, então nos poucos mas vitais momentos que passaríamos no pub, era imperativo que cuidássemos do assunto, primeiro, assegurando que não nos desviássemos um milímetro dos papéis que criamos para nós mesmos, e, segundo, estabelecer suficiente camaradagem com os homens para permitir que, em seu todo, o plano de Holmes (fosse qual fosse) amadurecesse.

— Logo de início, devo dizer-lhes — anunciei aos dois, após terem explicado de que modo estavam ligados ao palácio

— que esse antigo crime em Holyroodhouse sempre me fascinou... não é mesmo, Walker? — Antes que Holmes conseguisse fazer mais do que concordar com a cabeça, voltei à carga: — Sim, houve muitas noites de patrulha em que abusei da paciência do pobre Walker — e aqui lancei um olhar significativo para o meu velho amigo —, contando e recontando cada detalhe da história. Mas confesso que nada sabia dessa lendária aparição de que fala seu anúncio, e certamente nunca sonhei com a possibilidade de ver uma prova de tal fenômeno!

— Somos apenas trabalhadores, senhor, e desejosos de manter os assuntos reservados — disse Likely Will Sadler, com elaborada modéstia, que, fui forçado a admitir, era eficiente. — Muitos visitantes, e compartilhar o segredo do palácio não seria possível. Mas, se limitarmos o negócio àqueles que, como vocês, são cavalheiros com genuíno interesse e educação, poderemos ter esperança de continuar como estamos, fazendo com que esse espantoso fenômeno — e houve uma estranha, quase ensaiada propriedade no modo como ele pronunciou esta última palavra — seja conhecido por outros. Estou certo de que gostarão de saber que meu irmão e eu somos ambos leais súditos do reino, e ninguém é mais do que Rob, aqui presente... a rainha adora tê-lo por perto e ele é dedicadíssimo a ela. Mas... bem, senhor, a verdade é que alguns fatos, na nossa opinião, pertencem a *todas* as pessoas de uma nação, e esse é um deles.

— Sim... mas, como diz Will, cavalheiros, nunca deixe que sua lealdade à rainha seja posta em dúvida. — O tom urgente de Robert Sadler me pareceu ir além da interpretação de um papel. — Se, em algum momento, dividir um segredo apresentasse um perigo para ela, ou criasse um alvoroço igual ao causado pelos assassinatos daqueles dois pobres homens... nós teríamos colocado um ponto final no que fazemos. Sim... teríamos feito isso, num instante.

— Muito bem, muito bem — retruquei. — Mais um trago dessa bebida para vocês dois. E então não conversaremos sobre isso... pois é um mau negócio, e meu ânimo está por demais festivo para suportar tal coisa! — A concordância geral a essa afirmação foi pronunciada sonoramente, muitos copos se juntaram num brinde a ela, e então acrescentei, de modo muito casual: — Vocês não *conheciam* os desventurados pobres coitados, não é mesmo?

Novamente, um momento de apreensão — teriam eles detectado um propósito mais profundo na indagação? Mas o nosso desempenho, ao que parecia, fora impecável, e nenhum dos irmãos revelou ao menos um vestígio de incerteza, ao declararem completa ignorância de praticamente todas as particularidades dos crimes.

— Nós os vimos por aí, é claro — disse Will Sadler. — Rob mais do que eu.

— E este país nunca produziu uma dupla melhor de escoceses — declarou Robert. — Sir Alistair era um verdadeiro cavalheiro, todo condescendência e amizade. E Denny McKay... bem, dele não se pode dizer nada melhor que, para um rapaz de Glasgow, não tinha praticamente nenhuma falha. Foi uma coisa terrível...

Holmes e eu trocamos um rápido olhar: seria aquele jovem, de fato, o grande enganador da família, e não Likely Will? Pois seu pesar parecia totalmente genuíno.

— E devemos deixá-los descansar em paz — disse Holmes, talvez desejando permanecer no assunto em questão. — Devemos desejar-lhes paz e justiça, e então voltar aos nossos próprios assuntos, como devem fazer os vivos.

Num gesto que pensei tratar-se, no mínimo, de uma prova indubitável de sua abjeta infâmia, ambos os irmãos assentiram, ergueram seus copos e declararam, "Paz e justiça!", como se tanto Sir Alistair quanto McKay precisassem de ambas e o Destino apenas as tivessem afastado daqueles dois pobres coitados!

Holmes logo puxou o assunto de quando exatamente poderíamos ser levados em nosso passeio fantasmagórico. Will Sadler quis saber se na noite seguinte seria apropriado para nós, e Holmes respondeu que poderíamos tranqüilamente retornar ao Roxburghe e conseguir mais uma noite de estada. Do mesmo modo, poderíamos obter, no hotel, quase sem problema, a fabulosa taxa fixada de cinqüenta guinéus. Quanto ao nosso encontro, no entanto, Holmes disse que supunha que os irmãos não iam querer realizar seus negócios na luminosa amplidão de um saguão de hotel, uma hipótese que se revelou correta: foi combinado que nos encontraríamos às onze horas, perto do portão da cerca externa do parque que ficava mais próximo do palácio, e que seguiríamos dali.

Várias rodadas a mais de uísque foram necessárias para nos livrarmos do pub e, mesmo assim, a nossa saída pela antiga porta de pranchas e cintas de ferro foi retardada por uma última pergunta de Will Sadler:

— A propósito, capitão Walker — o garçom do Roxburghe, que mencionou... qual deles foi? É para que possamos garantir que ele receba sua comissão.

Virei-me, juntamente com Holmes, para encarar o interrogador; e descobri pela primeira vez, em suas feições, o olhar frio, cruel, de um homem capaz do tipo de ferimentos que, sabíamos, haviam sido impostos às vítimas do palácio. Uma súbita e terrível aflição se apossou de mim, pois o astuto sujeito fora esperto o bastante para fazer a pergunta a Holmes — que talvez não fizesse a mínima idéia da identidade do garçom — em vez de a mim; ou estaria eu desconfiando demais, e seria essa, pela primeira vez em toda a transação, uma simples e genuína coincidência? Fosse qual fosse o caso, não perdi um momento para me intrometer:

— Por Deus, Walker — aproximei-me quase gritando —, na fronteira, você era mais resistente ao uísque... o nome do homem é Jackson, você sabe tão bem quanto o seu, ou sabia, ontem à noite, a esta mesma hora!

Holmes aquiesceu, retendo o olhar escrutador de Sadler:

— De fato, Murray. Mas, ontem à noite, nessa ocasião, nós estávamos em um estado de alerta bem maior, não é?

Sadler assentiu uma vez; mas eu fiquei apenas ainda mais enervado com a subseqüente rapidez e facilidade com que a atraente jovialidade de seus olhos claros e seu sorriso fácil retornaram. Percebi então que aquele era um antagonista humilde em suas origens, mas em tudo e por tudo temível, igual a alguns dos piores criminosos que enfrentamos. Fiquei aliviado, portanto, quando, finalmente, saímos do pub e descemos a Castle Rock, muito embriagados, mas não tão alegres quanto estávamos por ocasião da subida, e cercados por casas e lojas às escuras que de repente pareciam menos adormecidas do que totalmente destituídas de vida.

Uma vez nas ruas lá embaixo, Holmes conduziu-me forçosamente em uma direção a noroeste em vez de a leste, ao sugerir que seria de nosso interesse pelo menos sermos vistos entrando no Roxburghe Hotel.

— Tenho como quase certo — explicou — que algum agente dos Sadler, se não os irmãos em pessoa, está nos seguindo neste exato momento, para verificar a história que lhes contamos. Podemos facilmente despistar o sujeito no acotovelamento de um saguão tão movimentado quanto o do Roxburghe... e, além do mais, Watson, o ar frio da noite lhe será benéfico, após a sua atuação no Fife and Drum.

Aquiesci, um tanto carrancudo.

— Percebo que, de fato, devo *estar* embriagado, Holmes — falei. — Mas poucas vezes me senti tão deprimido.

Holmes tentou ser solidário.

— Está incomodado com a possível conivência de soldados ingleses nessa questão?

— Em parte, certamente.

— Como também com a aparente traição desse tal de Robert Sadler, que parece ser o protetor da Srta. Mackenzie e a quem ela certamente considera como tal, mas que, evidentemente, planejava a volta dela para casa em desgraça, ou pior?

— De fato. Há mais, porém. Eu concordo que Rob Sadler ajudou o irmão nesses crimes hediondos, no mínimo porque esses atos exigiram pelo menos dois pares de mãos e braços fortes para sua bem-sucedida execução. Tampouco o motivo é obscuro: por terem sido designados para reformar a ala oeste do palácio, primeiro Sir Alistair e depois McKay devem ter ficado a par da lucrativa farsa interpretada ali praticamente todas as noites, o que levaria a um desastroso final, como também à liberdade dos Sadler, se aqueles dois homens honestos tivessem tido a possibilidade de contar à rainha suas descobertas. Entretanto, eu diria, há algo mais...

Aparentando alcançar a minha linha de raciocínio, Holmes pegou seu cachimbo e passou a enchê-lo de tabaco forte.

— Há de fato "algo mais", Watson. Temos quase todas as peças necessárias, mas uma delas continua intencionalmente faltando.

— Eu sei disso, mas, mesmo assim, não consigo indicá-la — falei, contente pela chance de exorcizar essa dúvida perturbadora. — Não nego, eu diria, que esses homens cometeram os crimes... entretanto, por que o método, Holmes? Qual a necessidade de mutilar os corpos? Imagine as famílias dos pobres coitados, suas esposas, seus filhos... como devem ter se sentido diante de tal profanação?

Holmes arqueou uma sobrancelha.

— Uma estranha escolha de palavras, talvez, Watson...

— Sou médico, Holmes; portanto, não tão estranho, creio eu. Não, eu reafirmo: profanação.

— Então está bem... mas, chame como quiser, velho amigo, isso está longe de ser misterioso.

— O quê?

— De fato. Você mesmo pode demonstrar isso, se quiser: pergunte aos próximos dez escoceses que encontrarmos quem é responsável pelos assassinatos. As opiniões, as opiniões *oficiais* dos escoceses consultados, eu aposto com você que pelo menos a metade dos que você indagar lhe dirá que foi obra do espírito que sabidamente assombra a antiga ala oeste. Pode ser que alguns conheçam Rizzio de nome, e outros, como a Srta. Mackenzie, talvez o conheçam apenas como "o cavalheiro italiano"; mas todos os que conhecem a história, e há muitos, nesta cidade e no campo, acreditam piamente que, seja qual for seu nome, o antigo espírito está em circulação à procura de vingança. E essa impressão só pode ter sido aumentada pelo fato adicional de o corpo de McKay estar não apenas num lugar onde nenhum ser humano poderia tê-lo colocado, mas tão completamente traspassado e esmagado como se para indicar a obra de uma força sobrenatural: afinal de contas, que força *natural* poderia criar tal efeito?

Fiquei um tanto perplexo.

— Fala sério, Holmes? *Metade* da população da Escócia acredita que um fantasma assassino está em ação?

— Crê que estou indo longe demais? Posso lhe assegurar que, a despeito do ceticismo natural dos escoceses, não é. Entre *qualquer* grupo de seres humanos em praticamente todas as partes do mundo... e incluo a Inglaterra... você encontrará mais ou menos o mesmo resultado; e, ademais, verificará um desejo de *assistir* à suposta assombração do fantasma em questão, um desejo que sem dúvida os assassinos também avaliaram em seus cálculos. Somos uma espécie particularmente avessa à idéia de que a morte física põe um fim ao espírito. Quantos casos nós dois investigamos que provam tal afirmação? Desse modo, o *medo* não será o impulso que fará com que aqueles que entrevistar dêem tais respostas aparentemente ignorantes ou supersticiosas. Muito pelo contrário, será a *esperança*. Eles *desejarão* que "o fantasma do cavalheiro italiano" seja o responsável, pois isso confirmará seu desejo mais acalentado, ao mesmo tempo que isso os amedronta. Mesmo a Srta. Mackenzie, suspeito, obteve algum consolo secreto de tudo isso pelo que ela passou, por mais aterrador que inegavelmente possa ter sido.

— Então, esses dois irmãos, eles *contavam* com essa reação quando recriaram as circunstâncias da morte de Rizzio?

— Certamente, Watson. Eles fizeram isso como um primeiro procedimento, e depois de uma maneira muito mais elaborada quando posicionaram o corpo de McKay... um engenhoso adorno à lenda. E, ao fazerem isso, criaram para si mesmos um poder exclusivo, como as únicas pessoas capazes de entrar e sair ilesas da torre.

— Sim, Holmes, eu estava mesmo querendo lhe perguntar sobre essas idas e vindas. Por que a família Hamilton nunca...

— Agora não, meu velho — alertou Holmes, ao nos aproximarmos de um grupo de hóspedes que se encontrava reunido, mesmo àquela hora tardia, do lado de fora da elegância secular do Roxburghe Hotel, exatamente defronte à tranqüila e verde extensão da Charlotte Square. — No devido tempo, tais detalhes se explicarão por si mesmos, mas agora temos a nossa própria cota de subterfúgios para cuidar...

Ao entrarmos no saguão do Roxburghe, Holmes e eu resolvemos ir em direções diferentes: ele, para oferecer um suborno ao jovem que se encontrava no balcão da recepção (uma quantia grande o bastante para garantir a resposta desejada a qualquer um que perguntasse se as pessoas que respondiam pelos nossos nomes falsos estavam de fato hospedadas no hotel); eu, por minha vez, procuraria alguma saída lateral ou de fundos, através da qual pudesse retornar separadamente à área do palácio. Desse modo, ao dividir os nossos recursos defensivos, ficaríamos dependentes da garantia dada por Hackett de que, naquela noite, ficaria de olho atento, para nós, no terreno do palácio; e quando, por fim, nos apresentamos naquele local de encontro, separados por meros minutos, o mordomo estava de fato ali: fielmente em seu posto, chaves na mão e pronto para nos conduzir de volta aos nossos quartos. (Como me enganei, como me enganei muito em relação ao sujeito, assim que chegamos!)

E, assim, chegou-se ao ponto culminante da situação cuidadosamente organizada pela mente mais astuta que poderia ter-se incumbido dela. Contudo, enquanto me preparava para, finalmente, clarear a cabeça para a ação da noite seguinte, dedicando-me a uma efetiva noite de sono, não pude evitar imaginar se Holmes havia de fato me contado tudo. Sua súbita análise minuciosa, durante nossa caminhada do Fife and Drum ao Roxburghe, das superstições da humanidade com relação a fantasmas, não se ajustava muito bem à sua própria insistência anterior de que ele mesmo acreditava no poder de fantasmas. Mais uma vez, como em muitas situações semelhantes durante casos anteriores realizados em todos os anos em que trabalhei ao lado de Holmes, fui forçado a me dar conta de que eu simplesmente não possuía todos os elementos necessários para uma completa compreensão da situação como esta se apresentava; portanto, apesar do considerável consumo de uísque que aquela noite exigira, o sono acabou por se mostrar algo que demorou a chegar.

Particularmente, como eu imaginava (e não é algo fácil de confessar agora), em algum lugar, a distância, pude detectar o lento, inquisitivo passo que ouvira mais cedo aquela noite pela primeira vez: o incansável perambular que minha mente racional sabia que devia pertencer a um dos irmãos criminosos — os quais talvez preparassem a ala oeste para a nossa visita na noite seguinte —, mas que o lado supersticioso de minha natureza me dizia que pertencia ao "cavalheiro italiano", o qual podia, *devia*, encarar com enorme dissabor nossa próxima invasão daquele solo sagrado...

— *Poignarder à l'écossais* — murmurei, ao me levantar, pegar o protetor de palma no bolso do paletó e enfiá-lo sob o travesseiro. — Não se uma bala inglesa tiver algo a dizer sobre isso...

Capítulo XI

OS SEGREDOS DE HOLYROODHOUSE

O dia seguinte começou exatamente com o tipo de acontecimento que mais se deve temer após uma noite de excessiva imoderação:

— Watson! — Era a voz de Holmes, e não de qualquer lacaio, e seu tom urgente era inequivocamente genuíno. — Levante-se, velho amigo! O jogo começou antes da hora marcada... aliás, receio também que as regras devem ter sido alteradas!

— Certamente espero que tenha *mesmo* ocorrido uma calamidade — murmurei azedamente, enquanto Holmes abria as cortinas do meu quarto e eu me forçava a entrar em minhas roupas. — Para o seu próprio bem!

— Perdoe-me, Watson, mas... ah! Eis a Sra. Hackett, com o seu desjejum. Coma rapidamente, enquanto revelo essa lamentável informação. — Holmes agitou no ar uma vez rapidamente um telegrama, e eu mergulhei com avidez em outro dos desjejuns escoceses de primeira classe da Sra. Hackett. — É de Mycroft...

— Holmes — falei subitamente, indicando a governanta e cozinheira temporária com os meus olhos.

— Ah! — reagiu ele. — Não tema. A Sra. Hackett é de nossa inteira confiança, juntamente com seu marido e seu filho. E, ao que parece, precisaremos da ajuda deles... Mycroft retorna sozinho, ou melhor, eu gostaria que ele *estivesse* sozinho. Seus oficiais de inteligência descobriram o que consideram provas suplementares de uma ligação entre imperialistas alemães e escoceses nacionalistas, provas que, é claro, foram quase inteiramente produzidas por Mycroft. Deixou a maior parte delas para trás a fim de aumentar a segurança de Sua Majestade... ele está agora a bordo do mesmo trem que nos trouxe aqui, na companhia de nada menos que aquele dispéptico jovem oficial do exército e lorde Francis.

Dei de ombros com indiferença, deixando que o desjejum executasse seu milagre característico sobre o meu corpo exausto e o meu maltratado sistema nervoso.

— E daí? Eu lhe garanto que lorde Francis dificilmente será de alguma utilidade nessa crise, mas, por outro lado, com que crise é provável que Mycroft se depare antes de chegar aqui?

— A crise do próprio lorde Francis — respondeu Holmes, apagando uma bagana de cigarro um tanto propositadamente em minha pequena manteigueira. — Eu só gostaria de ter deixado mais claro para...

— Holmes! — gritei, pois eu estava querendo aquela excelente manteiga escocesa. — Com os diabos! — Subitamente, suas palavras irromperam através da névoa que amortalhara o meu cérebro. — Do próprio lorde Francis? Holmes, do que está falando?

— Em parte, pelo menos, sobre isso — respondeu ele, exibindo o que parecia um lenço comum dobrado. Eu o abri, enquanto continuava ingerindo o desjejum (ou, melhor dizendo, do modo como alguém *pode* ingerir um desjejum sem manteiga), e me vi encarando uma pequena coleção de fios de cabelo, aparentemente humanos, dos quais teria dificuldade de determinar a cor exata por causa do brilho do sol do final da manhã que se filtrava pela vidraça da parede do outro lado do quarto. Contra o branco do lenço, porém, os fios criavam a total impressão de um ruivo particularmente brilhante — dificilmente um artigo incomum na Escócia.

— Suponho que tenha alguma importância — indaguei.

— Por si só, tem alguma — retrucou Holmes. — Em conjunção com isso — puxou do bolso um segundo lenço — tem consideravelmente mais.

Abrindo o segundo embrulho, descobri os pedacinhos de estopim que, na noite anterior, ele cuidadosamente juntara do nosso compartimento do trem.

— O estopim da bomba? — perguntei.

— Olhe mais de perto, Watson. Na pressa, recolhi mais do que apenas o estopim consumido.

E, de fato, recolhera. Ao que parece, sem querer, Holmes também juntara partículas de pó e cascalho, soprados do leito da estrada de ferro para o vagão, juntamente com escória de hulha da locomotiva...

E um fio de cabelo. Cabelo da mesma cor peculiar do primeiro que ele me mostrara. Cabelo de uma cor que eu então reconheci:

— O maluco do trem! — exclamei. — É o cabelo *dele*, tenho certeza!

— Sem dúvida, Watson... mas de que modo obtive a segunda amostra?

— Não consigo imaginar... a não ser que o sujeito tenha sido detido.

— O sujeito está longe de ser detido. Embora venha *sendo* observado de perto, durante as últimas 24 horas... pelo meu próprio irmão.

— Mycroft? Mas Mycroft está em Balmoral. Ele jamais levaria um lunático com tais disposições, nem qualquer um, espero, com quaisquer outras disposições, à presença real.

— E se o "lunático" tem estado sozinho, muitas vezes, nessa presença? E se ele, de fato, é bem conhecido de Sua Majestade?

Dediquei ao assunto alguns minutos de consideração; e então a minha mandíbula bastante ativa parou no meio da mastigação de um bocado de ovo e salmão escocês.

— Meu Deus! Não está querendo dizer que... mas está. E o pior de tudo, começo agora eu mesmo a perceber isso.

Cuidadosamente, Holmes dobrou de volta seus lenços, aparentando bastante satisfação.

— Eu já o alertei antes sobre esse tipo de coisa, Watson. Eu o reconheci logo no nosso primeiro encontro do lado de fora do palácio: ele é um amador, afinal de contas, e ignora totalmente a ciência da antropometria. Sua única preocupação foi disfarçar o rosto e a cabeça, e acreditava que uns grosseiros acessórios teatrais dos quais a cabeleira foi tirada... juntamente com os adesivos e adstringentes que usou para disfarçar o rosto... dariam conta do recado. Mas os olhos, o crânio, a compleição; nada disso é capaz de se ocultar tão facilmente.

— Mas... como ele chegou aqui? Ele estava de volta ao palácio antes de nós mesmos chegarmos.

— Cavalos velozes, cuidadosamente ensinados, são ainda mais rápidos do que trens, Watson, se o cavaleiro for experiente e souber cavalgar por terreno acidentado. E lorde Francis, sem dúvida, foi criado para caçar.

Refleti sobre a questão.

— Sim. Por certo é verdade. Mas... *por quê?* Por que ele faria isso? E como... onde... você encontrou o segundo grupo de fios de cabelos?

Holmes deu de ombros e ergueu a cabeça na direção da Sra. Hackett.

— Como sabe, Watson, a mim me pareceu desde o início que a grande demonstração de azedume por parte do marido e do filho da Sra. Hackett foi apenas *desviada*, de um alvo secreto, em nossa direção. Este alvo, posso lhe dizer agora, era e continua sendo lorde Francis.

— De fato, senhor — disse a Sra. Hackett, a voz e os modos muito mais tranquilos do que há apenas um dia. — E, já que estamos a sós, o senhor se importaria de dizer... o que o levou a acreditar nisso?

— Uma profusão de pequenas coisas, Sra. Hackett — retrucou Holmes. — Por exemplo, logo após a nossa chegada, o seu marido fez questão de nos dizer que não apenas haviam feito as nossas camas como as aqueceram; um detalhe, talvez, mas dificilmente um detalhe sem sentido. Se tivéssemos sido totalmente mal recebidos, vocês teriam poupado esse esforço e nos deixado com o frio consolo de lençóis não-aquecidos.

A Sra. Hackett enrubesceu e depois sorriu, constrangida, agradecida, e talvez até mesmo um pouquinho mais alegre Obviamente, essa mulher, a quem de início julguei ser a simplória esposa nervosa de um marido cruel, era, na verdade, tão perspicaz e capaz de estabelecer uma conduta complexa e perigosa como o próprio Hackett, e se mostraria uma aliada confiável em quaisquer acontecimentos difíceis que viessem a ocorrer.

— Oh, ele é um mau, muito mau patrão, doutor — declarou a Sra. Hackett, com igual desprezo e temor —, mas é um Hamilton... a nobre e antiga família encarregada de Sua Majestade, quando ela está aqui, e do próprio palácio. Como meu marido ou mesmo eu poderíamos jamais dizer algo a estranhos? Lorde Francis deixou bastante claro o que poderíamos esperar. Mas o Sr. Holmes foi bondoso o bastante de retirá-lo da casa, pelo menos um dia e uma noite... e isso, louvado seja Deus, foi o tempo suficiente para, finalmente, fazermos algumas das coisas que havia muito tempo precisavam ser feitas. E comecei por recolher os fios de cabelos que o Sr. Holmes disse que precisava...

Minha cabeça quase girou durante essa espantosa revelação e, para detê-la, larguei meu talher de prata um tanto violentamente sobre a bandeja do desjejum. O ruído resultante silenciou os meus dois visitantes.

— Um momento, por favor, vocês dois. Bem... *a senhora* está dizendo, Sra. Hackett, que lorde Francis, longe de ser um anfitrião amigável como aparenta, há anos sem fim atormenta a criadagem desta residência?

— Estou, sim senhor — disse a mulher. — Isso... e muito pior. Talvez a honra da minha sobrinha tenha sido perdida para a língua enganadora de Likely Will Sadler... mas teria sido perdida de um modo muito pior, como a de outras moças serviçais, se lorde Francis tivesse tido permissão para fazer o que queria. Mas, desde o início, foi deixado claro para ele, por alguém em posição de lhe dizer, que não devia gracejar com Allie; e havia garotas o suficiente para diverti-lo no resto da criadagem. Algumas iam até de boa vontade, que Deus as ajude, embora lorde Francis preferisse que não fossem. O monstro malvado. Sim, ele preferia que elas resistissem, para que pudesse usar nelas o mesmo chicote com o qual costuma levar seus cavalos à morte, pobres animais...

— E *você*, Holmes — interrompi, incapaz de suportar algo mais daquela ladainha de cruéis abusos de poder por um representante real. — Você está dizendo que conhecia essa nefanda natureza desde o momento em que chegamos ao palácio?

— Não digo que conhecia em toda a sua extensão, Watson... mas sabia que ele era o mesmo homem que nos atacara no trem.

— Que quase nos mata com uma bomba, quer dizer!

— Certamente não. Aquele artefato pretendia nos amedrontar, e não nos matar. Essa não deve ter sido a intenção do homem que originalmente o fabricou, nem de quem o jogou, mas a de *alguém*. Como observamos na ocasião, a carga foi elaborada por alguém com acesso a ingredientes avançados, mas sem o conhecimento de juntá-los corretamente. Essa não é uma descrição de lorde Francis. De fato, se o artefato tivesse detonado quando o sujeito o lançou, a explosão resultante teria sido muito mais destruidora do que ele previra, e teria certamente resultado em sua morte, como também na nossa... como prova a terrível explosão produzida por uma criação semelhante que seus subalternos lançaram na direção da linha férrea, com o simples objetivo de deter a nossa locomotiva. O nosso "presente", contudo, foi manipulado *antes* de o lorde lançá-lo: o estopim foi deixado comprido o bastante para nos dar tempo de arrancá-lo pela raiz, como fizemos.

— Como *você* fez, Holmes. — O homem, um tanto decentemente, rejeitou a minha correção com um aceno de mão.

— Quem, então — prossegui —, foi o nosso anjo da guarda?

— Você precisa apenas levar em conta as origens do artefato, Watson — retrucou Holmes. — Para começar, lembre-se do algodão-pólvora: só existe um lugar nesta cidade onde pode ser encontrado: o arsenal da guarnição do castelo e, mesmo assim, uma pessoa só poderia consegui-lo, sem levantar suspeitas, se tivesse livre acesso a todas as áreas. Sabemos que Will Sadler faz vários serviços relacionados a restauração e manutenção de todos os tipos de armamentos, no interior das muralhas do castelo... mas ele não é um armeiro moderno. Desse modo, é coerente que ele encarasse o algodão-pólvora como nada mais do que uma bucha inofensiva, quando a furtou.

Avaliei essa análise, constatando que fora apenas a minha própria preocupação com a possível cumplicidade de soldados britânicos na trama de Sadler que evitou que, na noite anterior, eu percebesse tanto.

— Está bem então — falei. — Will Sadler construiu a bomba... mas, certamente, não foi *ele* quem deixou o estopim tão comprido. Nem também o homem que a jogou, o que me leva a essa história de combinar fios de cabelos. Como conseguiu isso?

— Como disse a Sra. Hackett, foi necessário afastar lorde Francis para obtermos tais provas... e suponho que, se Mycroft tivesse lançado mão de uma ordem real, não haveria a questão da recusa de Hamilton. Meu irmão cooperou, sem saber e rapidamente... e, em seguida, a Sra. Hackett e eu tivemos a oportunidade que queríamos para vasculhar os aposentos do homem, o que fizemos bem cedo esta manhã.

— Ele mantém um armário cheio dessas coisas, doutor — acrescentou a Sra. Hackett. — A gente até poderia pensar que é um ator no palco!

— Sim, um ator — disse Holmes. — Mas receio que seu "palco" seja toda a cidade, onde, com disfarces muito mais eficazes e agradáveis do que aquele que usou no trem, tem espoliado incontáveis jovens mulheres... e talvez feito coisas bem piores. De qualquer modo, em pouco tempo encontramos os acessórios, e uns óculos de leitura na biblioteca foram a ajuda suficiente para confirmar a concordância.

— Enquanto eu, nesse meio-tempo, me encontrava completamente arrebatado pelas boas maneiras do homem e incapaz de providenciar qualquer ajuda que fosse — comentei, apanhando de volta, um tanto contrito, o garfo e a faca.

— Disparate, Watson... nós *dois* ficamos imediatamente cientes da dupla natureza de lorde Francis, ou um de nós teria, sem dúvida, dado um passo em falso. Sua genuína simpatia pelo sujeito, em seu disfarce mais agradável, manteve baixa a guarda dele... e contribuiu para a facilidade com a qual conseguimos convencê-lo a partir. Além do mais, não deve se culpar *demais*, meu caro amigo, pelo fato de ter sido arrebatado... afinal, amador ou não, lorde Francis está entre os melhores tipos criminosos que já combatemos juntos. Lembra-se do homem que se chamava Stapleton, alguns anos atrás?

— Claro — retruquei. — O caso Baskerville.

— Certamente. Um exemplo comparável... embora eu desconfie de que, em força física bruta, lorde Francis seja superior a Stapleton: não se esqueça do modo como ele estraçalhou a janela de nosso compartimento.

— É improvável que eu esqueça. Contudo... seus modos, Holmes, quando chegamos ao palácio! *Certamente* seu disfarce no trem foi mais esmerado do que simples peruca e bigode, pois ele parecia um homem bem menor quando o encontramos em seu disfarce verdadeiro.

— O puro efeito de postura e voz, Watson. O deliberado relaxamento dos ombros, a efeminação do aperto de mão, o acanhamento na voz e modos subservientes... tudo eram disfarces planejados para fazer com que o *víssemos* como um espécime menor e mais fraco. Entretanto, recorde mais exatamente: ele não foi até mesmo capaz de me olhar diretamente nos olhos quando mencionei o efeito da matança no palácio?

— Ora... de fato, ele foi! Aliás, observei isso para mim mesmo, na ocasião: por um momento, ele pareceu de fato indignado e capaz de se erguer até mesmo à sua apreciável altura. Foi esse o seu motivo para tal rude comentário ao ser apresentado?

— Claro. Por mais esperto que seja, qualquer sujeito, que se tornou arrogante o bastante para se fiar em tais métodos rudimentares de disfarce, certamente se permitirá ser instigado por uma manobra apenas ligeiramente mais complexa. Assim que aferi suas verdadeiras altura e força... a questão logo começou a ficar mais clara. Afinal de contas, ele é o terceiro filho; e os Hamilton, embora, como diz a Sra. Hackett, sejam um clã antigo, rico socialmente... são, entretanto, pobres economicamente. Há muito pouco que ele possa esperar de seu um tanto humilhante posto de zelador de uma residência temporária real... mas, desse pouco, reconheço, Francis Hamilton tem extraído o máximo. De fato, a única coisa de que ele careceu, quando maquinou essa trama, foi de um ajudante eficiente.

Quando a Sra. Hackett apanhou a minha bandeja, acendi um cigarro dos meus, peguei uma última xícara de chá forte e protestei:

— Ah! Refere-se a ajudantes, não é mesmo, Holmes?

Meu amigo, de certo modo, aparentou hesitar por um momento; então, dirigindo-se à governanta, pareceu indagar silenciosamente se ela gostaria ou não de responder à pergunta; e, desse modo, ele me fez lembrar de algo.

— Espere um momento... Sra. Hackett. A senhora disse anteriormente que, se lorde Francis tivesse tido permissão para fazer o que queria, sua sobrinha teria sofrido uma violenta desonra... mas ele foi alertado por alguém cujo alerta ele respeitaria. E você, Holmes: você já disse que alguém teria tido motivos para *deliberadamente* deixar o estopim comprido o bastante para conseguirmos arrancá-lo antes da explosão. Ao que parece, cada um de vocês tenta sugerir um mesmo fato... não estou correto?

Holmes simplesmente olhou para a governanta.

— Sra. Hackett?

A mulher fez uma ligeira mesura, virou-se e, segurando a bandeja com uma mão, abriu a porta do quarto...

E ali, de pé no corredor, encontrava-se Robert Sadler, sua altura e sua força nunca tão aparentes.

— Holmes! — exclamei, arremeti em direção à cama e apanhei o protetor de palma que estava debaixo de um dos travesseiros; mas Holmes simplesmente colocou-se direto em minha linha de fogo. — Maldição, homem! — instei. — Saia, não enxergo claramente para atirar nele!

— É exatamente por isso que *estou* parado aqui, Watson — rebateu Holmes. — Conheço sua habilidade, mesmo com armas de fogo heterodoxas.

Então percebi que, quando a Sra. Hackett saiu pela porta e foi até o corredor para depositar a bandeja em uma mesinha de serviço, passou a mão afetuosamente na parte superior do braço de Robert Sadler e, então, conduziu-o ao meu quatro. O homem deu um ou dois passos para o interior, sem tirar os olhos do revólver singular, e parou.

Permaneci impassível, deixando que a pistola baixasse para a minha lateral.

— Que diabos *está* acontecendo? — berrei. À procura de algum outro meio de expressar a minha irritação com aquela revelação indireta da verdade, consegui apenas apresentar uma pergunta um tanto absurda: — E *é plenamente* necessário que, seja lá o que for, tenha de acontecer no meu quarto de dormir?

— Nem necessário, nem desejável — retrucou Holmes. — O seu quarto é o de localização mais perigosa. Portanto, se você se retirar para o quarto de vestir adjacente e terminar de se preparar para o dia, tanto o Sr. Sadler quanto eu explicaremos o restante do que aconteceu esta manhã, para que possamos transferir as nossas operações para o pátio ao lado do palácio.

Bufei um tanto teatralmente ao cumprir a ordem e, uma vez no quarto de vestir, gritei:

— Suponho que vocês me dirão que este rapaz é inocente de todos os delitos nesse caso!

— Nem *todos* os delitos — retrucou Holmes. — Ele fez parte da fraude original.

— Sim, senhor — acrescentou Robert Sadler, em tranqüila contrição. — Não pedirei perdão, no que se refere às excursões à ala oeste... aliás, desde o início, elas foram idéia minha. E, acreditem, nunca houve mal algum em nenhuma delas. O que o Sr. Holmes diz dos Hamilton é verdade: eles são maus patrões, e os salários aqui seriam um verdadeiro pecado se não fossem os ocasionais e generosos presentes de Sua Majestade. Mas... somos procurados por muitos grupos de curiosos, muitos sujeitos ricos que ouviram as histórias do fantasma do cavalheiro italiano... e, na maior parte do ano, não há ninguém aqui.

Emergi do quarto de vestir ajustando o colarinho e a gravata.

— Isso não serve de justificativa, Sadler.

— Não, senhor, não mesmo — disse ele, com alguma sinceridade. — E não estou me justificando. Mas apenas... bem, quando o Sr. Holmes me surpreendeu esta manhã na torre, enquanto eu preparava o sangue...

— Ah! Já sei, quando você renovava "o sangue que nunca seca"!

— Exatamente, Watson — respondeu Holmes. — Receio que a minha noite tenha se passado debaixo da velha cama da rainha Maria, no quarto acima do qual encontramos a Srta. Mackenzie. Um exame superficial nas tábuas do assoalho revelou uma madeira peculiar, não creio que já a tenha visto antes. Mas suas veias são de tal modo que "o sangue que nunca seca" só precisaria ser renovado de dez a doze horas antes de cada visita para se obter o efeito correto. Além disso, se por um lado havia a real possibilidade de que Robert, aqui presente, tivesse sido um fanático participante da recente violência, por outro, seus modos na noite de ontem, junto com os protestos da Srta. Mackenzie, revelaram algo inteiramente diferente. Ele exibiu todos os maneirismos de um homem que, como dizem os chineses, pulou para as costas de um tigre e viu que era difícil desmontar. Mas admito que fui com uma idéia preconcebida, quando visitamos o Fife and Drum... por algo que a Srta. Mackenzie confirmou quando a encontramos.

Rapidamente recordei um dos comentários que, à época, haviam me parecido obscuros — e, num instante, consegui combiná-lo com uma das primeiras e mais peculiares visões que haviam marcado a nossa estada.

— O pássaro — falei, referindo-me a uma das perguntas de Holmes à moça; então, virei-me. — Sra. Hackett, por obséquio... é prática comum do seu marido usar uma venda, que vimos em seu olho ontem à noite, em vez daquele olho de vidro um tanto mal-ajustado com o qual ele pelejava enquanto carregava as minhas malas?

— De fato, doutor. — Uma nova voz introduziu-se em nosso coro: a de Hackett, e, quando ele entrou no quarto, notei que o homem, como se para demonstrar a atual particularidade da explicação, usava o tapa-olho. — Peço sinceras desculpas por essa exibição, senhor. Foi mais uma tentativa de avisar aos cavalheiros, na esperança de que não vissem superficialmente as coisas no palácio.

— Então perdeu *mesmo* o olho para o pássaro de... afinal, que tipo de pássaro é esse de Will Sadler? — Fui para mais perto do homem e percebi, mesmo com o tapa-olho no lugar, o conjunto de cicatrizes que saíam dele. — Não foi um falcão, com toda a certeza. Um milhafre, talvez?

— Muito bem, Watson, muito bem! — disse Holmes, quando Hackett fez uma inclinação afirmativa com a cabeça. Agora você percebe por que mencionei as marcas como bem características, e ocupando um importante lugar no padrão de detalhes que reunimos sobre Will Sadler. Ele estava, evidentemente, envolvido com tudo que é medieval, e a minha certeza sobre os sentimentos resguardados de Hackett, desde o início, me deixou curioso, talvez até mesmo desconfiado, sobre o ferimento. Pois não é um ferimento extremamente antigo, não é mesmo?

Ao examinar de novo o rosto do homem, eu disse:

— Não creio. Com certeza, não mais do que um ano.

— Sim, senhor — confirmou Hackett. — Foi quando descobri o que acontecia na ala oeste. Sem pensar no que isso significaria para toda a criadagem do palácio, declarei que ia procurar o pai de lorde Francis. Isto — indicou o tapa-olho com uma raiva mal contida — foi a resposta do jovem fidalgo, ou melhor, sua ordem para Likely Will, embora lorde Francis tivesse tido imenso prazer em observar Will atormentar o pássaro para cometer o ato. Sangue e crueldade, doutor, são a comida e a bebida do cavalheiro. Por mim mesmo, eu não teria me importado, mas ele disse que faria muito pior com a pequena Allie, mesmo se os seus capangas tentassem protegê-la... e acreditei nele...

Ao olhar para Robert Sadler, notei um verdadeiro e profundo remorso em sua expressão.

— Foi quando comecei a procurar meios de acabar com esse negócio — disse Sadler. — Mas já estávamos muito atolados. Com o tipo certo de platéia, centenas de libras, até mesmo guinéus, podiam mudar de mãos em uma única noite... a espécie de dinheiro pelo qual homens matam, muito menos cometem... — Olhou para o chão, muito mais envergonhado. — Mas eu poderia proteger Allie... isso eu poderia fazer.

— E fez muito, rapaz — disse Hackett. — Jamais pense o contrário.

Robert tentou sorrir da reação do homem mais velho; e, embora a tentativa não tivesse sido firme, ele claramente sentiu alguma porção de alívio pela atitude de Hackett.

— Continuarei a fazer isso, Sr. Hackett — retrucou calmamente o jovem. — Desde que ela me permita...

Seria esse, afinal, o *verdadeiro* motivo da presença de Robert Sadler entre aquelas pessoas naquela manhã? Estaria ele, estivera ele... a despeito de todas as suas atividades fraudulentas, e apesar do terrível modo pelo qual o seu irmão abusara e espoliara a moça... apaixonado pela Srta. Mackenzie? Um mero olhar para o seu rosto, quando ele voltou a encarar o chão revelou tudo — ou pareceu revelar.

— Isso significa que você agora abandonou seu irmão? — perguntei. — E pretende trabalhar conosco para levar tanto ele quanto lorde Francis à justiça?

A resposta de Sadler foi aflita:

— Eu sei que tenho muito a responder, doutor... mas imploro que acredite que não tomei parte nesses assassinatos O que eu lhe disse ontem à noite, eu pretendo... foi tanto um modo de agradar ao senhor e ao Sr. Holmes quanto um aviso para Will... eu não poderei mais segui-lo, se tais métodos são o seu modo de proteger a sua fortuna.

Concordei com a cabeça, sem nutrir nenhum desejo verdadeiro de ser severo, mas senti que a declaração, por mais nobre que tivesse parecido, não deveria ficar incontestável.

— Você se revelou um mestre da velhacaria, Sr. Sadler — afirmei. — E, para um forasteiro, isso poderia parecer um outro truque caprichado. Mesmo um falso afeto pela Srta. Mackenzie seria um preço extraordinariamente agradável a ser pago para obter o nosso apoio em seu apelo às autoridades.

— Eu sei, senhor — retrucou ele. — E não espero clemência. Aceitarei o castigo que me é devido... tudo o que peço é que não receba nenhum outro, e que os homens responsáveis por esses crimes maiores sejam desmascarados para que Allie *fique* em segurança... para sempre.

— Bem dito, Sadler — anunciou Holmes. — Até mesmo Watson, que parece muito mais do que eu aprofundado em questões do coração, deve ter ficado satisfeito com tal afirmação.

Estudei Robert Sadler cuidadosamente por alguns segundos mais, antes de anunciar:

— Sim, Holmes. Creio que fiquei.

— Ótimo. E assim... aqui estamos! Ou será que não? Carecemos de duas de nossas companhias...

— Allie e Andrew — disse a Sra. Hackett. — Eles estão preparando os aposentos do patrão e do Sr. Mycroft. Disse que tudo deveria parecer normal quando eles chegassem, senhor.

— Sim, disse realmente, Sra. Hackett — retrucou Holmes. — E, de fato, isso deve ser... bem-feito. Embora agora eu me preocupe que talvez nos valha muito pouco: antes de ele começar seu retorno, eu tinha a intenção de revelar tudo ao meu irmão em um telegrama cifrado, a fim de que pudéssemos pegar esses sujeitos esta noite, em flagrante; mas agora que ele partiu antes que eu pudesse despachar esse comunicado, confesso que estou preocupado com o fato de ele resolver se tornar um tagarela no trem, antes de se dar conta do verdadeiro caráter de lorde Francis. A nossa única vantagem é que o *próprio* Mycroft conhece comparativamente pouco da verdade. Contudo, mesmo este pouco, o fato de dispensarmos a maioria dos funcionários domésticos, aqui e em Balmoral, como suspeitos, por exemplo, ou nossas ruminações diante do corpo de McKay, talvez tenha sido o suficiente para alertar um vilão tão esperto e cruel como Hamilton e estimulá-lo à violência. Ou mesmo, mais provavelmente, ele tentará seqüestrar Mycroft e negociar conosco a sua própria liberdade.

— Mas, Holmes — contrapus —, você disse que as suas suspeitas foram confirmadas *antes* de seu irmão partir com lorde Francis. Por que então não lhe contou antes tudo isso?

— Pareceu-me um considerável risco a correr — disse Holmes. — Afinal, eu tinha apenas *parte* da resposta, praticamente nenhuma prova e uma necessidade urgente de me livrar de lorde Francis. Eu não tinha certeza de que, se soubesse da traição de seu companheiro, Mycroft não o teria revelado durante as suas viagens, nem apelado direto à rainha antes de concluirmos o nosso caso.

Lancei um olhar grave ao meu amigo.

— Você poderia facilmente ser acusado de ter agido de maneira muito descuidada no que se refere à segurança de seu irmão, em vez da sua própria.

— Foi necessário — protestou Holmes. — Mycroft é muito mais capaz de autodefesa do que você imagina, Watson.

— A impressão, por um instante, era de o homem estar tentando convencer a si mesmo, em vez de a mim, desse último fato, particularmente à luz dos perigos que ele mesmo acabara de enumerar.

— Esperemos que sim — frisei. — E suponho que devo admitir uma consideração adicional... se o seu irmão soubesse de tudo e, de algum modo, alertasse lorde Francis, nós, no mínimo, poderíamos contar que o vilão não retornasse. Nesse instante, ele poderia estar muito longe, não?

— Perdoe-me, doutor — interveio Robert Sadler, e todos nós nos voltamos em sua direção. — Mas não creio que esse seja o caso. Sabe, trata-se do dinheiro... nós acabamos ganhando muito... muito mesmo, na verdade. E não podíamos depositá-lo em um banco...

Holmes produziu um ruído de profunda, divertida compreensão, quando eu perguntei:

— E então... o que fizeram com ele?

— A ala oeste, senhor — respondeu Sadler. — A antiga alcova da rainha... está dentro do colchão. E, pelo que o senhor e o Sr. Holmes disseram, Will deve ter começado a retirá-lo, já na noite passada, antes de nos encontrarmos no Fife and Drum. Ele nada me disse, mas não era provável que dissesse, se o seu intento era fugir com ele.

— "O cavalheiro italiano", Watson — disse Holmes. — O espírito que circulava ontem à noite, cantarolando uma melodia totalmente anacrônica... o que agora parece *ser* algo que lorde Francis lhe ensinou.

— Eu não ligo mais para o dinheiro — prosseguiu Sadler —, mas lorde Francis jamais deixará que Will o trapaceie... e lhe garanto que pouco importa a um homem como esse *quem* tenta se meter em seu caminho. Ele *virá* aqui reclamar o que acredita ser seu, neste palácio que ainda acredita ser por direito de propriedade de sua família. Freqüentemente o ouvi referir-se a "essa tribo de degenerados alemães", ao falar da rainha e de sua família. Acredito honestamente que, nobre ou não, ele deve *ser* louco, Sr. Holmes...

O rosto de Holmes foi se tornando cada vez mais sombrio durante esse discurso — e não foi difícil entender por quê. Seu irmão viajava sozinho com esse homem ao qual a Sra. Hackett chamara acertadamente de monstro (sozinho, isto é, a não ser pela presença de um jovem oficial de cuja utilidade já tínhamos tido boas razões para duvidar); e Mycroft encontrava-se nesse apuro porque Holmes, mais uma vez, colocara a solução de um caso acima de quaisquer outras considerações. Parecia, de algum modo, não apenas improvável, mas totalmente impossível que um patife tão danadamente esperto como lorde Francis não lograsse com lisonjas obter de Mycroft, durante o percurso de uma viagem ainda mais curta, as verdades que o irmão mais velho de Holmes possuía; e que desses poucos fatos ele rapidamente pressentiria algo bem próximo da extensão do perigo que corria agora. E se *eu mesmo*, subitamente, me senti aflito diante dessa perspectiva, como Holmes deveria estar se sentindo?

Eu nunca saberia; pois ele suportava quaisquer tensões do mesmo modo que as suportava em todas as situações semelhantes e sob todas as pressões nervosas: ativamente.

— Preocupemo-nos apenas, Sr. Sadler, com o que podemos fazer aqui — disse ele —, e a sua informação irá, eu suspeito, mostrar-se inestimável a esse respeito. Hackett... se puder, reúna seu filho e sua sobrinha, e vamos continuar esta reunião no andar de baixo, *distante* dessas janelas! Temos um longo dia e uma longa noite à nossa frente. É essencial que todos saibamos de cor os nossos papéis. Depressa agora!

A ordem foi cumprida com seriedade (embora o temor de Holmes em relação às janelas do palácio ainda fosse obscuro), e não demorou muito para nos encontrarmos embaixo, na sala de jantar real, que serviria como nosso quartel-general improvisado pelo resto do dia. Não utilizo à toa a referência militar; pois, com o correr das horas, sem ter qualquer sinal de Mycroft Holmes, ou mesmo alguma informação sobre ele, a urgência crescia, assim como novas dúvidas sobre se os nossos antagonistas seriam ou não capazes de conseguir novos aliados para auxiliar na tentativa de apanhar qualquer dinheiro desonroso que Likely Will Sadler não tivesse levado na noite anterior. Ao pensar nisso, ocorreu a Holmes que devíamos subir e examinar o estoque de dinheiro remanescente, a fim de determinar qual a possibilidade de nossos inimigos aparecerem em número de um ou dois; se, afinal de contas, o estoque restante fosse pequeno, parecia pelo menos possível que Will Sadler deixaria o restante de lado, a fim de melhorar as chances de sua fuga. Também havia a possibilidade de que Likely Will honrasse seu pacto de ladrões com lorde Francis, e que *ambos* talvez partissem, após dividir o que já fora tomado; Robert também parecia pensar assim, embora, se os papéis dos vilões fossem invertidos, opinou, ele expressaria uma opinião diferente. Contudo, com a questão arrumada do modo como se encontrava, parecia haver um momentâneo motivo de esperança.

E assim, logo após o chá, Holmes, Hackett e eu nos reunimos e começamos a subida aos antigos aposentos da rainha Maria: a mais antiga e intocada parte do palácio, lugar da suposta assombração de David Rizzio, e o motivo pelo qual Sir Alistair Sinclair e Dennis McKay perderam suas vidas de um modo ao mesmo tempo brutal e absurdo. (Nem a Sra. Hackett nem a Srta. Mackenzie, naturalmente, sequer levaram em consideração a realização da viagem; e achamos melhor deixar Robert Sadler e o jovem Andrew Hackett para trás, para confortar e, se necessário, proteger as mulheres, se a questão atingisse o ponto culminante antes de estarmos totalmente preparados.) Com Hackett carregando uma faca de destripar e uma tocha, e eu mesmo, agora, tendo assaltado o arsenal do palácio atrás de algo mais substancioso do que o protetor de palma (escolhi uma espingarda de cano duplo, de grosso calibre), éramos três com a mesma expectativa de chegarmos próximo a uma força considerável, quando entramos no quarto que havia muito tempo fornecera a matéria-prima que tecera os nossos atuais problemas.

— Claro — disse Holmes, quando iniciamos a subida da escada de pedra circular na extremidade nordeste da ala —, todo o nosso raciocínio é baseado na idéia de que David Rizzio *não* teve participação nessa questão. Uma suposição dificilmente provada, ainda...

Hackett tentou, em resposta, algo parecido com um sorriso, embora o esforço se baseasse única e um tanto obviamente em um desejo de evitar a adicional aparência de maus modos; eu, porém, não estava sob tais restrições:

— Em vista do apuro em que nos encontramos, Holmes, e particularmente dado o possível perigo no qual *você* colocou seu próprio irmão, eu não pensei em leviandade nem mesmo como uma possibilidade.

— Leviandade? — reagiu o homem. — Estou sendo perfeitamente sério, Watson.

— Está? — Eu nem tive a força ou o desejo de debater esse crescente, na verdade, esse *tediosamente* desconcertante assunto. — Bem, suponho que muito em breve saberemos a resposta.

— Saberemos?

— Claro. — Com a luz do palácio quase sumindo abaixo de nós, Hackett acendeu sua tocha baça, a qual projetou sombras medonhas nas paredes de pedra da escada que se estreitava cada vez mais. — Se — continuei, de certo modo sentindo a necessidade de sussurrar — descobrirmos que o saque dos criminosos está intocado, ora, saberemos que o que ouvimos na noite passada foi, na verdade, o seu amigo, o espírito do *signor* Rizzio... o qual, evidentemente, continua interessado na mais recente música italiana!

Arrependi-me do comentário irreverente praticamente ao mesmo tempo que o fiz; e essa impressão aumentaria intensamente em questão de minutos...

Capítulo XII

"O SANGUE QUE NUNCA SECA"

Imediatamente após a nossa entrada na série de aposentos que outrora foram o reino particular da última rainha escocesa, ficou claro que o século entre a sua morte e a ampliação do palácio feita por Carlos II foi tempo mais do que suficiente para que enraizasse a idéia de que havia algo sobrenatural nos cômodos. Não era exatamente uma sensação consagrada, pois a Morte nem sempre consagra os lugares que visita; mas, não obstante, os aposentos era acabrunhantes em sua impressão de tragédia, injustiça, e mesmo crueldade. Carlos II — que fora forçado, pelas tragédias do início de sua própria vida, a se tornar um homem de maior sensibilidade pessoal do que a maioria em nossa era percebe — agira para evitar o colapso físico dos aposentos de Maria Stuart, mas não tentou alterar sua essência, arquiteturalmente ou de outra maneira; e nenhum dos membros das várias dinastias que governaram a Grã-Bretanha nos anos seguintes interferiram nessa política (além de permitir que esta se degenerasse em um estado de absoluta negligência). Desse modo, foi com uma enorme sensação de recuo — não, essa expressão não serve, pois, na verdade, a sensação foi mais a de ser agarrado e *arrastado* de volta — a um terrível passado, um passado que estava acima do poder de reis ou de cidadãos de mudar, aquele que agora enfrentávamos nos confins superiores da ala oeste. O tempo, para ser honesto, continuara a agir nos aposentos; mas era muito pouca a sensação de que o tempo tivera *permissão* para fazê-lo, visto que a decrepitude que causou nada fez a não ser reforçar a impressão de brutal infortúnio que foi o legado e o monumento ao terrível ato que, havia muito tempo, tornara infame aquela ala do castelo.

Não havia luz ambiente de nenhuma espécie: as lâminas das venezianas de cada um dos aposentos — a começar pela antecâmara, para a qual a escada de pedra nos conduziu — foram fechadas e pregadas havia gerações, e de modo muito mais eficiente do que as janelas dos aposentos imediatamente abaixo. Foram então cobertas com cortinas muito mais pesadas, de modo que continuávamos a enxergar apenas com a luz da relativamente pequena tocha de Hackett; se bem que o que víamos era, na verdade, muito menos importante do que o que sentíamos. A decoração básica do quarto de dormir — as paredes e o teto almofadados, chão assoalhado, tapetes puídos, móveis decrépitos — era proporcionalmente mais enervante que a do andar de baixo, muito mais por ser de estilo Tudor em vez de barroco. Ainda assim, ao inspecionar mais além o mobiliário, ocorreu-me que havia, em residências, um certo momento no qual a decadência parece se atrasar terrivelmente, desde que as paredes e o teto permaneçam intactos (como foi o caso da ala oeste do palácio); aliás, em determinado momento, o processo de decrepitude parece deter-se, como se não fosse apenas o tempo, mas insetos de toda espécie que tivessem tirado tudo o que podiam e destruído tudo que podiam destruir, deixando para trás os restos de ossos esbranquiçados de uma outrora acolhedora e vivaz habitação. E os aposentos da rainha Maria tinham, pelo jeito, tempos atrás, atingido esse nadir arqueológico.

A impressão ficara tão forte, mesmo antes de alcançarmos o vão da porta para o infortunado quarto de dormir, que foi necessário o experiente olho de Holmes para me destacar um interessante detalhe:

— Um laboratório de decadência, hein, Watson. Todos os elementos... poeira, detritos, teias de aranha.

— Eu suponho que você tenha um objetivo, Holmes.

— Apenas que o que vemos parece permanecer notavelmente livre de tudo o mais.

Então parei, olhei para cima e para baixo de minha roupa e levantei a mão para sentir o topo da cabeça.

— Interessante — observei. — E olhe atrás de nós... Hackett, ilumine, por favor, este lado aqui com a sua tocha. Veja como tudo foi cuidadosamente afastado e arrumado... quase como uma trilha através de uma selva escura.

— Isso mesmo, doutor — volveu Hackett. — Muitos dos clientes deles são gente rica, que vem aqui após uma noite de bebedeira e diversão. O patrão cuida para que não haja reclamações de teias ou de aranhas em suas roupas, embora eles vejam tudo isso em volta. Poeira, bem... se olharem para o chão, verão que ele mantém o caminho livre de qualquer coisa que possa sujar os sapatos das damas.

— Ontem à noite, foi a primeira prova de que estávamos na trilha certa — acrescentou Holmes. — Juntei muita sujeira debaixo da cama, onde ela parece ser mais abundante do que aqui fora. Lorde Francis e Likely Will são hábeis artistas da fraude, eu admito.

Virei-me para encarar, finalmente, a fatal alcova.

— Muito bem, Hackett... vamos ver então tudo o que viemos *para* ver...

No interior da alcova, fiquei particularmente nervoso ao descobrir que ainda havia uma mesa de jogo perto do banco sob a janela, com outras cadeiras arrumadas em volta e cartas de um estilo bem antigo cobertas de poeira, como também uma antiga louça de barro pousada sobre ela. Obviamente, era outro logro imaginado pelo trio criminoso; mas imaginei que seu efeito era bem forte, pois uma pessoa não podia evitar a sensação de estar vendo os vestígios de um divertido jogo, uma distração que fora interrompida séculos atrás por aqueles animalescos fidalgos, alguns vestidos com armadura completa, todos com a intenção de assassinar uma pobre alma que nunca lhes fizera nenhum mal. Caminhamos lentamente até a porta bem baixa que dava para a pequena sala de jantar da rainha, situada na torre noroeste da ala. Ainda se podia perceber que devia ter sido um encantador e aconchegante pequeno aposento, onde a rainha deve ter amamentado o bebê que um dia viria a ser o primeiro homem a unir em uma legítima glória as coroas da Escócia e da Inglaterra (embora eu saiba que, na verdade, Jaime nasceu no Castelo de Edimburgo, talvez porque a rainha temesse alguma nova tragédia do tipo contra a qual o Palácio de Holyrood já se mostrara terrivelmente inseguro). Eu estava para entrar nela, a primeira parte convidativa da ala oeste que encontrara, quando Holmes segurou o meu braço.

— Cuidado, Watson — disse ele, puxando-me para trás. — Sadler teve um grande trabalho para renovar aquela poça... seria uma pena se você, descuidadamente, pisasse nela e deixasse um rastro por toda a ala...

Ao olhar para baixo, pude ver que, exatamente onde eu pretendera pousar o pé, havia uma reluzente e um tanto viscosa poça de sangue, o carmesim da vida cedendo a sua cor para um clarete mais escuro por causa da idade: fora ali, deduzi, pelo menos por causa do dia.

— "O sangue que nunca seca"? — perguntei, numa espécie de tom sussurrado.

— Se não é — retrucou Holmes, sorrindo —, então não me importa saber o que é.

Assenti e, então, olhei para a pequena poça.

— É humano? Suponho que já tenha feito um exame com reagente.

— Não me preocupei com isso — disse ele. — Se é humano ou animal não é de nosso interesse, e é algo, também, que provavelmente iremos descobrir muito em breve. Embora, se *for* humano, creio que talvez tenhamos de montar uma enfiada de novos crimes para os nossos antagonistas.

— Você não acredita que eles possam ter usado o sangue das vítimas de seus dois assassinatos, não?

— Não *devem* ter feito isso, por causa de todos os vários anos durante os quais se dedicaram a esse empreendimento.

Hackett falou:

— Com licença, senhor, mas o jovem Rob tinha o costume de guardar o sangue de qualquer animal, que ele seleciona no parque para abate, se esse sangue se passar por humano. Sei disso porque, certa vez, encontrei uma garrafa de sangue de javali em um dos porões mais frios. Ele me contou uma história sobre sua mãe usar o sangue para fazer chouriço, mas era mentira, e não havia dúvida... depois disso, nunca mais descobri seus esconderijos.

— Ah — fez Holmes, começando a puxar da cama a velha coberta que já se desintegrava —, mas isso foi antes de lorde Francis assumir controle total do empreendimento, Hackett! Não tenho dúvida de que, se o incentivo por lucro fosse suficiente, esse homem teria rapinado os menos afortunados da cidade para satisfazer *todos* os seus ignóbeis desejos, carnal e pecuniário; sim, ele se ajustaria no papel de um *ghoul* moderno, um demônio lendário atacando túmulos, sem esperar que os corpos sejam enterrados antes de drenar seu sangue para seus próprios propósitos. Mas, por enquanto, vejamos. Aqui está!

O colchão descoberto da cama tinha um corte cuidadosamente atado em um de seus lados e, quando Holmes removeu a amarra de couro, *algo* — palha velha, crina de cavalo, penugem de ganso, o que fosse — deveria ter-se despejado da lateral. Nada, porém, emergiu — isto é, nada até Holmes enfiar a mão na abertura e retirar um saco com moedas.

Abrindo-o rapidamente, ele produziu um som de aprovação e declarou:

— Que coleção. Várias nacionalidades e espécies... contudo, a maior parte — retirou uma moeda —, soberanos. Uma escolha sensata...

— E quantos sacos você diria que o colchão contém no total? — perguntei.

Holmes enfiou o braço quase até o cotovelo, então disse:

— Só posso lhe dizer, Watson, que ainda bem que eu passei a noite *debaixo* da cama e não *sobre* ela. Mas talvez você prefira...

Dando de ombros uma vez — pois, para ser honesto, não tinha idéia do que ele quis dizer —, virei-me e, um tanto cavalheiresco, joguei-me sobre o colchão: não foi a experiência *mais* dolorosa que já suportei, mas certamente uma das mais chocantes, tendo em vista o que se pode esperar até mesmo de camas velhas e dilapidadas.

— Meu Deus, Holmes! — bradei, pondo-me de pé como se tivesse saltado para água fervente. — Está por toda parte... por quase toda a superfície!

Holmes concordou com a cabeça.

— E quase até o fundo — acrescentou ele, examinando aquela profundidade.

Mesmo o normalmente imperturbável Hackett arregalou os olhos de espanto.

— Que demônio — disse ele, num fraco sussurro. — Nunca imaginei que poderia ser tanto...

— Seria açodamento dizer apenas *o quanto* — retrucou Holmes —, mas eu não diria que é algo menos do que uma considerável fortuna. Seguramente, o Dr. Watson e eu conhecemos homens que mataram por apenas uma fração dessa quantia... e como deve ter sido fácil para alguém como lorde Francis fazer isso, quando o seu negócio o levava tão perto de obter a fortuna que, evidentemente, acreditava ser de direito de um homem com a sua linhagem.

— Perto? — questionei-o. — Meu caro Holmes, deve estar gracejando... certamente há aqui uma soma fabulosa!

— Você se esquece da necessidade de dividir a fortuna por três — rebateu Holmes. — Não, Watson — prosseguiu, ao recolocar o saco que retirara, fechar a abertura e caminhar até onde eu estava parado. — Se a cobiça por fortuna de um homem como esse *pudesse* ser saciada — olhou para baixo a reluzente poça de sangue no chão —, certamente esta reserva não seria suficiente. Não enquanto seus parceiros estivessem vivos... — Agachando-se, ele molhou o indicador na espessa poça, esfregou a substância entre o dedo e o polegar que se opunha a este, e examinou a mancha. — "O sangue que nunca seca" — murmurou; então, após permanecer em silêncio enquanto Hackett e eu recolocávamos as cobertas que guarneciam a cama, virou-se para mim. — Você ainda não notou isso, Watson?

— Isso? O sangue? — Olhei para a poça, e depois em volta do quarto. — O que há para notar, além daquela... daquela... — Senti minha testa se enrugar diante de uma certa confusão. — Um momento, Holmes...

— Muito bem, meu velho.

— Não... não está no lugar certo.

— De fato... tendo em vista todos os transtornos que enfrentou, você tem mostrado uma admirável velocidade de percepção.

— Como assim, senhor...? — disse Hackett, obviamente interessado mas um tanto perplexo.

— O sangue, Hackett... não deveria estar aqui.

— Bem, é claro, senhor...

— Não, não — esclareceu Holmes. — Não deveria estar *aqui*, Hackett... *neste* lugar.

— O grupo da rainha jantava ali, naquele aposento *menor* — falei, apontando para a sala de jantar que eu (sem ainda relembrar todos os detalhes da história quando estive no local) achara tão encantadora. — Darnley e os nobres subiram por escadas ocultas, que deviam estar...

A fim de me poupar o esforço, Hackett simplesmente foi até uma parede e colocou a mão na borda de um painel de madeira, o qual recuou (como eu ouvira fazer o seu correspondente um andar abaixo, quando descobri a Srta. Mackenzie) para revelar a escada particular que levava ao piso inferior, para aqueles que foram, antes da reforma do palácio feita por Carlos II, os aposentos de Darnley.

— Obrigado, Hackett — disse eu. — Então os homens surgiram desta escada... agarraram Rizzio na sala de jantar — e o arrastaram para a escada mais larga, antes de matá-lo. Para início de conversa, esse "sangue que nunca seca" nunca esteve aqui!

Hackett parecia ludibriado.

— Mesmo assim, *tem estado*, senhor... sim, mesmo antes de lorde Francis nascer. Meu pai trabalhou no palácio, doutor, e nos falou da mancha. Em minha juventude, eu a vi com meus próprios olhos.

Olhei para Holmes e encontrei-o ainda examinando o sangue nos dedos, mas agora assentindo com a mais profunda satisfação intelectual.

— Finalmente — refletiu. — Hackett, você forneceu o proverbial elo perdido da cadeia criminosa de nossos antagonistas. Pois nenhuma trapaça como essa *jamais* consegue ser criada com base na *pura* lenda. A fim de que uma cidade inteira... aliás, uma nação inteira... acreditasse que o sangue do injustamente assassinado Rizzio reaparecia cada noite, precisava haver algum tipo de alicerce factível sobre o qual construir.

— Mas... o que foi isso, Sr. Holmes? — indagou Hackett, aflito. — O que *foi* que eu vi no chão todos esses anos?

Holmes apenas ergueu os ombros.

— Há muitas coisas que se passam por sangue, Hackett: talvez descubramos que as incomuns tábuas do assoalho desta régia alcova foram tiradas de uma madeira exótica, cujos óleos e taninos passam realmente séculos sem secar... existem várias dessas espécies. Ou, mais provavelmente, alguma antiga goteira no telhado da torre, que não se conseguiu descobrir, manteve um lugar não apenas molhado mas manchado, enquanto a água carregava consigo vários tipos de terra, poeira, fuligem e excrementos de insetos. Goteiras e manchas eternas são velhas conhecidas em quase todas as casas antigas... e é por isso que muitas são demolidas. A importante verdade, porém, é que havia, de fato, uma mancha! E, por muitas gerações, *houve* uma mancha, que podia facilmente se transformar, se o criminoso, por exemplo, fosse esperto o bastante em relação ao seu negócio, em uma poça... pois, como já disse ao Dr. Watson, é da natureza da humanidade *querer* acreditar em tais histórias. Sim, temos agora a estrutura completa de nossa lenda.

O momento de triunfo de Holmes foi interrompido por uma voz, súbita e aguda, à deriva, escada de pedra acima: era a Sra. Hackett.

— Sr. Holmes... precisa descer imediatamente, oh, por favor, o senhor precisa!

Holmes seguiu rapidamente para a porta da antecâmara.

— O que foi, Sra. Hackett? É meu irmão?

— Oh, de fato, senhor! — veio a resposta. — E em péssimo estado! Parece que vai expirar, senhor!

Fascinados como estávamos pelas nossas descobertas, quase caímos uns por cima dos outros ao chegar à escada sinuosa — embora, é claro, tivesse sido Holmes quem rapidamente saiu à frente, a preocupação com Mycroft finalmente se revelando em suas pernas, já que não se mostrara em seu comportamento anterior.

Capítulo XIII

AS LINHAS ESTÃO TRAÇADAS...

Felizmente não encontramos Mycroft Holmes à beira da morte quando descemos para a sala de jantar — embora fosse fácil perceber por que a Sra. Hackett pensara tal coisa. Ao chegar à Waverley Station, Mycroft ficara surpreso ao saber que lorde Francis não apenas deixara de providenciar que uma carruagem do palácio estivesse à espera para apanhá-los; ele não planejava, de modo algum, retornar a Holyroodhouse (de qualquer modo, não diretamente). E, embora o oficial da inteligência militar tivesse depois assegurado um cabriolé, o cocheiro de tal charrete acabou por se mostrar incapaz de enfrentar seus temores e desembarcou os passageiros — que já se encontravam exaustos por causa de mais de um dia inteiro de viagem contínua — longe do acesso de entrada do palácio: em vez disso, Mycroft e seu acompanhante foram depositados na extremidade do parque e, de lá, forçados a caminhar. O trecho final de sua viagem era menos de um quilômetro — mas essa era maior do que a distância que as pernas de Mycroft percorriam normalmente em uma semana, e gerara esforço suficiente para lhe tirar o fôlego, enquanto, ao mesmo tempo, cobria sua testa com suor, fazendo com que, no final das contas, a pobre governanta acreditasse que o chiado de sua respiração e seus arquejos fossem sinais de alguma crise física mortal.

Por outro lado, a viagem de volta de Mycroft a Balmoral fora sem incidentes, apesar de ele ter revelado, como Holmes temia, tudo o que sabia em relação à investigação em Holyroodhouse — e, ao saber o quanto fora de fato venturosa a aparentemente inócua a conclusão de sua viagem, ele se afundou em uma estranha bebida fermentada, de alívio, pasmo e raiva: alívio, por razões várias e aparentes; pasmo, pois não suspeitara de nada no comportamento de lorde Francis que indicasse a verdadeira natureza de suas recentes atividades; raiva, dele e do irmão, por terem permitido de algum modo a presença de lorde Francis diante da rainha. Imediatamente, Mycroft despachou o nosso velho amigo sorumbático da inteligência militar para a cidade, a fim de tentar localizar o jovem senhor de Holyroodhouse; mas, em seguida à partida do homem, ele continuou a repreender-se por ter levado lorde Francis a Balmoral. Holmes fez o melhor que pôde ao insistir que o seu irmão não devia sentir nenhuma responsabilidade por aquele risco aparente, que ele mesmo merecia carregar todo o peso de qualquer perigo que existisse; mas, para isso, em primeiro lugar, era necessário formar um quadro melhor do que acontecera em Holyroodhouse e, em segundo, sem nenhum risco, admitir seguramente que se podia contar com Mycroft para cuidar da segurança da rainha com maior capacidade que a de qualquer homem vivo, mesmo que, por algum motivo, ele não tivesse, durante a viagem a Balmoral, percebido a verdadeira natureza de lorde Francis.

— Mas, Sherlock, como poderia imaginar que eu concluiria pela diabrura de Hamilton? — demandou Mycroft, assim que a Sra. Hackett providenciou uma decantadeira de xerez seco e vários cálices.

— Vai me perdoar, Mycroft! — Holmes quase gritou em resposta, naquele tom de irritabilidade que geralmente domina quem descobriu que um parente próximo, que pensava estar em perigo mortal, se salvou. — Mas eu acreditava que o rosto que esse homem mostra ao mundo era tão falso que pessoas de bom senso deviam, após algum tempo, perceber sua transparência... do mesmo modo que, evidentemente, a criadagem desta residência percebeu há muito tempo. E aí estão você e Watson, ambos me dizendo que não viram nada repreensível em...

— Meu caro Holmes — aparteei, sem pouca irritação de minha parte. — Tive menos de um dia de contato com o sujeito, e o seu irmão não o via há muito tempo. Como você mesmo me disse no trem, nem todos têm as mesmas habilidades e energias... portanto, espero que perdoe o nosso conhecimento não-enciclopédico sobre o tipo criminoso, suas transmutações, e os métodos mais enigmáticos de detectar qualquer uma ou todas essas coisas.

— Bem dito, doutor — acrescentou Mycroft, após engolir três cálices repletos de xerez como se fossem água. — Se eu tivesse, como você, Sherlock, passado mais tempo rastejando por esgotos e antros de ópio, talvez tivesse notado uma certa dubiedade em lorde Francis...

— Hipérbole não serve de argumento, Mycroft — rebateu Holmes, tentando com muita dificuldade recuperar um tom normal. — Você poderia facilmente ter criado a suspeita de que sua avaliação do homem era insuficiente muito antes de chegar aqui.

— E, diga-me, por favor, companheiro de minha juventude — disse Mycroft, o quarto cálice de xerez apoiando sua confiança —, como eu deveria ter feito *isso*?

— Ao analisar o que já sabia! — retorquiu seu irmão. — Esse caso, desde o início, não tinha nenhuma ligação com tramas internacionais ou políticas.

— É mesmo? — A cabeça de Mycroft girou de maneira incomum com um estalido. — Agora foi longe demais, Sherlock... realmente. Como pode afirmar isso?

— Irmão... — Holmes pegou uma cadeira, virou-a de lado e colocou-a diante do irmão, e então sentou com o braço pendendo atrás do encosto. — Certamente, *certamente*, você deve, no mínimo, ter seriamente duvidado da idéia de que todos esses atentados à vida da rainha dos quais nos falou estiveram de algum modo ligados um ao outro.

A indagação pareceu, ao mesmo tempo, uma justificativa; e isso me forçou a lembrar a opinião original de Holmes de que "toda a idéia" de uma longa cadeia de tentativas de assassinato era de fato "demasiada" — "demasiada" para ser levada a sério, sim, mas também "demasiada" ou preferivelmente *excessiva*, no sentido literal. E, ao que tudo indica, seu irmão pensara o mesmo, pelo menos em parte: Mycroft inspirou profundamente, franziu o cenho, e disse, num tom nem um pouco enérgico:

— A crença em tal ligação foi e tem sido a de muita gente a quem a Rainha confiou sua segurança diária. E acredito que tais homens... cujos nomes, você entende, não mencionarei, nesse contexto... sempre foram honestos nessas opiniões. Além disso, para a obtenção da cooperação de Sua Majestade em todos os sentidos nesses planos que, acredito, podem aumentar a sua *presente* segurança, mostrou-se necessário aceitar certos termos fundamentais de operação baseados nessas opiniões.

— Inclusive o absurdo? — protestou Holmes. — Mycroft, você agiu em nove atentados à vida de Sua Majestade, todos cometidos por jovens com poucos anos de diferença de idade entre si... uma idade, em suma, quando a maioria desses sujeitos estão mais inquietos do que jamais estarão em relação à capacidade de deixar uma marca no mundo. Nessa idade, essa marca parece tão difícil, tão complexa de se obter quanto impossível... mesmo assim, para alguns perturbados, sempre há o método de criar a própria fama destruindo, ou simplesmente tentando destruir, alguém que já tem tal importância. O *modus operandi* em cada caso foi tão coerente, tão idiossincrático, como se para conduzir à inescapável hipótese de que eles leram sobre a tentativa de cada um e imitaram a mesma coisa... isto é, supondo-se que o abastecimento de água das escolas inglesas não foi corrompido por algum fungo peculiar que induz ao impulso de assassinato! Por fim, e de novo em cada caso, o castigo universalmente aplicado foi de tal modo que só poderia oferecer incentivo a qualquer futuro aspirante.

Ele pode ter tido o seu momento de notoriedade e, portanto, pelo seu esforço, é levado para longe da própria causa de sua aflição: a anônima vida esmagadora em nossa pequena ilha. Você *precisa* saber que, em nossa época, quando a imprensa popular torna célebres seres de almas mais abjetamente banais, tais desejos são, na maioria dos casos, motivação suficiente para esses ataques supostamente "mortais" contra Sua Majestade?

— Sim, já levei tudo isso em consideração, Sherlock, é claro que já levei! — replicou Mycroft rapidamente. — E, também, levei muito mais do que isso; mas, como eu disse, aqueles que estão mais intimamente envolvidos com a segurança diária da rainha não têm feito, nem jamais farão, a mesma coisa. Lembre-se de quem falamos: homens que, pessoalmente, têm coragem e lealdade, mas carecem de instrução em qualquer outra coisa, a não ser como guarda-caça. — Ele ergue a taça na direção de Robert Sadler. — Tenho certeza de que me perdoará, meu jovem.

— Sim, senhor, claro — retrucou o sujeito. — Se existe uma coisa da qual eu não gostaria de pensar que sou o responsável é a segurança de Sua Majestade. Não tenho treinamento para isso e costumo me perguntar, quando ela fica aqui, por que *ela* não procura mais cavalheiros como os senhores. — Sua cabeça pendeu por um momento. — Ao menos para proteger o lar dela de gente como meu irmão e eu...

Ao me dirigir de volta aos Holmes, meu olhar pousou tempo suficiente em Sadler para captar o rápido vislumbre da Srta. Mackenzie pronunciando alguns sussurros pesarosos para seu antigo protetor; e imaginei se, agora, a gravidade da situação não induzia o deslocamento de seu afeto de um irmão para o outro.

— Bem dito, meu rapaz — retrucou Mycroft. — Isso, junto com tudo o mais que ouvi desde a minha volta, torna você um verdadeiro penitente. Pois bem, Sherlock, é isso o que acontece... sejam quais forem as *minhas* opiniões, as da rainha simplesmente não permitem, como já lhe disse, a implementação delas. Por outro lado, esse último atentado contra Sua Majestade parece que, de fato, representa uma mudança em relação aos outros: pelo menos existiu a possibilidade de que um cuidadoso serviço secreto estrangeiro, como o do que o imperador alemão é conhecido por empregar, procurou capitalizar as ambições dos nacionalistas escoceses ao recrutar um jovem assassino que se ajusta ao padrão dos outros jovens, e encorajá-lo a praticar um outro atentado, baseado em motivações mais profundas. Se falhasse, seu caso seria considerado apenas mais um em uma longa lista, e ele seria deportado sem nenhum interrogatório mais sério; se fosse bem-sucedido, como você mesmo disse, seria removido o único freio eficaz nas ambições e comportamento do cáiser. Seria irresponsabilidade de minha parte *não* considerar a possibilidade de tal coisa estar acontecendo!

— De fato, Mycroft — concordou Holmes —, a não ser por um fato característico: Dennis McKay, ou, mais propriamente, seu assassino. Se agentes alemães estivessem manipulando algum jovem e impressionável nacionalista de Glasgow cuja família fosse *conhecida* de McKay, você não acha que a trama teria sido descoberta pelo líder mais velho desse grupo, que vivia na mesma cidade e talvez conhecesse pessoalmente o rapaz, e comunicada à polícia, para que o movimento não fosse associado a um crime tão espetacular e impopular? Mesmo assim, Robert nos conta que McKay não foi assassinado por *nenhum* motivo relacionado a política ou vingança política.

Quando Holmes olhou para ele, Robert Sadler voltou a falar.

— Não, senhor. Meu irmão e lorde Francis decidiram se livrar de Sir Alistair e do Sr. McKay porque eles descobriram o que a gente fazia na ala oeste... Sir Alistair por acaso, durante a verificação que fez nos vários aposentos, e o Sr. McKay porque nunca acreditou que Sir Alistair tivesse sido vítima de um acidente, e continuava escarafunchando, mesmo depois de a polícia parecer prestes a desistir. Tanto lorde Francis quanto Will sabiam, por essa ocasião, que eu jamais me juntaria a eles em tais intuitos como assassinato, e que eu, de fato, teria tentado detê-los; portanto, providenciaram para que eu estivesse bem longe do palácio quando os atos foram cometidos.

Mycroft Holmes parecia cada vez mais descontente e pouco à vontade.

— É claro, Sherlock, que cada uma dessas considerações desempenharam algum papel em meu pensamento, mas, quando se fala na segurança da rainha, não se pode ser perdoado, creio eu, por erros causados pelo excesso de zelo.

— Talvez — retrucou Holmes de modo dúbio e, achei, um tanto mesquinhamente; e, ao fazê-lo, ele me lembrou novamente de como às vezes podiam ser simplistas as suas opiniões políticas. — Mas, perdoados ou não — prosseguiu ele —, continuam sendo erros, e não podem se tornar o fundamento para novos deslizes. Vamos simplesmente concordar que a política e a lealdade que cada um de nós deve à Coroa — e aqui ele disparou um olhar para Mycroft que revelou francamente o quanto atenuava o assunto, por causa do orgulho do irmão — cegaram você para os verdadeiros perigos e danos desta residência... e, agora, vamos concordar ainda mais, para eliminar a política de nosso plano para finalmente encerrar as carreiras criminosas de lorde Francis e Likely Will Sadler.

Mycroft fez um resoluto aceno afirmativo com a cabeça, colocando de lado seu cálice de xerez; e, sem demora, já havíamos de fato passado para a questão de qual seria o melhor modo de derrotar nossos inimigos.

A principal dificuldade que enfrentávamos era a de que ainda não tínhamos provas definitivas com as quais abordar a polícia local, a Scotland Yard, nem mesmo a guarnição do castelo de Edimburgo. Contudo, fizemos rapidamente essas abordagens: Holmes aventurou-se até a polícia local, enquanto Mycroft e eu subimos mais uma vez a Castle Hill, para entrar na possante fortaleza em seu cume. A nossa sorte ali foi como o previsto: minhas preocupações de que as atividades de Will e Robert Sadler haviam de certo modo sido toleradas, se não facilitadas, por membros da guarnição, eram compartilhadas pelo seu comandante, que não tinha nenhuma vontade de sondar mais fundo o assunto por "exceder sua autoridade" e envolver seu comando em algo que, no seu entender, eram questões de Holyroodhouse, algo claramente da alçada da polícia — sobretudo, de qualquer forma, quando a própria rainha se encontrasse em Balmoral. (Poderíamos, é claro, telegrafar para Sua Majestade e solicitar uma ordem real para a cooperação militar; mas, quando tivéssemos completado esse processo, o caso provavelmente já teria sido resolvido — de uma maneira ou de outra.) Em vez de aproveitar a sugestão, o comandante da guarnição nos encaminhou a essa mesma polícia; e foi essa a medida do quanto escasseavam as nossas opções táticas, já que nem Mycroft nem eu conseguimos pensar em outra coisa a não ser fazer o mencionado.

A viagem ao quartel-general das autoridades locais, a fim de oferecermos apoio ao nosso colega, foi, contudo, abreviada quando encontramos Holmes, de saída, o qual relatou as opiniões dos oficiais superiores daquela força no que dizia respeito à nossa decisão de deixá-los fora de nossas investigações e diligências. Quando tivéssemos alguma "prova verdadeira", Holmes fora aconselhado (uma prova não mencionada, mas claramente que não incluísse histórias contadas por um *gillie* ou supostas "amostras de cabelo"), essa reação seria, é claro, moderada; mas os oficiais tinham obrigações suficientes para cuidar na capital da Escócia (de modo algum suas próprias investigações sobre as mortes de Sinclair e McKay) sem tempo para perder indo atrás de homens que poderiam não estar peremptoriamente envolvidos no processo, ou mesmo, certamente, não mais em Edimburgo.

Por mais incrível que pudesse parecer, mesmo em retrospecto, o nosso pequeno grupo foi deixado sozinho para defender a própria vida, como também a honra de Holyroodhouse. Holmes e eu havíamos, é claro, enfrentado antes grandes obstáculos; mas os obstáculos naquela situação tinham dimensões que pareciam transcender noções usuais de extensão, e se esticavam para o passado — para a própria História.

Capítulo XIV

...E A BATALHA COMEÇOU

Quando Holmes, Mycroft e eu retornamos ao palácio, a escuridão caía rapidamente, tanto sobre o parque ao redor quanto sobre os nossos ânimos. Coube a Mycroft transformar o momento, com a tentativa de dispor a nossa pequena força em uma unidade otimista que poderia oferecer uma resistência cuidadosamente coordenada àquilo que, tínhamos certeza, seria uma tentativa de lorde Francis e Likely Will de recuperar, naquela mesma noite, seu tesouro arduamente (se bem que ilicitamente) obtido. Parecia agora fora de questão que era por esse motivo que lorde Francis não acompanhara Mycroft de volta ao palácio após o retorno da dupla de Balmoral: embora ele não pudesse ter conhecimento do quanto havíamos descoberto de suas atividades e das de seus capangas, o fato de saber que investigávamos mais do que apenas a óbvia explicação dos assassinatos de Sinclair e McKay fornecera dois motivos para sua fuga: para evitar detenção e para averiguar com Likely Will a capacidade de suas próprias forças. Mas a cristalização de nossa certeza com relação aos planos de nossos inimigos veio logo após nossa chegada de volta ao palácio, quando Robert Sadler fez uma referência quase inopinada ao fato de seu irmão, na noite anterior, ter averiguado as verdadeiras identidades minha e de Holmes, através do método que mais temíamos: traição no Roxburghe Hotel. Tão concentrado eu estivera na necessidade de subornar o recepcionista que esquecera redondamente que, embora eu tivesse feito amizade com Jackson, o barman, ele necessitaria de semelhante remuneração pelo seu silêncio; na falta desta, ele nos entregara sem mesmo perceber. Sadler achava que já devíamos saber disso, com base em nossa certeza de que Likely Will e lorde Francis tentariam arrombar e invadir; e, apesar de essa nova informação em nada ter afetado os nossos planos (tornando quase desprezível o fato de termos sabido disso com bastante atraso), tanto Robert quanto eu achamos difícil fugir de uma medida extra de responsabilidade.

Tendo unido forças, Likely Will e Hamilton pretendiam agora, quase certamente, partir contra nós o mais rápido que permitisse a proteção da noite, armados não com as ruidosas armas de nossa era, porém com o mais amedrontador batalhão de criaturas e artefatos que sabíamos que Will Sadler mantinha em sua coleção particular, todos passíveis de serem usados com grande efeito sem que a polícia na cidade jamais ouvisse um som. Hackett e Andrew foram, portanto, instruídos a proteger todos os portões da cerca de ferro que circundava o terreno interno do palácio com novas correntes e cadeados, cadeados dos quais nossos oponentes (esperávamos) não possuíam as chaves e talvez relutassem em destruí-los com cargas adicionais de algodão-pólvora e pólvora preta. O resto de nós, enquanto isso, preparava armas de fogo, armamento de mão, tochas e suprimentos médicos; e, ao fazermos isso, praticamente cada um de nós comentou (e penso que, em menor ou maior extensão, sentiu) que nossos esforços para preparar uma defesa efetiva da residência real contra um inimigo tão peculiar estavam de fato nos fazendo recuar no tempo... de volta à própria era da rainha escocesa e de David Rizzio.

Essa sensação foi ampliada quando Holmes novamente e de um modo muito mais enfático insistiu que nossos movimentos pelo palácio ficassem confinados aos aposentos internos cujas janelas davam para o pátio, em vez daqueles voltados para as ruínas da abadia e para os gramados: Holyroodhouse não fora projetado como uma fortaleza, disse ele, e as vastas, altas transparências de seus aposentos externos possibilitavam toda uma série por demais tentadora de alvos visíveis — sobretudo tendo em vista que as armas que em breve enfrentaríamos eram silenciosas, e não nos ofereceriam as habituais compensações defensivas modernas de clarões de boca de arma de fogo na escuridão, nos quais se podia mirar e atirar. Muitas cabeças assentiram, e solenemente, para esse sábio conselho; mas, como logo descobriríamos, nenhuma quantidade de preparação verbal, nem mesmo por parte de Holmes, seria de fato capaz de nos preparar para o primitivo ataque violento que viria.

Nosso treinamento começou logo depois; e a primeira lição foi por certo animada. Assim que nosso relógio transpôs a marca de três quartos de hora, a Srta. Mackenzie começou a manifestar medonhos sintomas de esgotamento nervoso: ela alegava que podia ouvir passadas, silenciosas mas intensas, reverberando pelo palácio. A princípio, quando o restante de nós lhe assegurou que esse fenômeno existia unicamente em sua imaginação, ela tentou se acalmar; mas, menos de meia hora depois, o som de vidraças sendo quebradas em um dos pequenos quartos do lado oposto à sala de jantar fez com que a noite voltasse a ser perfurada pela gritaria descontrolada da Srta. Mackenzie. Aliás, uma grita geral também emergiu do resto de nós; foi apenas com certo esforço que finalmente obedecemos às ordens de Holmes para permanecer em silêncio, e para apagar os lampiões e velas que queimavam sobre a mesa.

— Vocês podem achar tal disciplina exigente — sussurrou Holmes —, mas as nossas vidas agora dependem justamente desse autocontrole, em virtude de tentativas deliberadas de disseminar o pânico entre nós. — Suas sábias palavras tiveram o efeito desejado em todo o nosso grupo. Até mesmo a Srta. Mackenzie, embora emocional e nervosamente exausta por causa de dias de acontecimentos semelhantes, tentou superar o terror reavivado da forma mais árdua que seu coração permitia. — Hackett — continuou Holmes —, é melhor você vir comigo... e, se tiver algo como um pé-de-cabra e talvez uma talhadeira, seria bom trazê-los!

Hackett apanhou tais ferramentas, e então a dupla correu para o quarto em frente, o simples movimento de seus corpos no pequeno aposento quase imediatamente motivou mais estouros de vidro quebrado. Observando do vão da porta da sala de jantar, pude enxergar pelo menos um dos pequenos caixilhos de janela do outro lado, cuja grade se encontrava contra o céu agora iluminado pela lua; e, ao examinar a área, dei-me conta, com um sobressalto, do que estava acontecendo.

— Flechas! — gritei, ao observar uma dessas armas salientando-se da superfície de uma mesa no aposento que servia de alvo. — Holmes... Hackett! Em nome dos céus, tomem cuidado, pois o luar revelou a nossa posição ao arqueiro!

— Você está quase certo, Watson — veio a voz de meu amigo. — Não são, contudo, *exatamente* flechas, mas algo ainda mais mortal, e pelo menos uma delas carrega uma mensagem.

Fiquei um instante intrigado com a declaração, ouvindo, juntamente com os outros, marteladas e rangidos de metal contra madeira ecoarem fora do pequeno aposento. Então fiquei de guarda com um excelente rifle de caça Holland & Holland calibre 375 com mecanismo Mauser, enquanto os dois de nosso grupo que tinham ido ao corredor voltavam para junto de nós.

Em uma das mãos, Holmes segurava algo realmente semelhante a uma flecha, mas então percebi o que ele quis dizer sobre sua qualidade.

— Uma flecha de besta! — exclamei, pois se tratava disto: um míssil mais curto e mais grosso do que as flechas usadas em arcos compridos e curvos, porém mais eficazes, nesse caso, pois a potência muito maior de uma besta garantiria proporcionalmente maior precisão quando as flechas passassem por uma barreira como uma vidraça — afinal, se antigamente uma armadura medieval não conseguia resistir à sua força, que chance teríamos naqueles aposentos externos? Essa flecha em particular estava envolta no que parecia papel de carta, e, quando Holmes se sentou à mesa de jantar, reacendemos as várias fontes de luz e observamos enquanto ele cuidadosamente desenrolava o bilhete da haste.

— Seu irmão pode conhecer pouco de explosivos modernos, Robert — comentei —, mas sua habilidade com essas armas antigas é positivamente aterrorizante... não há menos do que cinqüenta metros até o portão oeste e, embora comparativamente poucas árvores prejudiquem sua linha de tiro, isso sem dúvida prejudicaria qualquer um com menor perícia.

— Sim, doutor — respondeu Robert Sadler. — Quando o Sr. Holmes diz que permanecer nos aposentos internos do palácio pode salvar as nossas vidas, ele não exagera: Will é capaz de cortar as asas de um pássaro canoro com aquela arma cruel. Eu já o vi fazer isso.

Enquanto Holmes lia o bilhete, que pareceu bastante curto, sua testa arqueou em confusão.

— O que foi, Holmes? — indaguei. — Uma exigência para a nossa rendição, sem dúvida.

— Era *isso* que eu esperava — retrucou Holmes num tom de voz calculadamente, comedido. — Contudo é um muito mais... *pessoal* do que isso. E completamente mais perverso... — Ele olhou de relance para a Srta. Mackenzie, cujas feições o terror voltara a inundar. — Sra. Hackett — pediu Holmes, ao perceber que uma crise se aproximava —, gostaria de saber se não poderia voltar à cozinha com a sua sobrinha...

— Não, eu não irei! — berrou a moça, saltando à frente com impressionante velocidade e arrancando o bilhete da mão de Holmes antes que este conseguisse protegê-lo dela. Ao olhar a coisa, ela recuou lentamente em direção à porta do corredor.
— Sim... — murmurou ela. — Sim, era o que eu pensava... não consigo suportar isso... mas ele quer me ter...

— Quem, minha cara? — perguntei, indo bem devagar em sua direção.

— Quieta, Allie, deixe a gente ajudar você — disse a Sra. Hackett. — Não há ninguém...

— Há, sim! — bradou a Srta. Mackenzie. — Eu alertei vocês de que o tinha ouvido! Ele está por aí de novo, não entendem? — Seu apelo foi algo terrivelmente desesperado de se ouvir, muito mais de se ver, pois todo o seu corpo começou a tremer violentamente enquanto falava. — Eu deixei o lugar em que devia ficar; eu o traí, e agora é *ele* quem vem...

— Não, Allie — disse Robert, tentando se aproximar e consolá-la. — Will não poderia ter se aproximado daqui sem que a gente soubesse...

— Não é Will — gritou a moça bem alto. — É *ele*... eu preciso voltar à torre, ele mandou que eu ficasse lá, talvez, se eu for, ele me deixe viver...!

— Não estou gostando disso, Watson — disse Holmes para mim, tranqüila mas urgentemente. — Não tem algo com que possa acalmá-la?

Sacudi a cabeça, sentindo-me completamente impotente; mas então avistei um aparador do outro lado da sala de jantar e, indo em direção a ele, falei:

— Um pouco mais de uísque, talvez, Srta. Mackenzie? Precisa experimentar... — Mas, enquanto eu servia a bebida e tentava levar o copo até ela, a moça só fez uivar mais alto:

— Não! Para início de conversa, foi assim que me convenceram a descer aqui! Eu preciso voltar, será que não entendem? Eu devia estar lá, e agora ele vem atrás de mim!

Vendo que a moça estava fora de si, Robert novamente tentou segurá-la com força pelos ombros — ela porém foi ainda mais rápida e livrou-se uma vez mais.

— Não, Rob... esse é um demônio que você não conseguirá afastar! — A moça continuou recuando em direção à porta. — *Pois ele nunca foi embora!*

Sem dúvida, foi o choque causado por essas palavras que momentaneamente enraizou o resto de nós ao chão; fosse qual fosse o motivo, a Srta. Mackenzie conseguiu subitamente sair correndo do aposento e disparar pela Grande Escadaria e além, sem que nenhum um de nós tentasse, a princípio, detê-la. Holmes então liderou a perseguição, e todos o seguiram rapidamente; antes, porém, que conseguíssemos alcançá-la, a moça já correra para o salão de recepção real mais a nordeste, um comprido e vasto espaço do lado externo do palácio, o qual — sobretudo por ser privado de iluminação interna, como todos os aposentos assim posicionados, por ordem de Holmes — exibia a meia distância, iluminada pela lua, uma normalmente excelente mas agora bastante temível visão, dos arcos góticos das antigas ruínas da abadia e da linha da cerca interna. A Srta. Mackenzie havia, era evidente, seguido para a ala oeste, na tentativa de voltar ao aposento no qual fora encontrada originalmente, antes que algo — algo visível, talvez, através da parede de janelas esquadriadas — a tivesse atraído àquela área bastante perigosa. E, quando continuamos nossa perseguição pelo aposento, logo notamos o que era esse "algo": justamente quando sua jovem forma ágil ficou silhuetada contra os caixilhos da janela e da abadia mais além, ela e o resto de nós olhamos acima, horrorizados, para o céu sobre as antigas ruínas.

Em meio à quase escuridão arremetia uma terrível visão: uma traçante bola de fogo, mais acima do topo do telhado do palácio, a princípio indistinguível na forma. Em pouco tempo, entretanto, quando sua ascensão atingiu o cume e ela começou a descer em nossa direção, a massa de fogo abriu-se, como se fosse uma enorme flor flamejante, e tornou-se reconhecível como a forma esticada de um ser humano. A visão era de fato horripilante, e igualmente fantasmagórica — contudo não tão efêmera para evitar que nos déssemos conta de que estava para romper através das janelas à nossa frente e incendiar o salão de recepção, a ala leste do palácio e talvez o prédio inteiro. Apenas essa possibilidade foi o suficiente para fazer a até mesmo corajosa Sra. Hackett gritar em coro com a Srta. Mackenzie, e para arrancar altas imprecações de choque e descrença de praticamente todos os demais presentes, inclusive eu; apenas Holmes e seu irmão permaneceram em silêncio: uma manifestação típica de sua idiossincrasia e imperturbável habilidade de concentrar suas mentes e formular planos diante das mais terríveis e desesperadoras situações. Todos nós nos preparamos para o que, tínhamos certeza, seria a devastação do terror flamejante, e Rob Sadler bravamente aproveitou a oportunidade para arremeter adiante e, por fim, arrancar a histérica Srta. Mackenzie da janela...

Então, tão rápido quanto surgira, o perigo pareceu passar. A bola de fogo chocou-se contra o muro externo logo acima da janela; e, embora esse fato fosse em si favorável e extraordinário, a colisão de um corpo contra a pedra foi acompanhado de uma série de sons repugnantes que reconheci como o rompimento simultâneo de um número incalculável de ossos humanos. Em um instante, a forma ainda em combustão caiu do ponto de seu impacto para o chão abaixo, enquanto Holmes nos conclamava a passarmos de nosso estado terrivelmente pasmado para a ação.

— Andrew... fique aqui, com as damas. Hackett... onde fica a escada e a saída mais próximas?

À guisa de resposta, Hackett mostrou o caminho tão apressadamente que deixou Mycroft bastante para trás de Holmes, de Robert e de mim mesmo, descendo uma oculta escada de serviço, acanhada e apertada, na parede oeste, e de lá para uma porta que dava para a área próxima às ruínas da abadia. Daquele ponto pudemos ver o terrível monte de carne queimada que se encontrava perto da parede externa do prédio, e todos corremos para ela sem um instante de hesitação. Se soubéssemos o que nos esperava, o nosso zelo talvez tivesse sido moderado; pois o corpo queimado no chão estava completamente irreconhecível e, por mais desagradável que possa parecer, de certo modo tais cadáveres parecem menos terríveis quando são de estranhos.

— Meu Deus! — exclamou Mycroft Holmes ofegante quando chegou perto de nós. — Doutor...quem... e *como*...?

Foi Holmes, porém, quem respondeu:

— O "quem" não é um grande mistério, Mycroft... observe a pronunciada saliência nasal. Trata-se, se não estou enganado, do seu homem da inteligência militar.

Eu cobrira a boca com um lenço, para poder respirar enquanto determinava o inevitável:

— De fato — declarei prontamente. — E ele está mais do que morto... quase todos os ossos de seu corpo foram fraturados no impacto. Ele deve ter atingido o muro com uma tremenda força... mas para se obter essa força, após o corpo ser impelido da linha leste da cerca...

— A mesma coisa, de maneira semelhante, esmagou o corpo de Dennis McKay contra as pedras das ruínas da abadia — retrucou Holmes. — E talvez ainda possa causar...

Holmes calou-se subitamente ao notar algo no morto.

— Watson — perguntou —, o que é aquilo em volta do pescoço dele?

Notei, em meio à carne e às roupas crestadas, que uma pequena mas pesada caixa de metal estava presa ao pescoço por um pedaço de corrente enegrecida.

— Parece ser um pequena caixa de munição — falei, usando meu lenço para soltá-la. — Tais recipientes são feitos para resistir ao fogo... talvez haja algo em seu interior.

— Não há a menor dúvida — afirmou Holmes, em desalentada expectativa. — Por que outro motivo usá-la?

Utilizando um canivete, consegui forçar a tampa da caixa para abri-la, e encontrei em seu interior, como havíamos suspeitado, um objeto que os nossos agressores evidentemente haviam pretendido proteger das chamas. Envolto várias vezes em trapos úmidos, tratava-se, de fato, de um outro bilhete; mas o propósito deste era terrivelmente pragmático.

— "Vocês todos viram agora o destino que os espera" — li em voz alta, os olhos acompanhando a caligrafia úmida mas clara. — "A morte terrível ou a loucura. Mas escapar é possível: tragam para nós, no portão oeste, o conteúdo da cama da rainha Maria. E não levem a sério todos os seus cadeados e correntes recém-instalados! Podemos lhes assegurar que tais insignificantes artefatos se mostrarão uma proteção inadequada contra..."

Posteriormente, presumimos que Likely Will Sadler estivera nos observando através de algum tipo de binóculo ou luneta, durante esse incidente, e que, de alguma forma, avisou aos seus aliados em outras posições, quando nos viu examinando o bilhete — pois, nesse exato momento, fui silenciado por uma repentina e terrível série de sons. Uma explosão ressoou na direção do portão oeste, reverberando através do palácio, do parque e da cidade adiante: exatamente o tipo de som que achávamos que nossos inimigos fossem espertos demais para arriscar, mas que a arrogância — ou, talvez, o desespero — os levara a tentar. Em seguida, uma série de gritos, até mesmo de vozes berrando, começaram a ressoar, uma após outra, nas pedras de Holyroodhouse: a primeira delas guinchava com uma súbita e intensa dor, a segunda urrava ordens indistintas, enquanto uma terceira simplesmente ralhava em meio a um pânico irracional.

Então, finalmente, paramos todos para ouvir, quando um novo som, muito mais familiar (para não dizer bem-vindo) se juntou à algazarra: vários apitos de policiais, seguidos pelo inconfundível vociferar de tiras em perseguição. Eles ainda não estavam perto — mas claramente se aproximavam, e rápido.

— Mantenha firme o seu rifle, Watson — ordenou Holmes. — Desconfio que esse corpo foi para desviar a atenção, a fim de que lorde Francis pudesse penetrar na área! Precisamos evitar que ele chegue à ala oeste! Mycroft... leve Hackett e Robert para a linha leste da cerca. Você precisa tentar argumentar com o seu irmão, Sadler, mas, acima de tudo, precisa detê-lo! A não ser que eu esteja muito enganado, vários de nossos relutantes amigos da polícia local decidiram, diante desses sons e visões, que a coragem é a melhor parte do juízo, quando se demonstra tão indiscutivelmente que os interesses reais correm risco. Pelo jeito eles chegarão à posição de nossos antagonistas no mesmo momento em que você, Mycroft, e, se assim for, deve argumentar com eles!

— Por que não simplesmente deixar que prendam esse sujeitos infames? — perguntou Mycroft.

— Porque Will Sadler não permitirá isso, como o próprio Robert sabe muito bem... ele possui uma terrível máquina de destruição, e poderá voltá-la contra a polícia...

— Sim, Sr. Holmes — disse Sadler, o terrível conflito devastando suas feições. — Mas, mesmo tendo feito o que fez, ele ainda é meu irmão. Vou fazer de tudo para me colocar entre e convencê-lo a se render, Sr. Mycroft... se conseguir que os guardas o levem com vida.

— Não sei se posso conseguir tal coisa, rapaz — respondeu Mycroft, começando a fazer seu corpanzil se movimentar na direção nordeste. — Mas tentarei!

Então, Hackett e Sadler seguiram Mycroft para dentro da escuridão. Eu, por minha vez, permaneci com Holmes, o qual, após vê-los irem, disse:

— Só espero que, pontuais como somos, tenhamos *tempo* suficiente, Watson! Vamos, depressa!

Segui meu amigo enquanto ele contornava correndo o canto sudeste do palácio.

— Holmes! — chamei, certificando-me de que havia carregado com munição o Holland & Holland. — O que quer dizer com "tempo suficiente"? Para evitar o quê?

— A morte da Srta. Mackenzie — respondeu meu amigo. — Lorde Francis pretende assegurar suas riquezas e evitar que a moça repita sua história... e ele já recrutou um aliado bastante confiável para o desempenho desse último detalhe!

À velocidade a que nos movimentávamos, a súbita pontada de fragilidade nervosa, provocada por esse comentário, que percorreu todo o meu corpo, foi aumentada enormemente, e eu quase cambaleei. Recuperando-me e voltando a correr, disse apenas:

— Não, Holmes! Não pretende persistir na idéia de que...

Holmes jogou a mão contestadora para trás, na minha direção, enquanto seguia ao longo do antigo muro.

— Agora não, Watson... diga o que quiser, mas, se não formos rápidos o bastante, David Rizzio intentará *alguma* forma de vingança contra alguém que é tão inocente quanto ele mesmo!

Quis prosseguir com a discussão; mas minha mente foi drenada de pensamentos coerentes pela visão quase incrível com a qual nos deparamos — ou, mas exatamente, que irrompeu na *nossa* direção — ao alcançarmos o canto sudoeste do palácio e, finalmente, enxergar o portão oeste. O portão propriamente dito estava incendiando; mas esse inesperado fenômeno nada era em comparação com a visão de ainda *outra* forma envolta em chamas. Esta ainda estava viva e arremessava-se loucamente pelo interior das destroçadas e entortadas barras de ferro fundido do acesso ao portão, produzindo terríveis gritos agudos, como se ele (ou seria ela?) tivesse sido expelido por aquele eterno inferno que assombra abaixo de nós.

Capítulo XV

ESTRANHOS FATOS NA ALA OESTE

Tanto Holmes quanto eu fomos mais devagar ao nos aproximarmos dessa infeliz criatura; e pude perceber que o fogo que consumia a parte superior de seu corpo e sua cabeça, junto com as mãos, era claramente de outro tipo químico, tão brilhante eram as chamas e tão grande era o seu calor. Preparei-me para entregar o meu rifle a Holmes e correr para ajudar a deplorável vítima — mas meu amigo me conteve por um momento.

— Você revelaria mais piedade, Watson — disse meu amigo —, e muito mais bom senso, se enfiasse uma bala na cabeça dele neste exato momento.

— Dele? — perguntei. — Você sabe quem é, Holmes?

— Alguém que não entendeu a natureza do aparelho explosivo com o qual ele destruiu o portão — retrucou Holmes.

— Do mesmo modo como não entendeu um artefato semelhante que jogou aos nossos pés, no trem.

— Lorde Francis! — falei. — Claro... Sadler misturou uma carga adicional com o algodão-pólvora!

— Sim... e nenhum dos dois fazia idéia do que estava desencadeando.

Empurrei o rifle para as mãos de Holmes.

— Preciso ajudá-lo.

Holmes segurou-me novamente.

— Ácidos nítrico e sulfúrico, Watson... ele estará morto antes que o alcance, e você só conseguirá se ferir.

Libertei-me de seu aperto.

— Eu sou médico, Holmes. Você não deve me deter...

Embora Holmes tivesse desistido de sua tentativa de evitar que eu fizesse aquilo, sua análise da situação revelou-se bastante exata. Durante o minuto inteiro que levei para alcançar o homem, lorde Francis cambaleou no caminho de cascalho no interior do portão destroçado, ainda guinchando deploravelmente, agitando no ar as mãos em chamas e tentando apagar o fogo em seu rosto. Logo ficou evidente que o terrível calor chamuscava suas cordas vocais, pois os gritos se tornaram primeiramente roucos, e depois quase silenciosos; e, quando me aproximei dele, nada havia de reconhecível no sujeito, exceto suas roupas e dois olhos terríveis que me encararam, manifestando de imediato a terrível compreensão do que acontecia. Parei, tirei o paletó e pretendi pelo menos *tentar* abafar o fogo; mas outra expressão daqueles olhos cintilantes me disse que estes haviam, naquele mesmo instante, cessado de enxergar o que existia diante de si. Com uma terrível rigidez, lorde Francis Hamilton caiu para a frente, braços no ar, mãos e dedos dispostos como as garras características de vítimas de incêndio, os olhos e a boca escancarados. Ele caiu horizontalmente no cascalho e, à velocidade com que o fez, pôs um ponto final à maior parte do fogo químico, deixando apenas o mesmo terrível fedor de lã e carne queimadas que pairou pesadamente sobre o homem da inteligência assassinado.

Ao erguer a vista para o portão, vi que as chamas que, de modo semelhante, o haviam consumido, se apagavam repentinamente — e notei que dois rostos foram revelados pela redução da luz do fogo. As expressões dos homens eram parecidas em seu horror, embora não fosse horror do tipo paralisante: eles fugiram rapidamente, deixando-me imaginar para sempre se, de fato, eu os reconhecera como dois integrantes daquela alegre multidão de soldados beberrões com quem havíamos passado a noite anterior. Sempre preferi acreditar que me enganei; fosse qual fosse o caso, os vários policiais que logo apareceram do outro lado do portão, numa grande correria com os seus apitos estridulando, desviaram a minha mente da questão.

Após identificar o cadáver de lorde Francis para os policiais, deixei-os com o desagradável dever de vigiá-lo, enquanto eu voltava ao local onde deixara Holmes. Tudo o que encontrei ali, porém, foi o rifle que eu carregara. Olhando em volta e chamando o nome do meu amigo, subitamente tomei conhecimento de algo um tanto incomum na fachada da frente do palácio: movimento nas janelas da ala oeste.

No andar mais alto, nos aposentos da rainha escocesa, alguém arrancara as pesadas cortinas e as venezianas, revelando as janelas: e, através delas, consegui identificar perfeitamente em seu interior, à luz altamente errática de uma vela comprida e afilada, o inconfundível, se bem que oscilante, contorno da Srta. Mackenzie. Ela tinha as mãos juntas à frente, como se rezasse de pé; contudo, a maneira agitada como sacudia os braços e a cabeça, assim como movia a boca, sugeria algo muito diferente. Passou a recuar, cada vez mais perigosamente, em direção ao vidro das agora expostas vidraças da janela; e, enquanto eu, impotente, começava a minha hipnótica caminhada em direção à ala oeste (não sei o que pretendia fazer, pois, se ela caísse, eu não conseguiria deter a queda), esperava ver a seguir, é claro, a forma de quem a atormentava tão horrivelmente.

A figura, porém, permaneceu oculta de minha vista. A princípio, supondo ser Will Sadler e que este tentava manobrar a Srta. Mackenzie de tal forma para que sua queda parecesse suicídio, corri para vários pontos de observação no gramado, na tentativa de encontrar um no qual pudesse mirar o rifle no perseguidor da jovem Allie; nenhum ponto, porém, ofereceu uma vista melhor dos aposentos do que o primeiro. Então me ocorreu que disparar um tiro poderia ser muito arriscado: e se a pessoa que tentava subjugar a moça não fosse um inimigo? E se fosse Andrew Hackett — ou talvez até mesmo Holmes — tentando salvar Allie de sua própria histeria? Certamente, no entanto, nem Andrew nem Holmes continuariam a avançar em direção à moça se o seu recuo chegasse claramente a um local perigoso. Por fim, minha mente agitada voltou-se para a possibilidade (a mais apavorante de todas) de que a Srta. Mackenzie não recuava de modo algum de um verdadeiro perseguidor —

fosse amigo ou inimigo; talvez estivesse recuando de uma figura que era uma invenção de seu fragilizado sistema nervoso e sua horrorizada imaginação; um fantasma criado pela sua mente, mas um fantasma real, para ela, como costumam ser as visões para aqueles que ultrapassaram a mera histeria e a exaustão nervosa. Sim, disse finalmente a mim mesmo, enquanto seu "agressor" continuava imperceptível a partir do chão; era isso por certo o que estava ocorrendo...

Então uma das janelas de um aposento logo acima da entrada principal do palácio se abriu, lançando fora, em uma curiosa nuvem, um pesado cobertor, que ondulou na brisa e flutuou lentamente em direção ao chão. Observei-o fazer isso por um instante, então olhei de volta para a janela e vi:

Holmes.

— Watson! — gritou ele. — Acorde, homem! Reúna esses policiais... formem uma rede com a qual possam apanhar a moça, pois ele pretende jogá-la daquela janela e não conseguirei alcançá-la a tempo!

— Ele? — ecoei, aturdido. — Holmes, quem...?

— *Já*, Watson!

Consegui limpar a cabeça de perguntas e acedi, menos preocupado com explicações, finalmente, do que com a vida da moça em perigo, a qual, dentro de pouquíssimos segundos, *recuaria* diretamente através e para fora da janela, e não havia nenhum balcão ou terraço para apará-la, mas apenas uma queda direta e fatal até o caminho de cascalho abaixo da torre.

Os policiais, tendo ouvido a convocação de Holmes, correram em minha direção e, juntos, usamos realmente o cobertor para fazer uma larga rede debaixo da janela — e bem a tempo, pois, um instante depois, a Srta. Mackenzie gritou diante da terrível percepção de que recuara demais, e caiu com um forte estilhaçar através do caixilho da velha janela.

A moça arremessou-se em direção ao chão, onde eu, com a ajuda dos robustos policiais (os quais, com isso, fizeram mais do que compensar a recusa de seu comandante em nos ajudar mais cedo naquela noite), consegui apanhá-la no espesso e exuberante tecido do cobertor. Embora ficasse momentaneamente aturdida, um rápido exame nas condições da Srta. Mackenzie revelou que estava ilesa.

— Com todo o respeito, doutor — disse um dos guardas. — Ela é uma moça bem graciosa. O que pode tê-la levado a isso?

— Um medo que não sei como explicar — respondi.

— Ora... — fez outro dos homens. — Não há nenhum mistério nisso... é Allie Mackenzie, a garota de Will Sadler!

Seguiu-se uma concordância geral sobre essa questão, juntamente com declarações que revelaram ciência em relação à delicada situação da moça — sem dúvida o resultado de bravatas de bar por parte de Likely Will Sadler, em mais uma demonstração de seu sujo caráter.

Mais especulações a esse respeito foram interrompidas por Holmes:

— Watson! Suba pela escada em espiral. Vou bloquear a passagem oculta! Não desperdice um instante... e não se esqueça daquela arma!

Ele sumiu novamente antes que eu pudesse confirmar se alguém *havia estado* na torre com a moça; mas a possibilidade de capturar quem quer que fosse a parte ameaçadora deu uma nova determinação às minhas ações. Após instruir os um pouco desconcertados policiais para que cuidassem da Srta. Mackenzie, apanhei a Holland & Holland e segui rapidamente para uma antiguíssima porta — tão estreita que era preciso virar de lado para se passar por ela — na base da ala oeste. Ela só abriu com tremenda dificuldade e um enorme gemido; uma vez lá dentro, porém, descobri que estava a apenas poucos passos abaixo da base da escada de pedra em espiral. Subi-a rapidamente, o som de minhas botas na pedra ecoando por toda a minha volta — mas não tão alto que eu não conseguisse reconhecer, mais ou menos a meio caminho, que meus próprios passos eram respondidos por outros que se moviam na direção oposta. Supondo ser o ainda não identificado agressor da Srta. Mackenzie, parei e ergui o rifle, apoiando-me na parede de pedra da escada, a fim de mitigar a dor que o coice de uma arma de alta potência às vezes podia causar em meu ombro machucado.

Enquanto esperava, os passos que se aproximavam aumentaram de velocidade e comecei a ouvir leves murmúrios acompanhando-os. A princípio, achei que, fossem quais fossem, as palavras que o homem pronunciava, eram murmuradas indistintamente; em seguida, pensei que o rápido repique do som na escada curva causava sua incoerência; mas, finalmente, não pude escapar de uma conclusão muito mais óbvia: que o homem não estava, de fato, falando inglês.

Tentando ignorar essa ponderação — pois, nativo ou não, esse sujeito era certamente um aliado de Sadler e, portanto, devia ser tratado como um perigoso oponente —, esperei a chegada do vilão, mantendo as miras de ferro do rifle apontadas para o centro dos degraus. Desengatando o dispositivo de segurança da arma, esperei até o que se revelou ser uma figura baixa estar toda diante de mim — e então, quando estava para disparar um tiro, notei algo: embora eu conseguisse enxergar apenas uma silhueta, mesmo essa imagem limitada do homem revelava uma pronunciada massa de carne acima de seu ombro esquerdo; uma saliência que, em circunstâncias normais, eu não teria tido problemas para rotular como corcunda...

Fosse pelo reconhecimento horrorizado desse detalhe, ou pelo receio de que o sujeito escapasse, disparei rapidamente o rifle. O ruído produzido no interior daquele espaço de pedra confinado foi impressionante, uma violenta agressão aos tímpanos, tão dolorosa que chegou a ser quase insuportável — mas não tão incapacitante que, quando o homem se virou para subir de volta a escada correndo, eu não pudesse ouvi-lo gritar uma aterrorizada praga obscura. Não consegui identificar as palavras exatas — mas estas certamente tinham o inconfundível padrão de uma língua estrangeira, e de uma certa língua em particular: tratava-se de uma velocidade verbal semelhante a uma metralhadora Maxim que eu detectara apenas em uma determinada nação do sul da Europa...

— Errei — murmurei, não surpreso pelo fato, dada a precipitação com que havia disparado, mas, ao mesmo tempo, sem vontade de enfrentar a verdade do que eu ouvira e observara. O sujeito continuou a correr escada acima, e logo Holmes chamou lá do alto:

— Watson! Você está bem?

— Na medida do possível! — respondi, embora o coice do rifle tivesse enviado através de meu ombro um choque como uma ferroada. — Fique onde está, Holmes! Ele está indo em sua direção!

— Não — respondeu meu amigo. — Ele já está além de mim... mas eu o vi!

Então, ouvi múltiplas passadas, uma cacofonia de novos ecos e confusão. Fazendo careta e apertando o ombro, continuei apressado a subida da escada.

— Gaélico — murmurei para mim mesmo, enquanto corria. — Poderia ser gaélico...

E, de fato, o idioma que eu ouvira o fugitivo falar bem que *poderia ser* gaélico, pelo que eu conhecia dessa língua antiga — só que eu *sabia* que era falada em locais pouco conhecidos da Escócia, e não na urbana Edimburgo. Isso, porém, serviu como um meio de evitar mais considerações que já me ocorriam sobre o muito mais provável candidato, como também para afastar o pensamento da indesejável visão que ficara registrada em minha mente imediatamente antes de eu ter disparado o Holland & Holland. A aceitação da imagem tornava-se, porém, cada vez mais inevitável, e a peleja para evitá-la diminuiu enormemente a minha velocidade, até que por fim não consegui impedir uma parada completa. Encostando-me na parede da escada, deslizei para baixo pelos seus blocos de pedras a fim de descansar as pernas e recuperar o fôlego. Somente o som distante da voz de Holmes — ordenando que alguém parasse — despertou-me desse devaneio perturbador: levantei-me rapidamente e continuei subindo as escadas para o andar principal do palácio, arremessei-me pela Grande Galeria e chamei o nome de Holmes. Não recebi resposta, retornei à escada e a subi novamente, precipitei-me nos aposentos da rainha Maria e outra vez chamei Holmes — com crescente desespero, confesso. Contudo, permaneci sem resposta; e, no silêncio mortal daqueles aposentos paradoxalmente vivos mas completamente mortos, meus nervos (ou assim pareceu) começaram a me pregar peças: imaginei que ouvia música, um estilo incoerente de música, tocada por algum instrumento antiquado — e o som emanava, logo me dei conta, da antiga sala de jantar da rainha...

Aproximei-me desse local com grande hesitação; mas me aproximei. A visão da poça de "sangue perpétuo" próxima à sua entrada fez muito pouco para me dar ânimo; porém, rifle na mão, aproximei-me ainda mais do som da estranha música e, por fim, de sua pequena porta, olhei para o interior do aposento...

Holmes.

Ele estava sentado à velha mesa de jantar da sala, perto da janela através da qual a Srta. Mackenzie havia caído. Um antigo instrumento de corda repousava sobre um de seus joelhos, e várias partituras, sobre o outro. Ele parecia perdido num peculiar devaneio, e a esquisitice, tanto da cena quanto dos aposentos nos quais esta acontecia, teve, estranhamente, o efeito de libertar a minha mente do pensamento especulativo e também do medo: fui na direção do meu amigo como alguém atingido por um rápido soco.

— Holmes? — falei. — Está tudo bem?

— Watson! — exclamou ele num tom de voz cativantemente alegre; mas não se virou. — Sim, muito bem... e com você?

— Sim — respondi, pousando o rifle. — Mas... — Era difícil saber de que assunto falar: havia tantos que eu desejava evitar.

— E a Srta. Mackenzie? — perguntou Holmes, que não parecia compartilhar minha agitação.

— Desmaiada, mas vai se recuperar totalmente.

— Você e seus parceiros devem ser parabenizados por aquela ação. Vocês a executaram de modo impecável.

Tentei dizer algo, mas me descobri apenas assentindo. Então, ao olhar para as velhas paredes de madeira à nossa volta, subitamente resolvi perguntar:

— Não deveríamos falar com Mycroft e os outros?

Holmes deu uma risadinha.

— Creio que o meu irmão fará esse favor para *nós*, muito em breve. Consegui correr atrás do homem que perseguíamos até este aposento... Só posso supor que ele tentava recuperar o máximo possível do saque... e levar para os outros. Mas não tive esperanças de capturá-lo, pois é ágil como um macaco. Pude, porém, tomar a precaução de verificar a posição de Mycroft, antes de eu voltar aqui, através de uma janela da ala norte. Eles estão todos muito bem e, neste instante, vários policiais estão no encalço de Likely Will Sadler. Como também vasculham o terreno do palácio atrás do... *cúmplice* que você e eu chegamos tão perto de capturar.

— Ah — fiz, com um ruído, enormemente aliviado; pois parecia que não mais teríamos de discutir o assunto do sujeito misterioso (ou *seria* ele, de fato, tão misterioso assim?) que escapara de nós dois. — Então... o assunto está concluído?

— No que diz respeito a este palácio, creio que podemos afirmar que... sim. E não duvido muito que, em breve, nós dois seremos orgulhosos possuidores de elegantes alfinetes de gravata. A sua rainha ficará agradecida, Watson.

Ele continuou a dedilhar e brincar com o instrumento antigo, forçando-me finalmente a indagar:

— Holmes, o que *é* esta coisa?

— Isto? Não reconhece?

— Evidentemente que não.

— É um alaúde, Watson. O instrumento favorito dos menestréis medievais, entre outros.

— E que música é essa que tenta tocar nele?

Baixando a cabeça, Holmes ergueu a comprida tira de papel pautado.

— Isto... é bastante curioso. Uma transcrição manuscrita. Encontrei-a há pouco em cima da cama, junto com o alaúde. — Ele pareceu momentaneamente intrigado. — Entretanto, não os notei ontem à noite.

E assim, claramente satisfeito de, afinal, ter afinado o instrumento, Holmes recomeçou a tocar o alaúde, mantendo os olhos fixados à partitura. A princípio, a melodia pareceu obscura; mas, então...

Eu estava para dizer seu nome, quando Mycroft Holmes surgiu do lado de fora da porta do quarto.

— Sherlock! — exclamou. — E você também, doutor! Em nome dos céus, não acharam que deviam nos avisar de que estavam bem? E o que.... o que...

As palavras de Mycroft o acompanhavam enquanto ele olhava em volta e começava a compreender onde estava. Sua pesada mandíbula agitou-se ao mesmo tempo que assentiu várias vezes em profunda compreensão; então, lentamente se aproximou da porta baixa para a pequena sala de jantar.

— Bem — disse ele, a voz agora bastante controlada. — Estes são... os aposentos *dela*?

— São, Mycroft — gritou Holmes. — E, se não tomar cuidado, poderá enfiar o pé no "sangue que nunca seca". — Após o irmão ter executado a coisa mais parecida com um salto que permitia seu corpanzil, Holmes prosseguiu: — Ao que parece, foi tirado de um porco ou de outro animal doméstico, e já está aí há mais de doze horas... portanto, poupe-se da sujeira.

Mycroft continuou a olhar para o assoalho abaixo, franzindo um pouco a testa e estalando a língua.

— Está dizendo que foi por causa *desta* bobagem que tanto dinheiro mudou de mãos? Isso sem falar nas vidas perdidas de três homens bons, e que uma jovem honesta foi arruinada e quase levada à loucura?

— Não, não — refletiu Holmes, ainda consertando o alaúde, a música que produzia deixando-me menos tranqüilo a cada minuto que passava. — Todos esses episódios ocorreram, não por causa dessa poça, mas por causa destes aposentos e deste palácio... era o poder peculiar *deles* que transformava o sangue de um animal em algo mágico. Sombras em visões dementes. Vida em morte...

Mycroft aquiesceu em aparente concordância, então pareceu lembrar-se de algo:

— Por falar na moça — disse ele. — Que fim levou?

Apontei para a janela quebrada e os olhos de Mycroft se arregalaram.

— Não tema — apressei-me em dizer. — Ela está muito bem.

— Salva! — irrompeu Holmes. — Por Watson e a força policial local. Foi um feito brilhante, Mycroft... recomendarei todos ao reconhecimento real. Particularmente Watson.

— É mesmo? — disse Mycroft. — Bem, quero ser o primeiro a... Com os diabos, Sherlock, *poderia* desistir desse instrumento? Nosso trabalho ainda não terminou: Will Sadler continua à solta em algum lugar do parque, junto com sabe Deus quantos outros cúmplices!

— Não tema. Há apenas um. — Então, tão baixinho que seu irmão não conseguiu ouvir, acrescentou: — E não vamos pegá-lo... — De repente, Holmes parou de tocar o alaúde. — O instrumento antigo de Sadler — falou bem alto. — Vocês o guardaram?

As feições de Mycroft encheram-se de evidente decepção.

— Não conseguimos — respondeu. — Pensei que ele estivesse bem guardado, mas, de algum modo...

Holmes ergueu a cabeça, como se já esperasse essa notícia.

— De algum modo, foi misteriosamente incendiado e está queimando neste exato momento... — Em seguida, deu um suspiro resignado.

— Como você pôde saber disso tudo? — perguntou-lhe o irmão.

Holmes deu de ombros, voltando a atenção ao alaúde.

— É uma questão — disse ele — de se manter atualizado em relação aos acontecimentos da noite. Sem dúvida, Sadler despistou seus perseguidores e incendiou pessoalmente a coisa.

Mycroft não pareceu mais satisfeito do que Holmes com essa explicação forçada; mas então olhou novamente em volta do quarto, um pouco mais hesitante, e murmurou: — Só podemos especular.

— Que "instrumento antigo"? — perguntei. — Do que vocês estão falando?

— É verdade. Watson não o viu! — O ânimo de Holmes pareceu se avivar consideravelmente diante de minha ignorância, ou melhor, diante da perspectiva de colocar um fim nela: ele se levantou rapidamente, colocou o alaúde de lado e saiu do quarto. — Depressa, Watson! — ordenou, enfiando a partitura no peito de seu estonteado irmão. — Antes que a coisa toda queime!

Indo atrás deles, parei um instante quando vi Mycroft examinar a música.

— Doutor — disse ele, erguendo a mão enorme e segurando o meu braço. — Conheço meu irmão o bastante para detectar quando algo *é* significativo para um caso. — Estendeu a partitura. — O que *é* isto?

Por um momento, pensei bastante em como melhor narrar a história; mas, finalmente, tudo o que consegui dizer foi:

— Sr. Holmes... tem predileção por ópera italiana?

— Bem... tanto quanto qualquer um que trabalha em Whitehall, suponho.

Não foi a mais cabal das afirmações.

— Verdi? — inquiri mais além.

Ele sacudiu a cabeça.

— Histriônico demais para o meu gosto.

Empurrando de volta para ele a partitura, eu disse apenas:

— Se eu fosse você, continuaria assim — e então segui em frente.

Quando alcancei Holmes, ele estava a meio caminho de uma janela em outro quarto de dormir, na parte externa do palácio. Abrindo outra janela do quarto, adotei uma posição semelhante — e vi, a distância, um violento incêndio. Uma enorme estrutura semelhante a um guindaste, feita de fortes troncos e montada sobre uma base com rodas, estava em chamas logo adiante da linha da cerca interna; e, em volta dela, podiam-se distinguir vários policiais, os quais, tendo aparentemente desistido de qualquer tentativa de deter o fogaréu, andavam por ali e soltavam nervosas gargalhadas de medo da visão diante deles.

A cena lembrava imagens semelhantes de livros de gravuras de minha juventude e, ao me esforçar para colocá-las em um contexto, finalmente formei a idéia do que devia ter sido a estrutura.

— Holmes! — chamei. — É uma arma medieval de cerco, não é mesmo?

— Um *trebuchet*, Watson — gritou Holmes de volta, ao mesmo tempo que sentava um tanto perigosamente no parapeito da janela aberta. — Foi a minha primeira suspeita, quando ouvi falar das predileções de Likely Will... talvez você se recorde que, utilizando tais catapultas, os exércitos medievais eram conhecidos por lançar, em cidades que mantinham sitiadas, corpos humanos contaminados pela peste. Uma tática semelhante pareceu a única explicação possível para o mistério do corpo de McKay, sua posição e condição... e a Srta. Mackenzie, você deve se lembrar, confirmou que Sadler possuía tal aparelho. Todavia, fiquei contente em vê-lo, pois ele era uma das explicações mais incomuns que eu havia formulado!

— De fato — retruquei, notando subitamente que eu, como meu amigo, sorria diante da visão. — Mas faz bem ao coração vê-lo destruído, não é mesmo, Holmes?

— Certamente.

— Não deveríamos nos juntar à busca? Isto é, por Sadler?

Holmes apenas sacudiu calmamente a cabeça.

— A polícia provavelmente o encontrará... embora sem dúvida idiossincrático, Sadler não era a maior força maligna em ação aqui. Esta força estava corporificada em lorde Francis... se bem que, na verdade, há muita coisa nesse caso que desafia qualquer explicação simples ou criminal.

— De minha parte, não terá nenhum argumento, Holmes.

O meu amigo ergueu a vista, batendo a mão no joelho.

— E agora, talvez nós... *Watson!* — Subitamente, seu rosto tornou-se horrorizado. — *Cuidado, homem!*

De algum lugar do canto esquerdo do olho do mesmo lado, detectei um objeto que se aproximava velozmente e, por instinto, recuei para o interior do aposento. No instante em que fiz isso, os tímpanos ainda doloridos de meu ouvido, mais uma vez, quase se rompem por causa do guincho de uma ave de rapina furiosa e obviamente desnorteada: de fato, tratava-se de um enorme milhafre, que arrastava duas compridas correias de couro em suas garras estendidas. Estas últimas eram afiadas lâminas de dissecação com as quais a ave, evidentemente, tentara me desfigurar como o fizera antes com Hackett: o aviso de Holmes fora suficiente para me alertar e me poupar daquele destino — mas meu coração e meu sangue dispararam.

— Maldita seja! — bradei, ao olhar em volta e me dar conta de que deixara o Holland & Holland na sala de jantar. — Se ao menos eu tivesse me lembrado do rifle...

Holmes soltou uma única gargalhada.

— Quer dizer que agora afirma ser um perito atirador capaz até de derrubar uma grande ave com uma única bala e no escuro?

Enfiei de volta a minha cabeça para fora da janela, um tanto cuidadoso, a tempo de ver o reconhecidamente magnífico caçador aviário deslizar para longe no céu enluarado, distante do fogo, do palácio e, provavelmente, do severo dono que com tanta crueldade o arrancara do agreste, abatendo, se bem que uma única vez, seu orgulhoso espírito.

— Não, Holmes. Não afirmo... e, aliás, estou contente por essa pobre criatura ter escapado.

— Que isso seja o símbolo deste caso, Watson — refletiu Holmes, quando o pássaro gritou uma última vez. — Se, aliás, necessita de um. Um nobre, ainda que feroz, espírito, curvado a propósitos inaturais, abomináveis, de uma mente humana depravada, retornou ao mundo elementar a que pertence, um mundo onde vida e morte podem novamente fazer uma espécie de sentido natural que nós, seres humanos civilizados, nem esperamos compreender. — Holmes manteve os olhos fixados no gavião que desaparecia. — No mínimo, aprendemos uma lição neste lugar e, com isso, se tivermos sorte, seremos poupados de outro semelhante...

Capítulo XVI

CREPÚSCULO EM BAKER STREET

O resto de nossa estada na Escócia pareceu uma época distante daqueles poucos e perigosos dias em Holyroodhouse. Chamados a visitar Sua Majestade em Balmoral, Holmes e eu achamos que, antes, devíamos fazer todo o possível para ajudar a polícia a prender os fugitivos remanescentes. Confirmando a previsão de Holmes, Will Sadler foi logo capturado, ao tentar sair do país por mar; e, ao ser levado ao tribunal, o homem tentou se retratar como um inofensivo peão de um maligno fidalgo, uma tática que, na Escócia, em geral se podia contar que produzisse uma reação compreensiva dos tribunais e do público; mas não nesse caso. Furioso por Sadler ter tão descaradamente manipulado uma de suas mais antigas lendas e superstições, o povo de Edimburgo exigiu justiça severa para o criminoso. A afabilidade de Likely Will e sua amizade com muitos dos soldados da guarnição do castelo, bem como sua parceria com garçons de hotéis por toda a cidade, foram esquecidas (para grande alívio desses homens) e, finalmente, foi-lhe dada a chance de sentir o que a rainha Maria sentira outrora: o terror de uma longa caminhada matinal em direção a um solitário local de execução.

Contudo, com relação aos comparsas, Sadler recusou-se até o fim a mencionar qualquer um, mesmo quando lhe foi dito que isso poderia levar à atenuação de sua sentença. Talvez, no final das contas, ele quisesse proteger o irmão; talvez até mesmo tivesse uma idéia deformada de honra; ou talvez, como sempre achei, ele tenha levado consigo para a sepultura as histórias que, antes de mais nada, pertenciam àquele lugar...

Seja como for, um tipo completamente diferente de destino aguardava Robert Sadler. Holmes, Mycroft e eu cuidamos para que os fatos do que ocorrera no palácio fossem organizados de tal modo que, quando relatados à polícia, a corajosa mudança de opinião de Robert fosse reconhecida e recompensada, ao mesmo tempo que qualquer cumplicidade anterior nas apenas fraudulentas (ao contrário das criminosas) tramas de lorde Francis fosse omitida. Como resultado, o único "castigo" de Robert foi ter permissão de acompanhar a Srta. Mackenzie de volta à região lacustre ocidental de sua juventude, onde, podíamos apenas supor, o casal acabaria um dia por se casar tranqüilamente, assim que a notável moça tivesse se recuperado de sua provação — e desse à luz ao seu filho, cuja paternidade Robert tanto aceitou como exaltou. Por ocasião da partida do casal de Holyroodhouse, a Srta. Mackenzie já estava bem adiantada em seu estado interessante: a centelha característica se reacendera em seus olhos e, confesso, para a inveja de um homem mais velho da boa sorte de Sadler — embora "sorte" tivesse muito pouco a ver com a questão, pois ele trabalhara arduamente e arriscara tudo para merecer a confiança e o afeto da Srta. Mackenzie.

Ambos os irmãos Holmes recorreram novamente à utilização de toda a força de suas personalidades e reputações quando o pai de lorde Francis, o duque de Hamilton, apareceu prontamente e, com indignação, tentou assumir o controle pessoal dos negócios da família em Holyroodhouse. Juntos, Holmes e Mycroft bloquearam as tentativas talvez compreensíveis mas não menos arrogantes do duque de reapresentar a história de acontecimentos recentes como meio de desacreditar narrativas desonrosas sobre o infame comportamento de seu filho, e para deter seus convergentes e do mesmo modo injustos esforços em colocar a culpa em Hackett e sua família por permitirem que a disciplina no palácio se dissipasse ao ponto do caos. Mycroft pensara, se necessário, em recorrer à Sua Majestade em relação a essa questão, mas, no final das contas, não o fez: tanto a imprensa escocesa quanto os amigos de Dennis McKay do Partido Nacionalista Escocês se revelaram valiosos aliados e, sob toda essa pressão combinada, o duque enfim (se bem que repentinamente) se lembrou das obrigações de sua posição: cortesmente, abandonou suas atividades, recompensou a família Hackett pela sua lealdade e satisfez-se em ter o nome de seu filho omitido durante o julgamento de Will Sadler.

Foi, portanto, com todas as questões bem acomodadas que os Holmes e eu finalmente partimos para as Aberdeenshire

Highlands, um lugar cuja beleza, para este plebeu, era de fato comovente, embora meus companheiros não tivessem parecido tão impressionados. Não descreverei em detalhes o que ocorreu na obra-prima gótica vitoriana que é o castelo de Balmoral, pois palavras são inadequadas à ocasião; e, mesmo que conseguisse encontrá-las, Mycroft (que conhece a minha propensão a registrar os detalhes de minhas aventuras com Holmes) aconselhou-me que era melhor deixar os detalhes íntimos do funcionamento da residência real de fora de relatos sobre assassinatos e maldades, e aceitei com prazer essa repreensão. *Direi*, porém, sem qualquer condescendência, que Sua Majestade revelou real e grande interesse em nossas perigosas aventuras, como também preocupação; e que, em particular, ela desejava muito saber se tínhamos visto ou ouvido algo que pudesse lançar luz a respeito da antiga lenda sobre um espírito vagante no palácio. Fossem quais fossem as respostas francas que Holmes e eu tenhamos tentado dar, estas foram habilmente contrariadas por Mycroft — e posso relatar, além disso, que a notável afirmação anterior de que seu irmão desfrutava completa informalidade na presença da rainha foi totalmente demonstrada: embora nunca tire vantagem disso, quando está ciente da presença de outros, certa ocasião avistei Mycroft sentado com Sua Majestade no banco de um dos jardins do castelo — e, se a dupla fosse um casal mais velho no Hide Park, não poderia parecer mais completamente à vontade.

Durante os vários dias de pesca de truta e salmão que se seguiram à nossa audiência, Holmes e eu tivemos uma enorme sorte, pois os riachos e lagos pertencentes ou adjacentes às várias residências reais da Escócia encontravam-se bem supridos e povoados, e o nosso desejo de uma recreação simples era quase inexaurível. Durante esse período, não falamos sobre a nossa aventura em Holyroodhouse, além de referências ocasionais e sem importância, perpetuando, desse modo, um dos mais estranhos hábitos humanos que, durante o curso de minha vida, estive em posição de observar: quanto mais notável e mesmo inacreditável a série de acontecimentos vividos por uma determinada dupla ou um grupo de pessoas, menor é a necessidade sentida de se falar a respeito dela. Alguém pode pensar que a total inexplicabilidade de tais questões praticamente *exigiriam* uma conversa; contudo, é essa própria condição que torna a conversa desnecessária. Pois há, no final das contas, pouco ou quase nada a dizer sobre tais confrontos ou acontecimentos: cada um de nós viu o que viu, ou acreditou que viu, e a argumentação ou o debate, a análise ou a conjectura, cada um e todos exigiriam mais provas — mas estas, se Deus quiser, nunca obteremos.

Resta, no entanto, um pequeno pós-escrito à questão do secretário italiano. Não muito tempo após Holmes e eu termos retornado à Baker Street e retomado aquela rotina que, quando se vivia no notável mundo de Holmes, se passava por "normal", estávamos, certa noite, em nossa sala de estar, lendo a última edição dos jornais e fumando furiosamente. Era um hábito de Holmes somente com relutância se entregar à inatividade após um importante (para não dizer arrepiante) caso; e eu lhe prestava a assistência possível na missão de encontrar um novo caso criminal no qual ele pudesse fixar suas ativadas energias mentais. As coisas, porém, eram lentas, e as recompensas, poucas e frustrantes; e quanto mais lentas e mais frustrantes as coisas se tornavam, mais os nossos apetites para o tabaco pareciam aumentar, até, novamente, descobrirmos que havíamos queimado os estoques de ambos. Ofereci-me para fazer o caminho até o tabaqueiro, na esperança de evitar outro infeliz conflito entre o meu amigo e a Sra. Hudson; e, ao apanhar o meu paletó e já ir saindo da sala, Holmes, jocosamente, sugeriu que eu me poupasse de uma caminhada mais longa comprando qualquer tabaco minimamente decente que a lojinha de miudezas do outro lado da rua oferecesse naquela noite.

Embora eu risse dessa sugestão e a descartasse, descobri que, ao sair para o crepúsculo outonal da Baker Street, senti um estranho desejo e até mesmo um impulso de atravessar a rua e passar pela lojinha. Não tinha a intenção de entrar; pensava, no máximo, cumprimentar o dono e passar direto, embora não saiba dizer, mesmo agora, por que essa idéia tomara conta de mim.

Ao atravessar a Baker Street, penetrei nas sombras projetadas por vários prédios; e meus olhos, acostumados à luz solar da qual eu acabara de vir, precisaram de um momento para se ajustar ao que parecia, em comparação, uma quase escuridão. Ao seguir na direção da loja, naquele estado, olhei em direção à sua entrada...

E parei subitamente. Adiante de mim, caminhando sem rumo diante da porta da loja, estava (ou assim pensei) uma menina de cabelos dourados (ou era simplesmente a luz do outono que os tornava assim?) e um rosto que era o retrato da inocência. O modo como estava vestida, não sei dizer; mas, na ocasião, pareceu-me que usava uma espécie de roupa esvoaçante, como uma delicada camisola de criança, e que, em suas extremidades, essa roupa quase desaparecia nas sombras abaixo do prédio. Tive a idéia de que ela cantava baixinho para si mesma, embora eu não ouvisse nenhum som; e, ao prosseguir lentamente o meu caminho, meu coração começou a bater muito mais depressa do que o fazia durante qualquer encontro semelhante com uma criança. Então a moça ergueu a vista diretamente para mim.

Com uma lamentosa, quase triste expressão em seu rosto jovem, impeliu-me para o interior da loja, na qual ela mesma então pareceu entrar.

Agora muito distante do pensamento racional, avancei e rapidamente a segui aonde eu acreditava que a moça se dirigira. Ali, encontrei o proprietário atrás do balcão baixo de vidro, ele mesmo lendo atentamente um jornal em língua estrangeira. Ergueu a vista, sorriu largamente, e cumprimentou-me com a agradável expressão que era de seu hábito...

Mas não havia sinal da moça em nenhum lugar da loja.

— Bem, doutor — disse o punjabi —, o que posso fazer pelo senhor nesta excelente noite?

Não consegui pensar numa resposta, mas continuei a procurar pela loja, cada vez com mais insistência.

— Doutor? — repetiu o homem. — Sente-se bem? Procura por algo em particular?

Ergui um dedo e apontei em redor do aposento bem abastecido, tentando desesperadamente encontrar a minha voz.

— Necessita de ajuda médica, doutor? — perguntou o proprietário, o alarme agora tomando conta de sua voz. Ele contornou rapidamente o balcão e se pôs a meu lado. — O senhor está doente?

Sacudindo repetidamente a cabeça, por fim consegui falar:

— Alguém... alguém não acabou de entrar aqui?

Tão logo as palavras saíram de minha boca, a expressão do proprietário mudou — lenta, a princípio, mas notadamente.

— Alguém? — perguntou. — Quem?

— Era... — Senti uma certa relutância, mas meu medo levou a melhor. — Era uma menina... ela estava parada lá fora, ainda há pouco...

E isso foi o bastante. O rosto do dono da loja perdeu todo o senso de solidariedade, e ele abanou a mão na minha cara, e disse severamente:

— Não. Não, não, não, doutor! Por favor! — Indicou-me a porta. — Por favor, senhor, deixe a minha loja... isso não é digno de um homem respeitado como o senhor!

— O quê? — balbuciei. — O que quer dizer com isso?

A conduta do homem permaneceu inflexível.

— Isso é brincadeira de crianças, doutor... e elas prejudicam o meu negócio! Como pode participar de uma coisa dessas?

Eu começara a emergir de meu torpor o bastante para entender o que ele dizia — e, subitamente entender que de fato o aborrecera bastante. Contudo, não pude evitar insistir uma última vez:

— Mas... ela estava aqui! Ela me acenou...!

— Não, senhor! Por favor, não tolerarei isso! Saia, senhor... imediatamente!

Enquanto os meus sentidos se ajustavam por completo ao momento e à situação desagradável, o choque e o medo que sentia começaram a diminuir, para serem substituídos por constrangimento e solidariedade.

— Eu devo... Deve ter sido na casa ao lado...

A conduta do homem abrandou tão rapidamente quanto endurecera.

— Ah. Sim... bem, é claro, doutor, *há* de fato uma mocinha no prédio ao lado.

Eu sabia disso: eu sabia disso quando fiz a minha última declaração. O único problema era que a menina da casa ao lado tinha apenas uma leve semelhança com a tal que eu vira. Se bem que, naquela estranha iluminação...

— Lamento muito — prossegui, recuperando a compostura. — Não pretendi incomodá-lo. Sei que tem tido... dificuldades.

— Sim — volveu o homem, conseguindo até mesmo rir —, e pensei que o *senhor* tivesse ingressado nas fileiras dos arruaceiros!

— Perdoe-me — falei, tentando ajustar-me à sua alegria.

— Não fale mais sobre o assunto, doutor! — disse ele. — E eu não falarei. Toda essa bobagem... espíritos infelizes... Estou aqui há muitos anos, doutor, e nunca vi coisa alguma. Para um povo poderoso, vocês, ingleses, são muito supersticiosos... não que eu pretenda desrespeitar os espíritos dos mortos! Bem... o senhor precisa de alguma coisa?

Rapidamente concluí que uma compra talvez remendasse a situação.

— Tabaco... o mais forte que tiver. E levarei todo o que puder me fornecer.

— Ah! O senhor e o Sr. Holmes estão num trabalho árduo, hein? Arrisco afirmar que não dirá a *ele* que viu uma "menina fantasma", doutor!

Isso provocou no sujeito uma boa gargalhada e, quando parti, já éramos novamente velhos amigos. Apanhei o meu pacote, recebi suas calorosas saudações e voltei para a rua; então, enquanto observava o tráfego que se aproximava, olhei acima, de relance, para as janelas de nossa sala de estar...

E seria capaz de jurar que tivera um rápido vislumbre de Holmes subitamente se afastando da janela que proporcionava uma melhor visão da lojinha.

Ao chegar de volta à nossa sala de estar, entretanto, ele estava exatamente onde eu o deixara: lendo com atenção os mesmos jornais, sentado na mesma poltrona. *Teria* ele visto o que acontecera do outro lado da rua? Uma parte de mim desejou muito saber, embora a outra desejasse esquecer inteiramente o assunto do mundo dos espíritos, para evitar mais constrangimentos de qualquer espécie.

Então coloquei o pacote de tabaco sobre a mesa que continha os jornais, tirei novamente o paletó, e passei a rolar as mangas da camisa e encher o meu cachimbo sem nenhum comentário. Enquanto eu fazia isso, Holmes aproveitou a oportunidade para dizer, num tom de voz bem solidário e tranqüilo:

— Você me perguntou, certa vez, Watson, se eu falava sério ao dizer que acreditava em "fantasmas"... a idéia deixou-o tão perplexo, de fato, que você não levou em consideração a verdadeira afirmação que eu havia feito. — Enquanto continuava a falar, Holmes enchia o próprio cachimbo com o novo tabaco e o acendia. — Minhas verdadeiras palavras foram "eu tenho uma crença total no *poder* dos fantasmas". Talvez você possa perguntar, um tanto convenientemente, se qualquer diferença alegada entre as duas não passa de um jogo de palavras. Mas não é. No estudo do crime, Watson, como no estudo de *qualquer* disciplina, ocorrem fenômenos que somos impotentes para explicar. Dizemos a nós mesmos que algum dia a mente humana *irá* explicá-los; e talvez explique. Mas, por enquanto, a natureza inexplicável desses fenômenos lhes dá uma extraordinária força... pois levam o comportamento individual de pessoas, como também de municípios, metrópoles e nações, a se tornar apaixonado e irracional. Isso, de fato, é poder: e o que tem poder, devemos admitir, tem veracidade. Isso é real? A pergunta é errada e, na verdade, irrelevante... real ou não, isso é um *fato*.

Holmes levantou-se, a cabeça cercada por fumaça que parecia ter uma espécie de solidez, e aproximou-se novamente da mesma janela.

— Nós acreditamos; agimos adequadamente; outros nos dizem que nossas crenças são falsas; entretanto, como podem ser, se essas crenças nos têm convencido, às vezes muitos de nós, a alterar nosso comportamento? Não, Watson, não podemos questionar o que motiva a atividade humana, sobretudo o que motiva tal atividade em conseqüência das coisas que testemunhamos recentemente. Será que os fantasmas, até mesmo os deuses, são reais? Não sabemos; mas são poderosos fatos de relacionamento humano. E desse modo...

Ele indicou com o cachimbo a loja do outro lado da rua.

— Você *viu* aquela menina brincando do lado de fora da loja antes de entrar? Se acredita que viu, o seu comportamento será para sempre alterado; se optar por não acreditar nisso e achar que ela entrou em algum outro prédio, então o mesmo efeito é produzido, embora em conseqüência de coisas diferentes. Mesmo negando inteiramente o encontro, você lhe dará veracidade. Entretanto, isso permanecerá um fato; aliás, é o *único* fato que diz respeito à questão que jamais será realmente importante, para você, como também para aqueles que são seus colegas e amigos, cujo comportamento o *seu* comportamento deve influenciar. Em conseqüência, a questão de a menina estar ou não ali significa quase nada. Baker Street é Baker Street em parte por causa dessas histórias. Elas podem não ser verdadeiras; mas, como a rua em si, elas são fatos...

Repentinamente, Holmes virou-se, afastou a fumaça de perto de sua cabeça, ao mudar de propósito a seqüência de pensamentos e da conversa, e então colocou o cachimbo de volta na boca e a mão no quadril.

— Pois bem, velho amigo! Com essa reconhecidamente humilde teoria em mente... vamos ver se conseguimos localizar um criminoso que aja exclusivamente no reino dos fatos *materiais*. Nesse momento, parecerá, de certo modo, uma incumbência tranqüila e revigorante.

E, dito isso, voltamos a nossa atenção aos jornais, prontos novamente para trabalhar.

Posfácio

"Dr. Kreizler, Sr. Sherlock Holmes..."

por
Jon Lellenberg

Talvez a mais famosa apresentação de uma personagem literária a outra, em língua inglesa — sem falar nas incontáveis outras línguas para a qual a obra foi traduzida — aconteça no primeiro capítulo de um romance inglês de 1887, *Um estudo em vermelho*, de um então desconhecido escritor britânico.

— Dr. Watson, Sr. Sherlock Holmes — anunciou Stamford, apresentando-nos.
— Muito prazer — disse ele cordialmente, agarrando minha mão com uma força da qual não o julgaria capaz. — Vejo que você esteve no Afeganistão.
— Como, diabos, soube disso? — perguntei, pasmado.
— Não importa — respondeu ele, rindo para si mesmo.

A cena era uma confluência de médicos, e muito intencionalmente ocorreu em um cenário científico, o laboratório de química do grande St. Bartholomew's Hospital de Londres (durante muitos anos, houve uma placa de bronze no local para celebrar esse evento). John H. Watson, o narrador, era um médico recém-retornado de serviço junto ao Exército Britânico durante a Segunda Guerra Afegã. Stamford fora seu assistente de cirurgião no hospital antes da guerra. O próprio criador desses personagens, Arthur Conan Doyle, era médico. O terceiro personagem nessa cena, como o tempo mostraria, não era médico. Mas, se Sherlock Holmes não era médico, Conan Doyle baseara o método dedutivo de Holmes em um dos seus professores de Medicina da Universidade de Edimburgo, o Dr. Joseph Bell, cujos poderes de observação e de dedução o tornaram perito em diagnósticos.

Como os colegas escoceses de Conan Doyle devem ter murmurado para si mesmos na época, foi uma abordagem bastante sagaz. Com exceção das histórias pioneiras de Edgar Allan Poe sobre Auguste Dupin de Paris, como recordou muitos anos depois o Dr. Conan Doyle, a maioria dos detetives de ficção contemporâneos chegavam a seus resultados por acaso ou por sorte. Insatisfeito com isso, ele decidira, disse, criar um detetive que lidasse com o crime como o Dr. Bell lidara com a doença, o que, em suma, significava a aplicação do método científico à detecção do crime. Isso, com certeza, era um novo conceito em 1887, mas funcionou, primeiro na ficção e depois na prática, com a vida imitando a arte como acontece com freqüência quando a arte em questão é uma obra de gênio.

E, embora Sherlock Holmes não fosse médico, Conan Doyle deu-lhe uma boa cota de informação médica e todos os traços característicos do moderno método científico, como ele o entendia, do que chamava de "a muito austera escola de pensamento médico" na qual ele mesmo fora instruído. Enquanto se dirigia para apresentar Watson a Holmes, Stamford, referindo-se a este, conta ao seu velho amigo que Holmes:

> é muito versado em anatomia, e é um químico de primeira categoria; mas, que eu saiba, nunca freqüentou um curso médico normal. Os seus estudos são muito irregulares e excêntricos, mas ele acumulou uma quantidade de conhecimentos incomuns que espantaria seus professores... Holmes é um pouco científico demais para o meu gosto — chega perto da insensibilidade. Posso imaginá-lo dando a um amigo uma pitada do mais recente alcalóide vegetal, não por maldade, entenda, mas só pelo desejo de investigação, para ter uma idéia exata dos efeitos. Para lhe fazer justiça, acho que ele próprio consumiria a pitada com a mesma presteza. Parece ter uma paixão pelo conhecimento científico exato.
> — Com toda a razão.
> — Sim, mas pode ser excessiva. Quando envolve bater com uma vara nos cadáveres da sala de dissecação, essa paixão está certamente tomando uma forma um tanto esquisita.
> — Batendo nos cadáveres!
> — Sim, para ver até quando é possível provocar contusões depois da morte. Eu o vi com meus próprios olhos.
> — Ainda assim diz que ele não é estudante de medicina?
> — Não. Sabem os céus quais são os objetivos de seus estudos! Mas chegamos, e você deve formar a sua própria impressão sobre ele.

Eles alugaram quartos juntos na Baker Street 221B, mas como um perfeito profissional e cavalheiro vitoriano, Watson era educado o bastante para perguntar ao colega inquilino qual era o seu meio de vida; portanto, suas impressões sobre Holmes, após terem morado juntos durante algum tempo, o deixavam perplexo. Em uma lista intitulada "Sherlock Holmes — seus limites", Watson recorda que Holmes era completamente ignorante de humanidades; seu conhecimento de botânica era "variável" e o de geologia, "prático, mas limitado"; seu conhecimento de química era de fato "profundo", mas o de anatomia era, no máximo, "exato, mas sistemático". Holmes tinha um bom conhecimento prático do direito inglês, era um ótimo praticante de luta com bastão, boxe e esgrima, e tocava bem o violino. Tudo isso deixou Watson perdido; e foi preciso que Sherlock Holmes lhe informasse, após Watson zombar de um artigo sobre "a ciência da dedução e da análise" que, revelou-se depois, o próprio Holmes escrevera, que ele era um detetive-consultor, "se é que consegue entender o que é isso".

Sherlock Holmes pode ter sido o primeiro detetive dessa espécie no mundo, como afirmava, mas na Londres dos anos 1880 havia, como ele salientara para Watson, "uma porção de detetives do governo e uma porção de particulares". Entretanto, o curioso e intrigado Watson malogrou em fazer a ligação. Claro, a aplicação de ciência à detecção criminal era algo novo. Mas o que teria feito a ficha cair para o Dr. Watson, juntamente com outros indícios dos limites de Holmes (por exemplo, "conhece a fundo beladona, ópio e venenos em geral"), foi mais um item dessa lista: "Conhecimento de literatura sensacionalista — imenso. Parece conhecer cada detalhe de todos os horrores perpetrados neste século."

"A importância disso não deve ser exagerada", escreve Caleb Carr, autor de *O secretário italiano*, em uma contribuição de não-ficção, em algum lugar de uma futura coleção de histórias de Sherlock Holmes de autoria de escritores policiais: "Era na literatura 'sensacionalista' o lugar mais provável onde alguém poderia encontrar, na sociedade inglesa do final dos anos 1880 e início dos 1890, muitos estudos espetaculares porém semiespecializados que hoje em dia seriam classificados como 'psicologia forense'."* Ainda que psicologicamente simples, Sherlock Holmes fez um bom uso de seu imenso conhecimento de literatura sensacionalista: "Geralmente sou capaz, com a ajuda do meu conhecimento da história do crime, de esclarecer [a Scotland Yard]", disse para Watson. "Há uma forte semelhança familiar entre os delitos e, se você tiver na ponta dos dedos todos os detalhes de mil, é provável que consiga deslindar o milésimo primeiro."

Esse era Sherlock Holmes atuando dentro de seus limites, o que tinha a ver, como observa Carr em seu ensaio, com o mundo físico, material. Como detetive em certo sentido científico, Holmes sempre quer conhecer e procura a prova física; tornou-se um mestre em observação e análise de provas físicas que a polícia e outros detetives deixam passar ou não reconhecem totalmente. Através de seus inatos mas também rigorosamente treinados poderes de dedução, ele é capaz de raciocinar de trás para diante a partir dessa prova para reconstruir o crime e delinear os atributos físicos do criminoso. E isso não é um feito desprezível. Mas, como observa Carr, Holmes dá pouca atenção à psicologia do crime e, do mesmo modo, as-

---

Ghosts of Baker Street, organizado por Martin Greenberg, Jon Lellenberg e Daniel Stashower (Nova York: Carroll & Graf, 2006)

sim como Watson, cuja educação médica e interesses não vão muito longe na direção da psiquiatria.

Suponha que a lendária apresentação, em vez disso, tivesse ocorrido deste modo:

— *Dr. Watson, Dr. Laszlo Kreizler* — anunciou Stamford, apresentando-nos.

Que experiência diferente seria demonstrada pelo homem que se tornaria o Boswell de Sherlock Holmes: descobrir-se amarrado às rodas da carruagem do protagonista de Caleb Carr em *O alienista* e *O anjo das trevas* — um homem que conhecia medicina tão bem quanto Watson, porém imensamente mais sobre a mente humana, sobretudo o seu lado mais sombrio — e que usava esse conhecimento para solucionar crimes de modo diferente mas tão brilhantemente, como Sherlock Holmes. Este nem sempre era uma cômoda companhia para Watson; Deus é testemunha, ele não fazia qualquer tentativa de ser. Mas a compreensão de Kreizler da mente criminosa, e em especial da mente do serial killer — o homem ou mulher que mata não por lucro, não de raiva momentânea, mas, em vez disso, por uma profunda, sombria nascente psicológica diante da qual uma pessoa eminentemente normal como John H. Watson recuaria — talvez fosse mais do que Watson pudesse suportar por muito tempo. O papel de Sherlock Holmes na vida era tornar o mundo seguro, e Watson achava isso certo e bom. Estava pronto para se alinhar ao lado desse homem, o que quer que acontecesse. O papel do Dr. Kreizler, porém, era despertar as pessoas para as profundezas no interior da humanidade, e para a loucura e o perigo que costumam espreitar ali. Aliás, sua filosofia era a antítese das convicções liberais vitorianas sobre o progresso.

Kreizler tem certas dívidas reconhecíveis com Sherlock Holmes. Ele tem o seu próprio Watson, na figura de um repórter do *New York Times*, John Schuyler Moore. O sobrenome irlandês sugere um novo-rico na vida social da Nova York da virada do século; aos olhos da sociedade refinada, Moore talvez seja um pouco melhor do que a polícia, apesar de redimido pelo lado Schuyler de sua ascendência, e por uma educação superior por causa da carreira que escolheu. (Ficamos sabendo que foi no Harvard College que ele, Laszlo Kreisler, e Theodore Roosevelt, o comissário de polícia de mente reformista em *O alienista*, se conheceram quando estudantes.) Assim como Holmes, Kreizler tinha um bando do tipo Auxiliares de Baker Street, os "moleques", a quem ele podia recorrer, liderados por um menino de rua chamado Stevie Taggert. Vislumbramos Kreizler pela primeira vez no Bellevue Hospital, do mesmo modo como o fazemos com Sherlock Holmes no Bart. Contudo, um inconfundível aspecto continental a respeito de Kreizler o diferencia de Holmes — um ligeiro sotaque desde a infância, quando chegou aos Estados Unidos com o pai alemão e a mãe húngara, fugindo das fracassadas revoluções liberais de 1848. (A cronologia não funciona muito bem: certamente Kreizler e Moore não são tão velhos quanto isso os tornaria; mas, por outro lado, contradições internas são o que costuma fazer a sherlockiana, a chamada "crítica superior" dos quatro romances e 56 contos contidos em "o Cânone"). Mas, do Bellevue, acompanhamos Kreizler e Moore à central de polícia em Mulberry Street, e dali os vemos partir para um almoço de *gourmet* no Delmonico's — um itinerário que poderia facilmente ser percorrido por Sherlock Holmes em um dia de aventura registrada para nós pelo Dr. Watson.

A polícia não gosta de Kreizler, mas o comissário de polícia gosta. Em *O alienista*, Kreizler e Moore envolvem-se em uma investigação clandestina de assassinatos em série, o primeiro dos estudos criminais que introduziu o que Moore, retrospectivamente, chama de "o brilhante médico cujos estudos da mente humana perturbaram tantas pessoas de modo tão profundo durante os últimos quarenta anos". Eis a mais aguda diferença entre o Dr. Kreizler e Sherlock Holmes. Este tranqüilizava as pessoas, ao esclarecer o mistério, identificar o culpado e restaurar a ordem. "Não precisa temer", diz Sherlock Holmes à sua aterrorizada cliente, Helen Stoner, em *A faixa malhada*, falando-lhe "de maneira tranqüilizadora, ao se curvar e dar um tapinha em seu antebraço. 'Em breve, ajeitaremos as coisas, não tenho dúvidas'". Mas, mesmo quando soluciona os crimes que lhe são apresentados, o Dr. Kreizler deixa as pessoas *perturbadas*.

Fisicamente, ele se assemelha a Holmes. Veste-se de preto, tem olhos negros como "os de um grande pássaro" e dá a impressão "de algum gavião faminto, indócil, determinado a tirar satisfações do mundo aborrecido à sua volta". Por mais duro que possa parecer, isso pode ser o amado detetive de nossa infância, interpretado na tela por Basil Rathbone ou Jeremy Brett. Mas também há diferenças importantes, inclusive uma fraqueza física que sugere dano interno: o braço esquerdo de

Kreizler é atrofiado por causa de ferimento na infância. (Se Sherlock Holmes teve ferimentos na infância, foram os puramente psicológicos que afetaram sua personalidade de acordo com aquilo que escritores de pastiches têm se apoderado com freqüência, mas não necessariamente bem). O cabelo negro de Kreizler tem um corte comprido e antiquado, e ele usa um bigode bem aparado e uma barbicha. Isso poderia facilmente descrever um vilão em uma das histórias de Sherlock Holmes, e Watson pelo jeito lançaria sobre ele um olhar desconfiado, embora fosse interessante saber o que Holmes deduziria da aparência física de Kreizler ao encontrá-lo pela primeira vez.

Embora uma parceria entre Kreizler e Watson necessitasse de mais adaptação para Watson do que necessitou sua parceria com Holmes (se bem que essa adaptação prosseguisse continuamente o tempo todo em que foram parceiros na detecção do crime — quase duas décadas, durante a maior parte das quais Watson esteve casado e morando em outro lugar), Watson, na verdade, corrigia algumas deficiências de Holmes, ainda que este raramente as reconhecesse ou lhe agradecesse. A dinâmica com Kreizler teria sido diferente — uma tensão criativa entre dois médicos cuja abordagem da doença e, portanto, do crime, seguiu caminhos diferentes na encruzilhada da estrada, começando na escola de medicina. Watson, convencional em seus pontos de vista, examinava e tirava conclusões da prova física do corpo. Kreizler interessava-se primordialmente pela mente, em especial como a chave para a motivação e o comportamento criminosos. Ambos, porém, saberiam que a mente é moldada em grande parte por fatores ancestrais e ambientais, exatamente como é a doença. Watson não era insensível ao poder da mente no que se referia à saúde, e nenhum dos dois médicos acreditava em vontade própria além de um determinado ponto. Os drs. Kreizler e Watson poderiam ter realizado coisas juntos — embora, desconfio, a longo prazo, John Schuyler Moore, com seu conhecimento de literatura sensacionalista quase tão grande quanto o de Sherlock Holmes, tivesse sido mais valioso para Kreizler do que outro doutor como John H. Watson. As semelhanças entre Kreizler e Watson poderiam ter cancelado algumas diferenças de pontos de vista, sem conseguir produzir tensão suficiente para tornar essa uma parceria efetiva. Eles poderiam ter iniciado uma clínica médica juntos, mas isso teria pertencido a Harley Street e não a Baker Street, ou a seus equivalentes da Nova York da virada do século.

Mais diferenças, mais tensão, deve ter sido o que o doutor receitou.

"*Dr. Kreizler, Sr. Sherlock Holmes* — anunciou Stamford apresentando-nos."

Hum. Isso poderia ir longe demais ao se reescrever a história literária. O próprio Carr destaca, em seu ensaio antes citado, que Holmes possui "um desprezo positivo por assuntos da mente em geral, mesmo no que se refere a motivações para crimes — para Holmes, a lente e o microscópio são suficientes, além do conhecimento sobre o crime passado, para dele se extrair padrões aplicáveis ao crime presente e futuro. Presumivelmente, Kreizler não rejeitaria a abordagem de Holmes, mas talvez se tornasse impaciente com suas limitações — ao passo que a abordagem de Kreizler poderia parecer perigosamente metafísica para Holmes. "Trata-se de um erro capital teorizar antes de ter todas as provas", alertava ele constantemente. Para Holmes, as conclusões de Kreizler a partir de dados psicológicos não observáveis por uma lente ou um microscópio poderiam parecer puros vôos de fantasia — exatamente como a alegação de seu próprio criador de que sua crença em um mundo espiritual foi baseada em sua instrução científica e ponto de vista, seria zombeteiramente rejeitada pelo detetive que exclamou, em *O vampiro de Sussex*, "Esta agência tem os pés firmados no chão, e assim deve permanecer. O mundo é grande o bastante para nós. Não precisamos recorrer a fantasmas".

Se bem que fantasmas possam ser "não-canônicos", para a antologia previamente mencionada, *Ghosts of Baker Street*, eu e os meus co-editores Daniel Stashower e Martin Greenberg convidamos alguns escritores para fornecer novas aventuras a Sherlock Holmes e Dr. Watson que tivessem o sobrenatural como tema e tom. Não tenho certeza de que Sir Conan Doyle aprovaria, mesmo se ele próprio estivesse convencido da realidade de um mundo espiritual. Estava fora de questão, concluímos, tomar liberdade com o seu mais famoso personagem literário. Contudo, não obstante, como representante nos Estados Unidos do Espólio de Conan Doyle, eu estava apto a dar permissão, com *O cão dos Baskervilles* como pretexto e inspiração. Holmes talvez tivesse declarado que "não precisamos recorrer a fantasmas", mas certamente não é por acaso que sua aventura mais famosa de todas seja sobre uma antiga maldição familiar e um cão espectral assombrando a Dartmoor assolada pela neblina.

Caleb Carr foi um dos escritores em questão. Não quisemos sugerir que sua história juntasse Sherlock Holmes e o Dr.

Kreizler. Por um lado, não queríamos impor uma abordagem em particular a nenhum dos colaboradores dessa coleção; por outro, acreditamos que o colorido dessa colaboração exigiria uma tela muito mais larga que a de um conto. Carr, um historiador por educação e experiência, voltou-se para um crime histórico em Edimburgo ocorrido em meio à comitiva de Maria, a rainha dos escoceses. De fato, ele se inspirou tanto que o conto, quando ficou pronto, crescera até o impraticável tamanho de uma novela — por isso, *O secretário italiano* aparece aqui separado.

Ainda assim, nos atrevemos a torcer para, algum dia, ver Sherlock Holmes e o Dr. Kreizler unidos pelo criador deste último. Holmes nem sempre foi o jovem impetuoso do tipo que usa a ciência baseada em fatos físicos de *Um estudo em vermelho*, e seu conhecimento de ciências especulativas era maior do que Watson inicialmente presumiu. Sabemos pelo Cânone, por exemplo, que Holmes conhecia a obra de Charles Darwin e, citando o pai da teoria da evolução sobre o assunto música, ele comentou que "as idéias de uma pessoa devem ser tão vastas como a natureza, se ela quiser interpretar a natureza". Com essa declaração, que de modo algum é um exemplo solitário, Sherlock Holmes vai além do que uma lente e um microscópio podem revelar, e se insere justamente na detecção criminosa onde a imaginação talvez seja mais importante do que um profundo conhecimento de química, ou mesmo dos delitos ocorridos nos últimos cem anos.

Seria necessário mais do que Watson para trazer à tona totalmente esse lado de Sherlock Holmes. Seria necessário alguém cuja concepção da motivação criminosa não se voltasse do começo ao fim à tradicional pergunta *cui bono* (a quem beneficia)? Isso requer alguém que se dê conta de que alguns crimes, sobretudo durante o período da "autocapacitação", que começou na era vitoriana, de Sherlock Holmes e Laszlo Kreizler, ignoram noções de interesse próprio e questões de lucro e expressam vidas interiores horríveis demais para que homens como o Dr. Watson — o qual, como muitos outros vitorianos, acreditava na inevitabilidade do progresso humano — pudessem contemplar com facilidade. Há um motivo pelo qual Sherlock Holmes nunca investiga uma série de assassinatos semelhantes ao caso de 1888 de Jack, o Estripador, e o Dr. Conan Doyle, normalmente tão interessado em crimes na vida real, nunca pareceu, também, tê-lo estudado ou debatido. Algumas coisas são inexprimíveis, a não ser em termos de uma psicologia a que Sherlock Holmes teria se reduzido ao adotar seu próprio pacto, tão repulsivo talvez lhe parecessem as implicações filosóficas.

Entretanto, o desejo de ver as duas abordagens — a de Holmes e a de Kreizler — colidirem não pode ser negado. Precisamos ser dialéticos se quisermos dar o valor devido a ambas as abordagens. Se a colaboração viesse a acontecer em Londres ou Nova York, durante a virada do século, é secundário — ambas as metrópoles oferecem solo fértil para um caso que desafiaria cada um desses grandes homens, e tornaria a parceria profundamente perturbadora para ambos, mas muito interessante para o leitor. Poderiam voar faíscas, é fácil imaginar Watson e Moore com freqüência se retirando tranqüilamente para um dos seus clubes a fim de fugir da cena e se compadecerem juntos. Mas a tentação está presente. Espero que o Sr. Carr acabe por sucumbir a ela.

Agradecimentos

Este projeto foi realizado por convite e insistência de Jon Lellenberg, representante nos Estados Unidos do espólio de Sir Conan Doyle (entre muitas outras grandes coisas). Durante parte de um período difícil e com relação a incumbências que incluíam este livro, mas iam bem mais além, a amizade e a orientação de Jon foram constantes e vitais. Ele é verdadeiramente "o americano" no melhor sentido dessa alcunha: nada fica a dever ao Jefferson Smith apresentado por Frank Capra em *A mulher faz o homem*.

Dediquei este livro a Hilary Hale, minha editora em Londres. Só para esclarecer, em um momento de suprema importância em minha vida, Hilary (juntamente com seu falecido marido, o sábio, ruidoso e muito saudoso James Hale) acolheu-me em sua vida e em seu lar e providenciou para que eu sempre tivesse para onde fugir quando a pressão nos Estados Unidos se tornasse grande demais. Eu não sabia, quando ela me despachou para a Escócia, numa viagem de divulgação de um livro, que a chance de visitar o palácio real de Holyroodhouse um dia se tornaria a história deste livro; mas sabia que, sem o trabalho árduo, a infinita paciência e o apoio de Hilary (e de seus brilhantes colaboradores na Little, Brown, Reino Unido), essa viagem provavelmente jamais teria ocorrido. Na vida como na profissão de editora, Hilary é uma perfeita anomalia.

Will Balliett da Carroll & Graf Publishers foi incansável em sua defesa deste livro, alternando-se entre os papéis de *publisher* e leitor, e sempre com graça, bom humor e consideração. Ele também detém a distinção ímpar de ser, na verdade, um editor no mundo editorial americano, uma pessoa disposta a suar sobre um manuscrito em vez de simplesmente passar o dia fechando negócios. Ao cruzar seu caminho, tirei novamente a sorte grande, e gostaria de agradecer a ele, como também à sua equipe, pela hospitalidade.

Por seu contínuo e inestimável apoio, gostaria de agradecer à minha agente, Suzanne Gluck, como também à sua inestimável assistente, Erin Malone. Gostaria igualmente de destacar que, sem a bem oportuna cooperação de Gina Centrello, a publicação deste livro não teria sido possível.

Tim Haldeman, mais uma vez, assumiu a tarefa de ser a minha caixa de ressonância, e seus comentários nunca foram menos do que apropriados e valiosos. Ele é tanto inteligente quanto compreensivo, e merece os meus mais sinceros agradecimentos. Também na categoria de público de teste, preciso, mais uma vez, agradecer a Lydia, Sam, Ben e Gabriela Carr — como também a Marion Carr, cujas opiniões são talvez menos gentilmente expressadas que as de seus primos, mas são igualmente valiosas; assim como o apoio do resto de minha família, e todos os demais em Misery Mountain.

Meus mais profundos agradecimentos a William von Hartz por outra foto honesta e mais anos de honesta amizade.

Pelos seus contínuos e incansáveis esforços para evitar que eu perambulasse pelo bosque e não mais voltasse, preciso agradecer a Elle Blain, Ezequiel Viñao, Oren Jacoby, Jennifer Maquire, Silvana Paternostro, Melissa e Scott Strickland, e Debbie Deuble e Tom Pivinski.

Bruce Yaffe, Heather Canning, Douglas Heymann e Oakley Frost, todos eles fizeram serão para se recusar a me ver sucumbir ao desespero e à inércia da doença crônica. Seus esforços, novamente, foram mais apreciados do que jamais poderão imaginar, e forneceram um padrão para outros médicos americanos que é, lamentavelmente, alto demais para outros alcançarem. Muito obrigado, também, a Jim Monahan e a todos do Thorpe.

Durante a feitura deste livro, perdi o melhor amigo e mentor que uma pessoa poderia esperar: James Chace. Esse vazio continua a ser desconcertante; contudo, não posso pensar em publicar um livro sem mencionar seu nome, pois, sem a sua ajuda, eu jamais teria publicado qualquer coisa, para início de conversa. Joan Bingham, David Fromkin, Sarah, Beka e Zoe Chace, todos compartilham essa tristeza, como também os alunos da Janes e muitos dos meus no Bard College; sou agradecido por ter contado com todos eles para aparar o golpe. Pelo seu contínuo apoio no Bard, gostaria de agradecer a Leon Botstein, Jonathan Becker, Mark Lytle, William Mullen e, novamente, a meus alunos; alguns destes últimos merecem menção específica, embora eu não me atreva, pelo seu próprio bem. Mas eles sabem quem são.

Finalmente, Mark Twain certa vez comentou: "Se um homem pudesse cruzar com um gato, isso melhoraria o homem, mas degradaria o gato". Espero que, do mesmo modo, a minha própria parceira não ache degradante bancar a musa.

Este livro foi composto na tipologia AGaramond,
em corpo 11,5/16, e impresso em papel
off-white 80g/m² no Sistema Cameron da
Divisão Gráfica da Distribuidora Record.

Seja um Leitor Preferencial Record
e receba informações sobre nossos lançamentos.
Escreva para
RP Record
Caixa Postal 23.052
Rio de Janeiro, RJ – CEP 20922-970
dando seu nome e endereço
e tenha acesso a nossas ofertas especiais.

Válido somente no Brasil.

Ou visite a nossa *home page*:
http://www.record.com.br